ハヤカワ・ミステリ文庫
〈HM (244)-1〉

頭蓋骨のマントラ

〔上〕

エリオット・パティスン
三川基好訳

THE SKULL MANTRA

by

Eliot Pattison

Translated by
Kiyoshi Mikawa
First published 2001 in Japan by
HAYAKAWA PUBLISHING, INC.
This book is published in Japan by
arrangement with
ST. MARTIN'S PRESS, LLC
through JAPAN UNI AGENCY, INC., TOKYO.

マット、ケイト、そしてコナーに

ナターシャ・カーンとマイクル・デネニーの協力なしには、本書の執筆は不可能だっただろう。また、クリスティーナ・プレスティア、エド・スタックラー、レズリー・ペイン、ローラ・コナーにも深く感謝している。

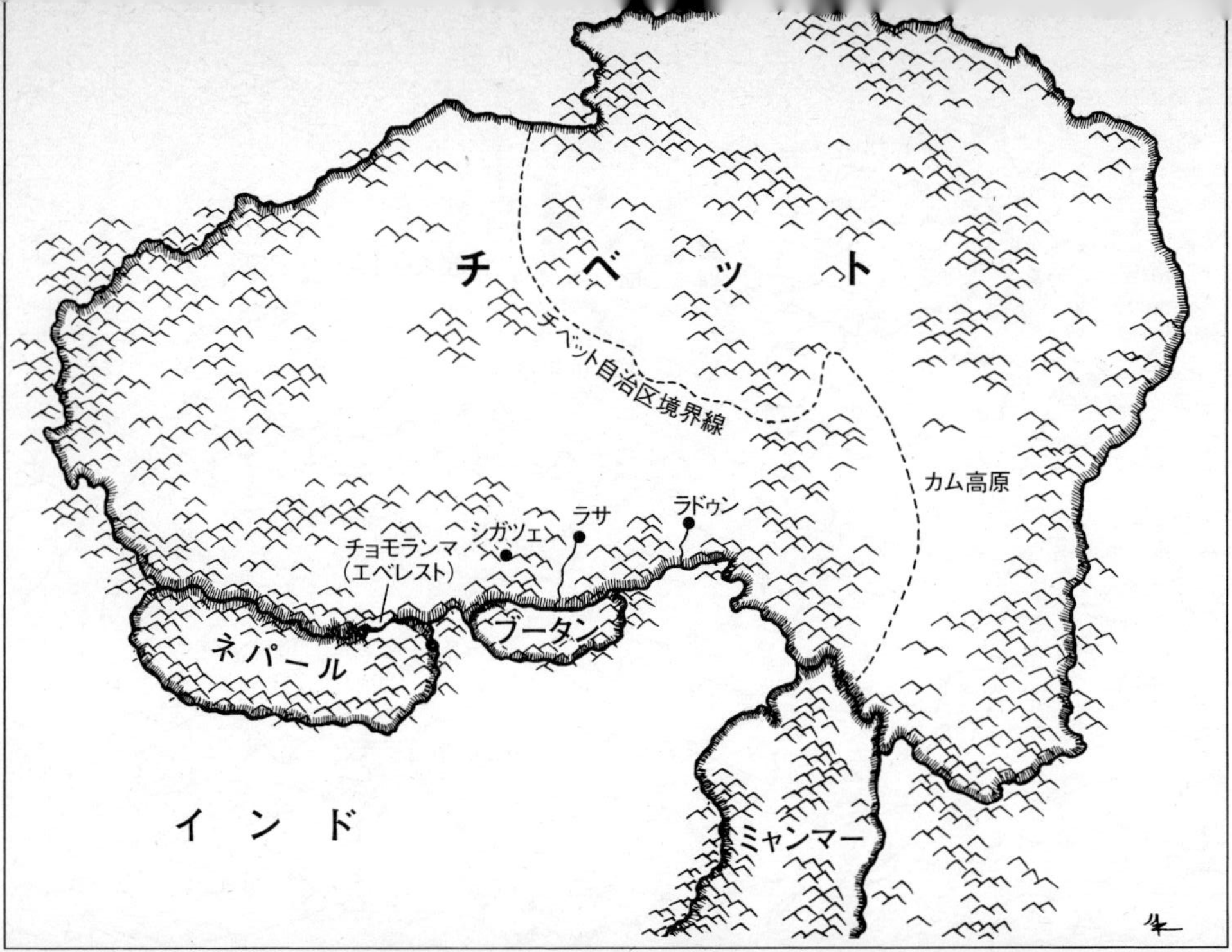
チベット
チベット自治区境界線
カム高原
ラドゥン
ラサ
シガツェ
チョモランマ
（エベレスト）
ネパール
ブータン
インド
ミャンマー

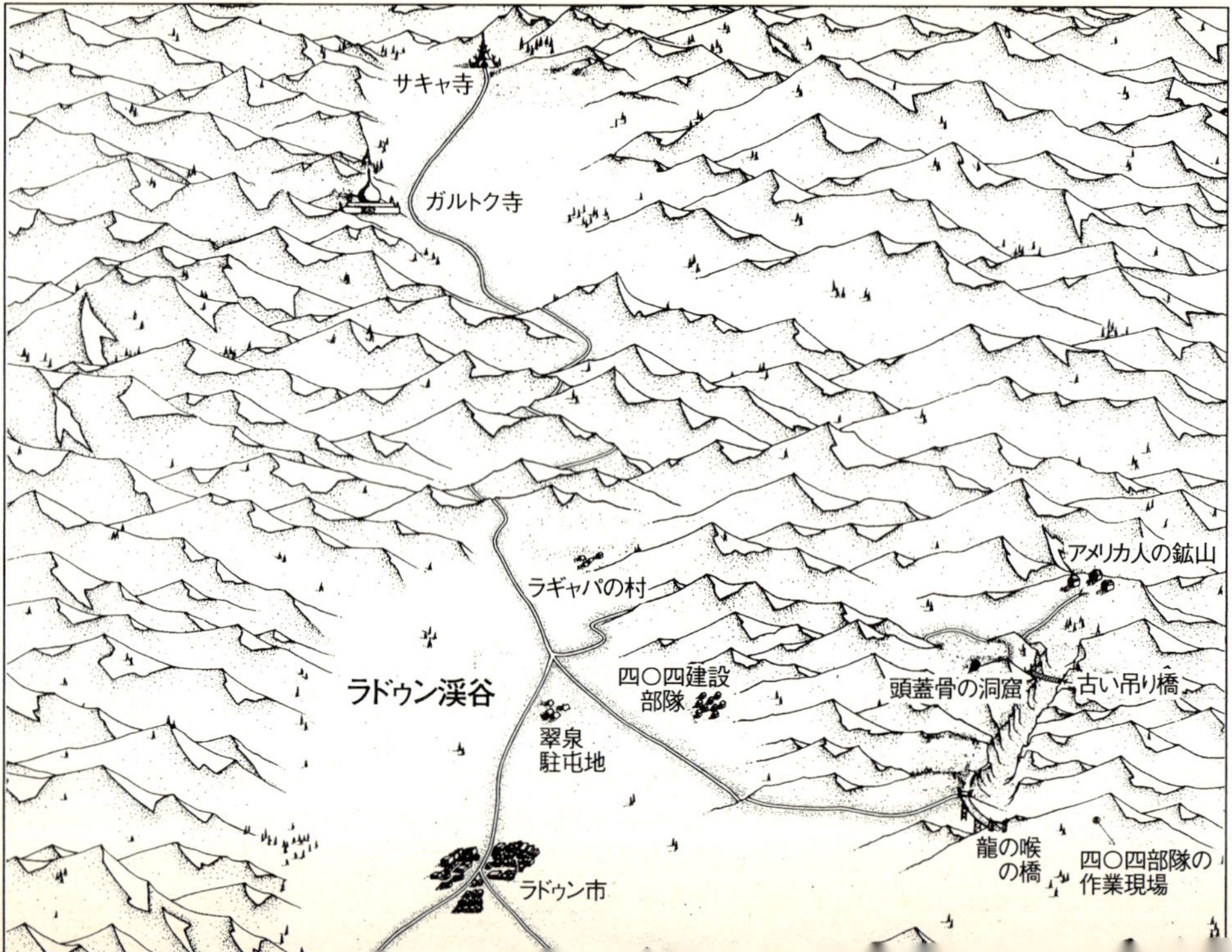
サキャ寺
ガルトク寺
アメリカ人の鉱山
ラギャパの村
四〇四建設
部隊
頭蓋骨の洞窟
古い吊り橋
ラドゥン渓谷
翠泉
駐屯地
龍の喉
の橋
四〇四部隊の
作業現場
ラドゥン市

頭蓋骨のマントラ

〔上〕

登場人物

単道雲《シヤン・タオユン》……………………………元中国経済部主任監察官

イェーシェー……………………………単の助手

譚《タン》大佐……………………………ラドゥン州人民解放軍の最高責任者

鍾《チヨン》……………………………強制労働収容所の所長

陳《チエン》中尉……………………………同幹部

馮《フエン》軍曹……………………………単の監視役

ティンレー
チュージェー
吉林《チー・リン》
……………………………囚人

高《コー》夫人……………………………譚の秘書

宋《ソン》……………………………医師

趙衡鼎《ジヤオ・ホンデイン》……………………………ラドゥン州検察官

梨花《リー・ホア》……………………………趙の秘書

バルティ……………………………趙の運転手

李愛党《リー・アイタン》……………………………ラドゥン州検察官補

レベッカ・ファウラー
タイラー・キンケイド
……………………………鉱山会社の社員

胡要紅《フー・ヤオホン》……………………………鉱山局の局長

聞　立《ウエン・リー》……………………………宗教事務局の局長

孟労《モン・ラオ》上等兵……………………………歩哨

スンポ……………………………僧侶

ジェ……………………………高僧

1

それは〝獣《けもの》を選ぶ〟と呼ばれている。やせた、背の高い僧が、高さ百五十メートルの崖の縁に立っていた。支えているのはヒマラヤから直接吹きつける風だけだ。その姿をもっとよく見ようと、単道雲《シャン・タオユン》は目をすがめた。心臓が縮み上がった。飛び降りようとしているのは、ティンレーだった。友だちのティンレー。虫を踏みつけることがないようにと、今朝《けさ》単《シャン》の足に祈りを捧げてくれた男だ。

手押し車を投げ捨てると、単は走った。

ティンレーが身を乗りだすと、崖の下から吹きあげる風が彼の身体を押し戻し、密かに首に巻きつけていた手製のカター――貴人との面会用のスカーフ――が吹き飛ばされた。大ハンマーやつるはしをふるっている男たちをまわりこんで走っていった単は、砂利に足をとられてよろめいた。背後で呼び子が鳴り、怒号が聞こえた。汚れた白い絹布は、ティンレーの手の届かないところを漂っていて、まるで風にからかわれているようだったが、やがてゆっくりと上空に舞い上がっていった。飛んでいくカターを見あげる囚人たちは、驚きではなく畏敬の表情を浮かべていた。すべての現象に意味があることを彼らは知っている。自然が見せる些細な、予期せぬ現象は、中でももっとも深い意味を持っているのだ。

看守たちがまた叫んだ。しかし作業に戻る者は一人もいなかった。絶望的でありながら、美しい瞬間だった。コバルトブルーの空を舞う白い布を、二百人のやつれた顔が見あげ、何か徴《しるし》が現われないかと息を詰めている。たった一分でも作業を中断すれば必ず罰を受けるのだが、誰も気にかけていない。チベットではこのような瞬間が訪れることがあるのを、単も経験で学んでいた。

しかし崖の縁に立っているティンレーは、平静な、しかし何かを期待するような表情で、また崖の下をのぞきこんでいた。単はほかの者たちが〝獣を選ぶ〟のを見たことがあった。その誰もが、同じように何かを期待するような表情を浮かべ、いつもこのように突然起こった。まるでほかの者には聞こえない声にうながされるかのように。自殺は重い罪だ。次の世では必ず下等な動物に生まれ変わる。しかし、中国人が管理する強制重労働建設部隊で人間として生きるよりも、別のところで獣として生きることのほうが魅力的に思えても不思議はなかった。

崖から身を乗りだしているティンレーの腕を、駆け寄った単がつかんだ。そのとたんに、単はティンレーの意図を誤解していたことに気づいた。彼は崖の下にあるものをじっと見ていたのだ。二メートル下の、ツバメが巣を作るのがやっとの狭い岩棚に、何か金色に光るものがあった。タバコのライターだ。

囚人たちの間に興奮したささやきが広がった。山の峰を越えてカターが吹き戻されてきて、道路建設にたずさわっている者たちの前方十五メートルのところの斜面に舞い降りたのだ。

今では看守たちが囚人の間に割って入り、ののしりながら警棒に手をのばしていた。ティンレーが崖の縁からさがり、カターに目を向けたので、単も自分が放り出してきた手押し車のほうを見た。白髪頭で動作が鈍いが、目端のきく馮《フェン》軍曹が、飛び散った石の横に立って、記録簿に何やら書きこんでいた。道路の建設は社会主義体制への奉仕だ。その作業を放棄することは、人民に対する罪をさらに一つ重ねたことになる。

馮の叱責を覚悟して、単がとぼとぼと戻っていくと、斜面の上のほうで叫び声がした。カターが落ちた石の山のところに二人の囚人が駆けていったが、今見ると二人とも地面に膝をついたまま、必死で読経しながらあとずさりしていた。彼らの唱える真言《マントラ》が、一陣の風のように囚人たちを包んだ。それが耳に入ったとたんに、一人一人がひざまずいて読経に加わり、やがて下方の橋の近くのトラックのところにいた者まで含めて全員が唱えていた。単と、ほかに四人、全部で五人だけの中国人の囚人だけが、何もせずに立っていた。

激怒した馮が大声で怒鳴り、呼び子を吹きながら、前に飛び出した。自殺者が出たわけでもないのにと、単ははじめその読経にとまどった。しかし祈りの言葉は聞きまちがえようもなかった。それは中陰《バルドー》の祈り、死者を弔う儀式の最初の祈りだった。

四つのポケットのついた上着という、人民解放軍でもっとも一般的な階級を示す目印を身に着けた兵士が、丘を駆けのぼってきた。看守を統率する将校の陳《チェン》中尉が馮の耳元で何かささやき、それを受けて軍曹が、チベット人が石の山の中から何かをみつけたらしいが、その石の山を取りのけるように中国の囚人たちに命じた。単《シャン》は小走りに進んでいって、カターが落ちているところの、吉林《チー・リン》の横に膝をついた。この鈍重だが力持ちの満州人は、誰も名前を知らず、出身地で呼ばれていた。絹布を袖口に押しこんでいる単の横で、吉林の不機嫌な顔に期待の表情が浮かんだ。新たに力を得たかのように、彼はせっせと石をどかしはじめた。

　大きな丸石や地表に転がっている岩を取り除く仕事をしながら先頭を進む作業班にとって、意外なものをみつけるのは珍しいことではなかった。人民解放軍の工兵隊が測量をしていったルートには、捨てられた鍋や、ヤクの頭蓋骨がよく転がっていた。人のなきがらが今でも猛禽類に与えられている土地であるから、人体の一部に出くわすことさえまれではなかった。

　砂利の中から吸いかけのタバコが出てきた。吉林が嬉しそうにうめき声をあげて拾いあげた。その横にぴかぴかのブーツが現われた。しゃがんだまま身体をうしろにそらして単が見ていると、陳中尉の顔に警戒の色が浮かんだ。その手がさっとベルトの拳銃に動く。鋭い声を発しそうになったのを抑え、彼は馮に歩み寄った。

　今回ばかりは第四〇四建設部隊のほうが鳥たちよりも早かった。死体は、石におおわれて地面に横たわっていた。靴が本革で、高価な西欧の製品であることに、単はすぐに気づいた。赤のVネックのセーターの下には、洗濯したばかりの輝く白さのシャツ。

「アメリカ人だ」吉林の声にこもる畏敬の念は、死者に対してではなく、衣服に対するものだった。

男の死体で、真新しいブルージーンズをはいていた。偽造した西欧メーカーのラベルをつけて街頭で売っている安っぽい中国製デニムではない。アメリカ製の本物だ。セーターには二本の旗を交差させた琺瑯《ほうろう》のバッジがついていた。アメリカと中国の国旗だ。両手を腹に当てていて、お茶の時間まで横になって休んでいるゲストハウスの宿泊者のような印象だった。

陳中尉はすぐさまショックから回復した。「早くしろ、ほかの部分だ」苛立たしげに彼は言い、軍曹を肩で前に押し出した。「顔を見せろ」

「きちんと捜査しないと」思わず単は言った。「勝手に手を触れては——」

中尉は単を蹴った。強い蹴り方ではない。だが、言うことを聞かない犬の扱いに慣れた者のとる行動だった。横にいた吉林は身震いし、反射的に両手で頭をおおった。陳中尉はじれったそうに進み出て、突き出ている死体の足首をつかんだ。一瞬軍曹をにらみつけると、彼は死体をぐいと引っぱって、石の山から引きずり出した。とたんに彼の顔から血の気が失せた。顔をそむけ、嘔吐の発作に襲われている。

死体には頭がなかった。

「邪神崇拝は社会主義体制に対する反逆だ」拡声器を手にした若い将校が、とうのむかしに軍から廃棄処分になった灰色の軍用トラックの列に向かって歩いていく囚人たちに怒鳴った。

「祈りはすべて人民への攻撃だ」

〝封建主義の鎖を解き放て〟きっと次はこの決まり文句を言うぞと、単《シャン》は一人で賭けをした。〝あるいは、過去をあがめるのは退歩だ〟

「龍に食われたんだ」囚人たちの列の中から、一人が叫んだ。

静かにしろと呼び子が鳴らされる。

「本日、諸君は割り当て分の仕事をこなさなかった」政治局の将校は、甲高い、単調な声で続けた。そのうしろに、建設現場で単が見たことのない赤い車が駐めてあった。ドアに〝国土資源部〟と書いてある。「諸君は人民を侮辱した。これは譚《タン》大佐に報告される」拡声器を通した将校の声が、山の斜面に反響した。なぜだろう、単は怪訝《けげん》に思った。なぜ国土資源部の人間がこんなところに来るんだ？「面会は停止。二週間、熱い茶はなし。封建主義の鎖を解き放て。人民の意志に学べ」

「ああ、くそっ！」単の背後で聞きおぼえのない声がした。「また〝労改《ラオカイ》（労働改造所）コーヒー〟かよ」トラックに乗りこむ順番を待っていた単の背中に、男はよろめいてぶつかった。

単は振り向いた。新顔だった。若いチベット人で、こぢんまりした、荒削りの目鼻立ちは、いかにも〝カムパ〟――すなわち東部のカム高原の遊牧民らしかった。

単の顔を見ると、男の顔がさっとこわばった。「ラオカイ・コーヒーをご存じですか？」馬鹿にしたように男は言った。かろうじて二、三本残っている歯も、虫歯で真っ黒だった。「良質のチベットの泥をスプーン一杯。それを半カップの小便に溶かします」

男は単の向かいに腰をおろし、彼をじっと見た。単はシャツの襟を立て――トラックの荷台をおおうボロボロのキャンバス布は、風を防ぐのにほとんど役に立っていなかった――まばたきせずに相手を見返した。彼が体験から学んだのは、生き残れるか否かは恐怖をコントロールできるかどうかにかかっているということだった。胃がきりきりするかもしれない。心臓に焼けごてを突っ込まれて、魂が黒こげになるような思いを味わうかもしれない。だが、それを顔に出してはならない。

単は恐怖を知りつくしていた。一口に恐怖と言っても、実は微妙に異なる様々な種類があることや、それに対する肉体的反応にも差があることを。たとえば、自分を拷問しにくる者のブーツの足音に対する恐怖感と、隣の作業グループを雪崩《なだれ》が呑みこもうとしているのを見る恐怖では、大きく異なっている。そして他と比べようもないほど大きな恐怖、疲労と苦痛にさいなまれた心の内を探って眠れぬ夜を過ごすことになるのは、自分が父親の顔を忘れかかっているのではないかという恐怖だった。初めのころ、注射を打たれて意識が朦朧《もうろう》となったまま政治教育を受けながら、彼は恐怖がいかに貴重かを悟った。ときには恐怖だけが唯一確かな存在なのだ。

そのカムパの首には深い傷跡が、刃物でつけられた傷跡があった。冷笑を浮かべて唇をめくらせて、彼は言った。「譚《タン》大佐って言ってたな」あいづちを打つ者を探して周囲を見まわしながら、彼はうなるように言った。「ここのボスが譚大佐だとは、誰も教えてくれなかった。あの〝親指暴動〟のときの男だろう？　下司《げす》野郎どもの集まりの軍隊でも、最低の下司野郎じゃないか」

一瞬誰の耳にも入らなかったかのようだったが、突然垂れ布越しに看守が身を乗りだして、彼の向こうずねを警棒で殴った。カムパの顔が苦痛にゆがんだが、やがて怨念に満ちた笑みを浮かべ、単に向かって片手を軽くひねってみせた。ナイフを使うようなしぐさだった。意図して身につけた無関心の表情を浮かべて、単は目を閉じた。

後部の垂れ布が閉じられ、トラックが動きだすと、暗がりで低くつぶやく声が起こった。それは遠くのせせらぎのような、ほとんど耳に届かない声だった。収容所までの三十分間、看守たちはトラックの運転席にいて、荷台にいるのは囚人たちだけだった。囚人たちの疲労感は、手で触れられそうなほどの実体をもって存在していて、収容所への道中は重苦しい雰囲気に包まれていた。しかし彼らは誓いを忘れることはなかった。

三年間の経験で、単はそれぞれのマーラ——数珠——の音を聞き分けられるようになっていた。彼の左隣の男は、ボタンをつないだものをまさぐっている。反対側の男が密かに作ったマーラは、爪を紐《ひも》に通したものだ。これはよくやる方法で、爪をのばしてから切り取り、それを貯めておく。必要な百八個に達したら、毛布をほぐして取った紐に通す。中にはそのような紐に結び目を作っただけのものもあり、ささくれた指で繰っても音を立てなかった。スイカの種で作ったものもあって、それは貴重品として注意深く隠してあった。しかし囚人の中には、特に新入りたちは、仏教の儀式よりもみずからが生き延びることのほうが切実な問題で、そのような数珠を食べてしまうこともあった。

種や爪や結び目やボタンを一つ繰るたびに、一人の僧が古代から伝わるマントラを唱えた。

オンマニペメフン。蓮華の上の宝珠よ。観音菩薩への祈りだ。これを少なくとも百八回くり返すという一日の務めが終わるまで、座席の背にもたれる僧は一人もいなかった。

読経は単の倦《う》み疲れた魂に膏薬《こうやく》のように作用した。僧たちと、彼らの唱えるマントラが彼の人生を変えた。おかげで彼は、過去の苦痛を過去のものとして、振り返るのをやめることができるようになった。少なくとも、一日の大半は。新たな捜査を始めたようなものだと、彼は陳《チェン》に言ったことがあった。その言葉は、中尉を驚かせた以上に彼自身を驚かせた。身についた習慣はなかなか消えないものだ。

疲労のあまり意識が後退すると、幻想が現われた。頭のない男が、背中をぴんとのばしてすわり、金色のライターをいじっている。なぜかその男は単に気づき、しぶしぶ彼にライターを差し出した。大きくあえいで、彼は目を開けた。突然息苦しくなっていた。

今度は彼を見つめていたのはカムパではなく、もっと年上の男だった。囚人たちの中で一人だけ本物の数珠を持っている人物だ。翡翠《ひすい》でできたその年代物のマーラは、数カ月前にどこからともなく現われたものだった。彼は単の斜め前の、運転席のうしろの座席に、ティンレーと並んですわっていた。年老いたその顔の皮膚は、玉砂利のようになめらかになっていたが、左のこめかみのぎざぎざの傷跡だけは違っていた。三十年前に、紅衛兵に鍬《くわ》で殴られた跡だ。その僧宝御前《リンポチェ》の称号を持つチュージェーは、かつてケンポ、つまり僧院長だった。彼がいたナンベ寺《ゴンパ》は、中国に破壊された何千もの僧院の一つだった。今では彼は、第四〇四建設部隊の僧院長《ケンポ》だ。

トラックが揺れるのを意に介さずに、ほかの者たちと同じように数珠を繰っていたチュージェーの膝に、ティンレーがぼろ布に包んだ物を載せた。チュージェーは数珠をおろし、ゆっくりと包みを開いた。中身は錆色《さびいろ》の汚れのついた石だった。老いたラマ僧は、うやうやしく石を捧げ持ち、そこに何らかの真実が隠されているかのように角度を変えて検分していたが、やがて石の正体に気づいて、その目に深い悲しみの色が浮かんだ。石は血にまみれていたのだった。顔をあげた彼は、ふたたび単と目を合わせ、おごそかにうなずいた。単の思っているとおりだと言っているようだった。アメリカ製のジーンズをはいた男が、あの場所、彼らが建設中の道路の真ん中で、魂を失った。仏教徒たちはあの山で作業につくことを拒否するだろう。

収容所の敷地内でトラックが停止すると、数珠は見えないところにしまいこまれた。呼び子が鳴り、垂れ布が開けられた。夕暮れどきの灰色の光の中を、囚人たちは自分たちの住みかである板張りの低い小屋に無言で入っていき、すぐにまたブリキのカップを手にして出てきた。洗面器としても、食事のときの皿代わりにも、また湯飲みとしても使われるカップだ。食堂の壁ぎわに列を作り、カップに大麦の粥《かゆ》を入れてもらうと、薄暗がりに立ったまま食べ、粥の温かさが腹に広がると、ようやく元気づいた。互いに無言でうなずき、疲れた顔に微笑を浮かべている。一言でも口をきいたら、その晩は倉庫で過ごさなければならないのだ。

小屋に戻ると、部屋を横切ろうとしていた新入りのカムパをティンレーが引き止めた。

「そこはだめだ」彼は言い、床にチョークで描かれた長方形を指さした。

向こうっ気の強そうなカムパだったが、監獄内に作られる見えない仏壇のことはよく知っているらしく、肩をすくめただけでチョークの線をまわりこんで、部屋の隅の空いているベッドのところに行った。

「ドアの横だよ」ティンレーが静かに言った。彼の話し方はいつもうやうやしく、起きている時間の一刻一刻を畏怖の念に満ちて過ごしているようだった。「きみのベッドはドアの横だ」彼はもう一度言い、相手の荷物を移動してやろうとした。

相手は彼の言葉が耳に入らなかったようだった。「ああ、ひどい！」彼はティンレーの手を見てあえいだ。「両手の親指はどうしたんだい？」

ティンレーは自分の手に向かってうなずいて言った。「さあ、どうしたんだろう」何やら興味深そうな口調で、これまで一度もそのことを考えたことがないかのようだった。

「豚どもめ。やつらにやられたんだな？　数珠を繰れないように」

「これでもなんとかできているよ。ほら、ドアの横だよ」ティンレーはまた言った。

「空いてるベッドが二つあるじゃないか」男は荒々しい口調で言った。彼は僧侶ではなかった。どかせるものならどかしてみろと言わんばかりに、彼は藁布団《わらぶとん》によりかかった。人民解放軍に対してもっとも熾烈な抵抗をしたのは、カム地方出身の兵士たちだった。彼らは今でも、遠い山奥で散発的に破壊活動を行なっていて、逮捕者を出していた。刑務所に入れられていなくても、チベットの他の地方がすべて屈服したのちにも抵抗を続けた南方の部族出身

なかった。

のカムパたちは今も武器の携帯を禁じられていて、刃渡り十五センチ以上のナイフすら持てなかった。

男はぼろぼろのブーツの片方を脱ぐと、もったいぶってポケットから一枚の紙片を取り出した。看守の持っているメモ帳の一ページで、ときどき風で飛んでくるものだった。大げさな笑顔を浮かべながら、彼はその紙片をブーツに突っ込んだ。これで冷気がいくらかしのげる。四〇四部隊では、このような些細な勝利がものを言った。

靴下代わりのぼろ切れを足に巻き直しながら、新入りは同房の者たちを観察した。単は同じような光景を数えきれないほど見てきた。新入りは必ず、まずいちばん地位の高い僧は誰かと見定め、次に言いなりになりそうな弱い者を探す。あきらめてしまった者や、密告しそうな者も。いちばん地位の高い僧を見つけるのは簡単だった。彼の目はすぐにチュージェーに向けられた。部屋の中央のベッドの脇に蓮華坐を組んですわり、まだ先ほどの石を手に持って見ている。それほどの静謐さをたたえている者は、この部屋にも、労改《ラオカイ》部隊全体にも、一人もいなかった。

若い僧の一人が、ポケットに詰めこんでいた草の葉を差し出した。山の斜面に顔を出しはじめた草の新芽だ。ティンレーがそれを分配した。一人一枚ずつ。僧たちはおごそかに草を受け取り、小声で感謝のマントラを唱えた。処罰される危険を冒して緑の葉を集めてきてくれた仲間に対するものだった。

ティンレーが、受け取った葉を噛んでいるカムパのほうに向き直った。「すまないが」彼は言った。「それは単道雲《シャン・タオユン》のベッドなんだ」

カムパは部屋を見わたし、チュージェーのそばの床にすわっていた単に目を留めた。「米食い人種か」彼は吐き捨てるように言った。「米食い人種なんかに席を譲るカムパがいるものか」笑いながら周囲を見まわした。いっしょに笑う者は一人もいなかった。

その沈黙が怒りを誘ったようだった。「やつらはおれたちの土地を奪った。おれたちの僧院を奪った。おれたちの親も。おれたちの子供も」彼は唾を吐き、僧たちの顔をじっと見て、ますますいらだちを深めていった。

僧たちは居心地悪そうに顔を見合わせた。彼の憎悪に満ちた声は、この場所にはまったくふさわしくなかった。

「だが、それはただの始まりだったんだ。本格的におれたちを攻撃するための時間かせぎをしていただけだった。今度はやつらは、おれたちの魂を奪いにかかったんだ。自分たちの仲間を、おれたちの町に、おれたちの谷に、おれたちの山に送りこんできた。刑務所にまで。おれたちを毒するためにだ。自分たちと同じ種類の人間にしようとしたんだ。おれたちの魂は干上がり、顔は消えてしまう。自分を失ってしまうんだ」

彼はいきなり振り向いて、反対側のベッドの列のほうを見た。「前にいた収容所で起きたことだ。そこではみんながマントラをすっかり忘れてしまった。ある日、目がさめてみたら、心が空っぽだった。祈りはすっかりなくなってしまっていた」

「誰もわたしたちの心から祈りを奪いとることはできないよ」単のほうを気遣わしげに見な

がら、ティンレーが言った。

「馬鹿言ってんじゃない！　やつらはおれたちの心を奪うんだよ。誰も転生できなくなる。誰もブッダのところへ行けなくなるんだ。落ちるだけだ。生まれ変わるたびに下等な生き物になっていく。前にいた収容所に年寄りの坊さんがいた。やつらはその坊さんに政治を吹きこんだんだ。ある日、目をさましたら、坊さんは山羊《やぎ》になっていた。食い物をもらう行列に山羊が並んでいたんだ。坊さんがいつもいた場所にな。おれはこの目で見たんだ。ほんとだって。山羊だぞ。看守たちが銃剣で突き殺した。おれたちの目の前で焼き串に刺して焼いたんだ。翌日、やつらは便所からバケツに一杯糞を汲み出してきた。これがあの爺さんのなれの果てだと、おれたちに見せたんだ」

「道に迷うのに、あなたは中国人の助けはいらない」突然チュージェーが言った。「あなたのその憎しみだけで十分だ」彼の声は柔らかく、なめらかで、まるで石の上に降り注ぐ砂のようだった。

　カムパはたじろいだ。だが、その目にはまだ荒々しい表情があった。「おれは山羊になったりしないぞ。その前に誰かを殺してやる」また単をにらみつけて、彼は言った。

「単道雲《シャン・タオユン》は」ティンレーが静かに言った。「剝奪されていたんだ。明日、自分のベッドに戻る」

「剝奪？　なんだ、それ？」カムパはせせら笑った。

「懲罰だよ」ティンレーは答えた。「誰にもここの仕組みを教わっていないのかね？」

「トラックから引きずり出されて、シャベルを持たされただけさ」

ティンレーは、近くにすわっていた若い僧の一人にうなずいて見せた。片目が乳白色になっているその若者は、すぐさま数珠を置き、カムパの近くにいって腰をおろした。

「所長が決めた規則に違反すると」彼は説明を始めた。「きれいなシャツを一枚わたされます。それを着て所長のところに出頭します。運がよければ、罰として剝奪処分を受けます。そのとき身につけている衣類以外のすべてを、身体を守ってくれるものすべてを奪われるのです。最初の晩は外で、集合広場の真ん中で過ごします。冬だったら、あなたはその晩のうちに肉体を離脱することになります」

ここに来て三年の間に、単はそのような例を六回目撃していた。蓮華坐を組んだまま凍りつき、手製の数珠を握りしめて、仏像のように運び去られた者たち。

「冬でなければ、翌日はもとの建物内に戻されます。翌日、靴が返され、次に上着、そして食事用のカップ、毛布、藁布団と続いて、最後にベッドに戻れるようになります」

「運がよければと言ったな。よくなかったときは？」

若い僧は思わず身震いしそうになった。「譚《タン》大佐のところへ行けと、所長に命じられます」

「かの有名なる譚大佐か」カムパはつぶやいていたが、さっと顔をあげた。「なぜ、きれいなシャツを着せるんだ？」

「所長は潔癖性で」どう言ったらいいのかわからないというふうに、若い僧はティンレーのほうを振り返って見た。「別の場所に送られることになる場合もあるので」

相手の言葉の裏の意味に気づくと、カムパは鼻を鳴らし、注意深く単の横をまわりこんで行った。「こいつはスパイだ。においでわかる」

ティンレーはため息をつき、カムパの荷物を取りあげると、ドアの横の空のベッドに運んでいった。「このベッドはシガツェ（ラサの西の交易都市）出身の老人が使っていたんだ。彼をここから出してやったのは、単なのだよ」

「そいつ、獣を選んだんだな」

「違う。釈放されたんだ。ローケシュという男だった。ダライ・ラマの政府のもとで徴税吏を務めて、三十五年の刑を言いわたされていた。ところが突然呼び出されて、門から外に出されたんだ」

「それがあの米食い人種のお陰だというのか」

「単が横断幕にある力を持つ言葉を書いたおかげだ」チュージェーが、ゆっくりとうなずきながら、口をはさんだ。

ぽっかりと口を開いて、カムパは単の顔をじっと見た。「つまり、おまえは魔法使いか何かなのか？」その目にはまだ敵意がこもっていた。「じゃあ、おれにも魔法で何かしてくれないか、シャーマンさんよ？」

単は顔を伏せたまま、チュージェーの手を見つめていた。夕刻の祈りがもうすぐ始まる。悲しげな笑みを浮かべて、ティンレーは単のほうを見た。「魔法使いにしては」彼はため息まじりに言った。「われらが単は岩を掘るのが上手だ」

カムパは口の中で何ごとかつぶやき、ブーツの片方をドアの横のベッドの上にほうり投げた。彼が譲歩したのは単のためではなく、僧たちのためだった。そのことを思い知らせようと、彼は単に向かって低い声で言った。「貴様、くたばっちまえ」誰にも相手にされないとわかると、彼の目がきらりと光った。藁布団をはぎ取られた単のベッドに近づくと、帯を解いてベッドの敷き板に向かって放尿した。

誰も一言も発さなかった。

チュージェーがゆっくりと立ちあがり、自分の毛布で敷き板を拭きはじめた。

勝ち誇った表情が、カムパの顔から消えた。小声でののしると、チュージェーをそっと脇にどかせ、着ていたシャツを脱ぎ、自分で板を拭き終えた。

二年前にもこの小屋にカムパがいたことがあった。その小柄の中年男は、農業協同組合に加わらなかったために投獄されたのだった。警備隊に家族が捕らえられて以来十五年間一人で暮らしていた彼は、飼っていた犬にも死なれ、とうとう谷間の町にさまよいこんできた。檻に閉じこめられた動物にそれほどよく似た男を、単は見たことがなかった。鉄格子の奥の熊のように、絶えず小屋の中を行ったり来たり歩きまわっていた。単に目を向けた男の顔は、怒りのあまり握りしめた小さなこぶしのように見えた。

しかし、その小柄なカムパは、チュージェーを父親のように慕っていた。やたらに警棒を振りまわすので、棍棒中尉とあだ名をつけられていた将校が、手押し車の中身をこぼしたというのでチュージェーを警棒で殴ったとき、そのカムパは中尉の背中に飛びついて、大声で叫びながら相手を殴りつけた。中尉は笑って、何もなかったようなふりをした。一週間後、倉庫から解放されて、膝を痛めつけられたらしく脚を引きずって戻ってきた彼は、毛布を引き裂き、服の内側にポケットを縫いつけはじめた。ティンレーやほかの者たちが、そのポケットに十分な食糧を詰めこんだとしても、山を越えて逃亡するのは考えるだけ無駄なことだと諭《さと》した。

ある朝、ポケットを作り終えた彼は、チュージェーに特別な祝福を与えてくれるよう頼んだ。山の作業現場に着くと、彼はポケットに石を詰めはじめた。そのまま作業を続け、古い羊飼いの歌を口ずさみながら、棍棒中尉が崖の縁に近づくのを待っていた。そして、一瞬のためらいも見せずにカムパは突進し、中尉に飛びつくと、両手両脚を相手にしっかりと巻きつけて、石の重みを利用して中尉を道連れに崖から飛び降りた。

突然消灯のベルが鳴った。部屋を照らしていたたった一つの裸電球の光が消えた。これからは私語は許されない。ゆっくりと、こおろぎの鳴き声が夜のしじまを満たすように、数珠を繰るひそやかな音が部屋に広がっていった。

若い僧の一人がそっと入口のそばに行って、見張りに立った。ベッドの敷き板の下の隠し場所から、ティンレーが蠟燭《ろうそく》を二本取り出して火をつけ、チョークで描かれた長方形の両端に置いた。三本目がチュージェーの前に置かれた。かすかな明かりで、僧院長《ケンポ》の顔にも届かないほどだった。光の中に彼の手が現われ、彼は夕べの教えを始めた。それは刑務所内に特有の儀式だった。四十年前、中国人が管理する刑務所に仏教僧たちが詰めこまれるようになって以来発達した多くの儀式の一つで、言葉も音楽も一切使わないのだった。

まず、見えない仏壇に供物が捧げられた。チュージェーは人差し指と親指で輪を作って、両手を合わせた。アルガム、口をすすぐ水の印だ。内なる力を引き出すために手で結ぶ様々な印、ムドラーの多くは、今も単《シャン》には理解できなかった。しかし供物の印は、ティンレーから教わっていた。チュージェーの俗世を感じさせない手の小指と薬指が掌のうちに折りこまれ、手は下を指した。パディヤム、足を洗う水だ。優雅に、ゆっくりと手を動かして、チュージェーは香を焚き、香料を捧げ、食べ物を供えた。最後に両手の指を組み合わせて油を入れる椀《わん》の形にし、親指を灯心のように立てた。アローケ、灯明だ。（本来は漱口水、洗足水、華、焼香、灯明、塗香、飯食、奏樂の順）

沈黙を破って、部屋の外から長い苦悶のうめき声が聞こえてきた。隣の建物で、一人の僧が内臓の病気で死を迎えようとしていた。

チュージェーの手が、暗がりに円を描いてすわっている者たちに合図をし、内なる仏を讃えるために何を用意してきたかと尋ねた。親指のない一対の手が明かりの中に現われた。人差し指の先をつき合わせ、他の指は折り曲げている。かすかな賛嘆のささやきが部屋を満たした。それは金魚の印だった。幸運を願う供物だ。それぞれの供物にふさわしい祈りを沈黙のうちに唱えるための時間をはさんで、次々に手が差し出された。法螺《ほら》貝《がい》、宝瓶、聖紐、蓮の花。単の番が来た。少し躊躇してから、彼は左手の人差し指を立て、その上に広げた右の手をかざした。白い傘、これも幸運を願う供物だ。

　羽音のようにかすかな、しかし特徴のある音が部屋を満たした。単《シャン》にとっても毎晩のなじみになった音、十人ほどの僧たちが無言でマントラを唱えている音だ。チュージェーの手が光の輪の中にふたたび現われ、説教を始めた。最初の手の動きは、あまり見覚えがなかった。てのひらと指を上に向けた右の手が差し出された。恐怖を追い払うムドラー、施無畏印だ。それを見て、室内に不安げな沈黙が広がった。若い僧の一人が、音を立てて息を吸った。突然何か重要なことが起ころうとしているのに気づいたかのようだった。手が動き、上を指した中指を中心に閉じられた。目的を浄化し、明確化することを求める、堅い心を表わすムドラー、金剛心印だ。これが今日の教えだった。手の形はそのまま変わらなかった。白い御影《みかげ》石《いし》を削って作ったようなその手は、じっと動かずに宙に浮かんでいた。弟子たちは一心に見つめていた。チュージェーが山頂から大声で叫んだとしても、それほどはっきりと彼の意志が伝わることはなかっただろう。苦痛は取るに足りないものだと、その手は語っていた。岩も傷も折れた骨も、すべて些末なものだ。目的を忘れるな。それぞれの内なる仏を敬え。

　単に欠けていたのは明晰さではなかった。どのように精神を集中させればよいかを、チュージェーはどんな教師よりもわかりやすく教えてくれた。長い冬の間、彼らは屋内で過ごした。寒さで囚人たちが倒れるのを恐れてではなく、看守が倒れるのを恐れてのことだった。その間に、単はチュージェーの手引きで驚くべき発見をすることができた。収容所に入れられる前、単はたった一つの職業しか経験していなかった。刑事だ。当然彼の心は平静ではなかった。優秀な刑事であるほど、何も信じられない。すべてが疑わしく、すべてがその場かぎりで、疑惑から事実へ、原因から結果へ、そして新たな謎へと、絶えず動いていなければならなかった。安らぎはなかった。なぜなら安らぎは信ずることによってのみ得られるからだ。そう、彼に欠けているのは明晰さではなかった。このような瞬間、暗い予感が重苦しくのしかかり、前世の自分が碇綱《いかりづな》のようにからみついて、自分を引きずっていこうとするのを感じたときに、彼に欠けていたのは内なる仏だった。

チュージェーの手の下の床に、何かが置いてあった。血に染まった石だった。ぎくりとして、彼はチュージェーが自分と同じことを考えていたのに気づいた。ケンポは僧たちに自分の務めを忘れるなと言っていた。単の舌がこわばった。抗議の言葉を発したかった。彼らが死んだ外国人のためにみずからを危険にさらすのをやめさせたかった。しかしムドラーは呪縛のように彼に沈黙を強いた。

きつく目を閉じたが、単はチュージェーが語っていることに集中できなかった。集中しようとするたびに、何か別のものが見えてきてしまった。谷底まで百五十メートルの岩棚に転がっていた金色のライターが何度も目に浮かんだ。昼間見た悪夢の中で、彼を手招きしていた死んだアメリカ人の姿がよみがえった。

突然戸口でかすかな口笛の音がした。蠟燭《ろうそく》が消され、その一瞬後に天井の電気がともった。看守がいきおいよくドアを開き、部屋の中央に進み出た。つるはしの柄を脇の下にはさんでいる。そのあとに陳《チェン》中尉が続いた。厳粛さをよそおって、服を持った手を突きだして、誰の目にも見まちがいのないようにしている。洗濯したてのシャツだった。刃物で刺すまねをして、彼はシャツを何人かの囚人に突きつけ、そのたびに笑い声を立てた。それからいきなり、床に横になっていた単にシャツを投げつけた。

「明日の朝だ」中尉はそう言い捨てると、床を踏み鳴らして部屋を出ていった。

翌朝、馮《フェン》軍曹にともなわれてワイヤーフェンスを抜けていく単《シャン》の顔に、鋭い、冷たい風が吹きつけた。四〇四部隊は常に強風にさらされていた。龍の爪と呼ばれる、ほとんど垂直にそびえる巨大な岩壁の北端の真下に位置しているからだ。吹きあげる風で、ときどき小屋の屋根がはがされるほどだった。吹き下ろす風には、ときおり小石が混ざっていた。

「もう剝奪されているのにな」外に出てゲートの鍵をかけながら、馮軍曹はぼそぼそと言った。「もう剝奪されているのに、またシャツをわたされた者なんか一人もいない」背が低く、ずんぐりした、雄牛のような男だ。太鼓腹に、幅の広い肩をして、長年看守として太陽と風と雪にさらされてきた肌は、囚人同様に、なめし革のようになっていた。「みんな、どうなるのだろうと思ってな、賭けをしているぞ」そして甲高い乾いた声を出した。笑ったのだろうと単は思った。

単は努めて何も聞かないように、倉庫のことを考えないように、激怒していた鍾《チョン》所長のことを思い出さないようにした。

めずらしく鍾は癇癪を起こしていなかった。しかし不機嫌そうな顔に笑みを浮かべて自分のまわりを歩きまわっている所長の様子のほうが、いつもの怒号より恐ろしかった。単は思わず自分の右腕をつかんだ。鍾の前に出ると、しばしばそこが痙攣《けいれん》する。一度そこにバッテリーにつないだ電線をつけられたことがあるのだ。

「おれに相談してくれれば」福建省の出身者に特有の、平坦な鼻にかかった声で鍾は言った。「やめておくように言ったのにな。こうなっては、おまえがどんな厄介者なのか、直接知ってもらうしかない」鍾はデスクから書類を取りあげると、信じられないというふうに首を振りながら読んだ。「おまえは寄生虫だ」彼は歯の間から言い、読むのを中断して、その発見を書類に書きこんだ。

「長続きするわけがない」何かを期待するかのように顔をあげて、彼は言った。「一歩まちがえてみろ、あとはずっと素手で石を割って過ごすことになるんだ。死ぬまでな」

「わたくしは常に人民から寄せられた信頼に応えるべく全力で努力しております」まばたきもせずに単は言った。

それを聞いて収容所長はおもしろがっているようだった。その顔にひねくれた喜びの表情が浮かんだ。「大佐に頭から食われてしまえ」

馮軍曹はいつもとは違う顔つきで、浮かれていると言いたくなるほどだった。州庁所在地でもある古い交易都市ラドゥンへの出張は、四〇四部隊の看守にとってはめったにないありがたい任務だったのだ。車に驚いて道路から逃げ出した老女と山羊について、彼は冗談を言った。リンゴの皮をむくと、二人の男の間にはさまってすわっている単を無視して、運転手と分けて食べた。意地悪そうな笑みを浮かべて、彼は単の手錠の鍵をポケットからポケットへと何度も移していた。

「主席みずから、おまえをここへ送りこんだんだそうだな」街の平屋根の低い建物が見えてくると、軍曹はようやく単に話しかけた。

単は答えなかった。座席の上で身をかがめて、ズボンの裾を折りあげようとした。彼ははき古した、大きすぎるズボンと、すり切れた兵士用の上着を与えられていた。事務室の真ん中で着替えさせられた。部屋の全員が手を止めて、彼を見物した。

「まあ、そうでもなければ、やつらといっしょのところに入れたりはしないだろうがな」

単は身を起こした。「中国人はわたし一人じゃない」

おもしろがっているかのように、馮は喉を鳴らした。「確かに。皆さん模範的市民だ。吉《チー》林《リン》、あいつは女を十人殺した。やつが党の書記官の甥でなければ、公安局は頭に弾をぶちこんだだろうよ。それと、あの第六分隊にいたやつ。海洋油田の安全装置を盗みやがった。闇市で売ろうってんでな。嵐が来て、五十人死んだ。やつの場合は頭に弾をぶちこむんじゃ生やさしいってことになったんだ。あの二人は特例さ。だけどおまえは本国からこんなところまで追い払われたんじゃないか？」

「囚人は誰だって特例だよ」

馮はまた喉を鳴らした。「おまえのようなやつはな、単、練習台に置いておかれてるんだよ」彼はリンゴをふた切れ口に突っ込んだ。彼は陰で〝モーモー・ギャクパ〟と呼ばれていた。〝大団子〟——その太い腹と、いつも食べ物をあさっていることからついたあだ名だ。

単は顔をそらした。荒れ野が広がり、うねる丘が海のように遠くの雪をいただく山脈のほうに続いていた。その景色を見ていると、逃げられそうな幻想を覚えた。だが、逃げていく場所のない者にとって、逃亡は常に幻想にすぎない。

草原でスズメが餌をついばんでいた。四〇四部隊には鳥はいない。すべての囚人が殺生を避けているわけではなかった。パンくずや種は残らず、虫もほとんどのものを食べていた。前の年には、収容所内に飛びこんできたキジをめぐって喧嘩が起きた。キジは危うく逃れ、二人の男の手にひとつかみの羽を残していった。二人はその羽を食った。

ラドゥン州庁舎の四階建ての建物の正面は、くずれかかった人造大理石で飾られ、錆びた窓枠に囲まれた汚い窓ガラスは風で音を立てていた。馮に押されるようにして最上階の四階にあがっていくと、白髪の小柄な女性が彼らを待合室に連れていった。大きな窓が一つに、両側にドアがある部屋だ。何かに興味を惹《ひ》かれた鳥のように、女性は首をかしげて単をじっと見ていたが、いきなり馮を怒鳴りつけた。彼はびくりとして、それから不承不承単の手錠をはずし、廊下に出ていった。

「少しお待ちください」奥のドアのほうにうなずいてみせて、女性は言った。「今、お茶をお持ちします」

呆然として単は相手を見つめた。何かのまちがいだと言ってやらなければと思った。お茶は、本物の緑茶は、もう三年間飲んでいなかった。口を開いたが、言葉は出てこなかった。女性は微笑み、近いほうのドアから姿を消した。

突然彼は一人になった。思いがけず一人きりになって、短い間のことだったが、彼は圧倒される思いだった。刑務所に入れられていた泥棒が、宝物庫に一人にされたような気分だ。一人でいたことが、実は北京時代の彼の真の罪だった。その罪で彼を裁くことは誰も考えつかなかったが。妻から離れて十五年間、妻帯者用の住居の並ぶ一角のアパートで一人暮らしをし、公園を長い時間一人で散歩したり、所属する秘密の寺院の瞑想用の個室で過ごしたりした。不規則な勤務時間も、十億人の同国人の知らない孤独という宝物を与えてくれた。自分が孤独をそれほど愛していることを、彼は三年前に国家公安局によって宝物を取りあげられるまで知らずにいた。いちばんこたえたのは自由を奪われたことではなかった。プライバシーを奪われたことだった。

四〇四部隊に来て、思想教育《タムジン》が始まると、彼はその孤独癖を告白した。すると、そんなふうに社会主義の連帯を拒まずにいたら、罪を犯す前に誰かが制止してくれただろうと言われた。友人がいるかどうかの問題ではない。よき社会主義者は友人など持たない。多くの観察者を持っているのだ。タムジンが終わっても彼は宿舎に戻らず、一人でいたいがために食事を一回抜かした。彼がそこにいたのをみつけた鍾《チョン》所長は、彼を倉庫に行かせた。そこで片足のどこかにちょっとした損傷を与えられ、傷が癒《い》えないうちに作業に送り出された。

部屋を見まわしてみた。片隅に天井まで届く巨大な鉢植えがあった。枯れている。ぴかぴかに磨かれた小さなテーブルがあり、レースの敷き布が載せてある。敷き布には虚を突かれた。突然胸の痛みを覚えて、じっと見ていたが、努めて窓のほうに視線をそらした。

四階からは谷の北側がほとんど全部見わたせた。東の端を区切っているのが〝龍の爪〟と呼ばれる巨大な相似形の二座の山だ。そこから東と北と南に山脈が延びている。言い伝えによれば、そこに龍が降りたって、身体は幻となって見えなくなったが、足だけは石になってそのような形をとり、人々に龍がそこにいて見張っているぞと教えているのだという。アメリカ人の死体がみつかったときに誰かが叫んだではないか。龍に食われたのだと。

そのあたりの地形に目を凝らしていると、砂利におおわれ、生育の悪い植物が点々とする吹きさらしの土地が数キロにわたって広がる先に、かろうじて翠泉《すいせん》駐屯地の低い建物群が見分けられた。この州随一の軍事施設だ。そのすぐ上、龍の爪の北端の下に、翠泉と四〇四部隊のワイヤーフェンスに囲まれた敷地を分ける低い丘が広がっている。

ほとんど何も考えずに、単《シャン》は道路を、過去三年間の彼の労働の成果を、目で追っていた。チベットには二種類の道路がある。鉄の路が常に優先される。四〇四部隊は、ラサから西部の丘陵地帯を越えて翠泉駐屯地に至る幅の広いアスファルト道路の基礎工事をした。鉄の路と言っても、鉄道ではない。チベットには鉄道はない。戦車やトラックや野戦砲が通るための道、人民解放軍の重機のための道路だ。

街の北の交差点から龍の爪に向かって延びている、細い茶色の線を、単は眺めた。それは鉄の路ではない。四〇四部隊が現在建設中の道路は、山脈の向こうの高地の谷間に入植する植民者たちのためのものだった。北京がくり出す最終兵器は常に人間だった。中央アジアの文化圏に属するイスラム教徒が何百万人も暮らしてきた新疆の西部地区のように、北京政府はチベット人を自分たち自身の土地において少数民族にしてしまおうと画策しているのだ。チベットの国土の半分は、隣接する中国の各州に吸収されてしまった。残りの部分の人口集中地域には、中国からの移住者を大量に送りこんだ。三十年以上にわたって、延々《えんえん》とトラック輸送が続けられ、ラサは漢人の住む中国の街になってしまった。これらのトラック輸送のために建設された道路は、四〇四部隊では〝阿鼻の道〟と呼ばれていた。地獄の最下層、仏教に害をなした者が落とされる場所を指す言葉だ。

ブザーが鳴った。振り向くと、先ほどの小鳥のような女性が茶碗を持って立っていた。単に茶をわたすと、大急ぎで奥のドアを抜けて、暗い部屋に入っていった。

喉を焼く熱さも気にせずに、彼は茶の半分をひと口で飲み下した。そのうちあの女がまちがいに気づいて、茶を取り戻されてしまうだろう。この味をおぼえておいて、今夜ベッドに横になって思い返したいものだ。そう考えながらも、同時に彼は自分が卑しいことをしていると思い、自分に腹を立てた。このような囚人特有の遊びにふけってはならない、とチュージェーに戒められていたのに。外の世界をひとつまみ、監獄に持ち帰って、それを一人堪能するなどということをしてはならないとチュージェーに戒められていたのに。

女性がまた現われ、奥の部屋に来いと合図した。

異様に細長い、凝った装飾を施したデスクの奥に、しみ一つない軍服を着た男がすわっていた。デスクには電気スタンドが一つだけともっている。いや、デスクではない。単《シャン》は気づいた。寺院の仏壇が役所の備品に転用されたのだ。男は単をじっと見ながら、高価なアメリカ製のタバコに火をつけた。駱駝《らくだ》、〃キャメル〃だ。

男のたたえる仮借のない雰囲気は、単にはなじみのものだった。譚《タン》大佐の顔は、冷たく硬い石を削って作ったように見えた。もし握手などしたらと、単は思った。譚の指は自分の手をざっくりと切ってしまうだろう。

譚は鼻からタバコの煙を吐き、単の手の茶碗を見た。それから白髪の女性に目を移した。彼女はこちらに背を向けてカーテンを開けようとしていた。日の光が射さずとも、単には壁に何があるかわかっていた。中国じゅうの同じようなオフィスに何十回も行ったことがある。そこには病気を克服して回復したのちの毛主席の肖像、軍隊生活の一コマの写真、お気に入りの赴任地の写真、辞令、そして少なくとも党の綱領が一つ。

「すわれ」デスクの前の金属の椅子を指して、大佐は命令口調で言った。

単は腰をおろさなかった。彼は壁の上のものを見まわしていた。毛主席がいる。回復後の写真ではなく、六〇年代のもので、あごの大きな疣《いぼ》が写っていた。辞令も、笑顔の陸軍将校たちの写真もあった。その上には中国国旗でおおわれた核ミサイルの写真。一瞬、彼は綱領をみつけられなかった。しかし、譚の背後の色あせたポスターが目に入った。〃真実こそが〝と書いてある。〝人民に必要なものだ〟

譚は薄い、汚れたファイルフォルダーを手に取り、単を冷ややか目でじっと見た。

「わたしはラドゥン州から九百十八名の囚人の再教育をまかされている」自分よりものを知らない聴き手に向かって話をすることに慣れた者の、なめらかな口調だった。「労働改造所の五つの重労働部隊と、農業収容所が二ヵ所だ」

はじめは気づかなかったものを、単の目がとらえた。短く刈りこんだ白髪まじりの髪の生えぎわの細かいしわと、口元に浮かぶ物憂げな表情だ。「九百十七名については資料がある。一人一人について、どこで生まれ、どんな社会的背景を持ち、どこで初めて当局に通告されたのか、どんな反国家的言辞を弄してきたのか、すべて把握している。ところが一名については、北京から送られてきた簡単なメモがついているだけだ。たった一枚の書類しかないのだ。単受刑囚、きみに関してはな」譚はフォルダーを両のてのひらで押さえた。「きみは、ある政治局員の特別なはからいでここに送られてきた。秦《チン》経済部長。元八路軍の老秦。毛主席に登用されたうちのただ一人の生き残り。無期懲役。陰謀罪。ただそれだけ。陰謀」彼はタバコを吸いながら、単を見つめた。「何をやったんだ？」

両手を握り合わせて、単は床に目を落とした。倉庫に入れられるよりずっとひどいことがいくらもある。自分を倉庫に送るだけなら、鍾は譚の許可を得る必要はない。刑務所によっては、囚人が房から出されるのは死んだときだけというところもある。周囲の者に重大な悪影響を与える可能性のある囚人に関しては、国家保安局が運営する秘密の医療施設がある。

「暗殺の陰謀か？　国有財産を横領しようという陰謀か？　部長の女房を寝取ったのか？　部長の家からキャベツでも盗んだのか？　なぜ秦はきみに関する情報をわれわれにわたそうとしないんだ？」

「なんですか、これは。タムジンですか」単は静かに言った。「だったら立会人が必要なはずです。そういう規則でしょう」

譚の頭は動かなかった。しかし彼はすばやく視線をあげ、単を刺すような目で見た。「素行矯正はわたしの仕事ではない」彼は冷ややかに言い、しばらく黙って単の顔を見ていた。「きみが送られてきた日に、鍾はきみの資料をわたしのところに持ってきた。見て恐ろしくなったのだろう。それ以来、彼はきみから目を離さずにいる」

譚は二番目のファイルフォルダーを指した。こちらは三センチ近い厚さがあった。「自分で新しく資料を作りはじめた。きみに関する報告を送ってくるんだ。わたしの指示ではない。自分からどんどん報告してくるようになったのだ。タムジンの結果。勤労状況。なぜこんなことをするんだと彼に尋ねてみたよ。きみは影のような存在にすぎないのに。きみは秦《チン》部長のものなのだからとね」

二つのファイルフォルダーを、単は見つめた。一方には黄ばんだ紙が一枚だけ、もう一方には気難しい刑務所長からの怒りに満ちた報告書がたっぷり。前の人生と、今の人生。

譚はゆっくりと茶を飲んだ。「ところが、きみは毛主席の誕生日を祝いたいと言い出した」彼は二番目のフォルダーを開き、いちばん上の書類に目を通した。「実に独創的なアイディアだった」椅子の背にもたれ、天井に向かって立ちのぼっていくタバコの煙を眺めながら、彼は言った。「きみは知っているのかどうか。きみが横断幕を出した、その二十四時間後には市場《いちば》で手書きのビラが配られていたのだぞ。翌日には署名のない請願書がわたしのデスクに届いた。それのコピーも市中で回覧されていた。われわれに選択の余地はなかった。きみのおかげでな」

ため息をつき、単《シャン》は顔をあげた。これで謎が解けた。ローケシュの釈放を画策したのに、まだ十分な罰を受けていないと譚《タン》は判断したわけだ。「彼は三十五年間投獄されていたんです」単の声はほとんどささやくようだった。「祝日には」言いながら、彼はなぜ説明しなければならない気になっているのかわからなかった。「妻が来て、外にすわっていました」彼は毛主席に向かって話すことにした。「十五メートル以内に近づくことは禁じられていて」写真に向かって言った。「遠すぎて話ができない。だから互いに手を振っていました。何時間も、ただ手を振り合っていたんです」

かすかな笑みが、剃刀《かみそり》の刃のように薄い笑みが、譚の顔に浮かんだ。「いい度胸だ、同志受刑者単《シャン》」大佐はふざけていた。囚人に同志などというおごそかな呼びかけはふさわしくない。「実に巧妙だった。手紙を書くのは規則違反だ。大声で叫んだりしたら、看守たちに殴られて、沈黙させられただろう。きみが請願書など書いても燃やされるだけだ」

譚はタバコを深々と吸った。「ところがきみのおかげで鍾《チョン》所長はとんだ赤恥をかかされた。あいつはいつまでも恨んでいるだろうよ。きみをよそへ移してくれと言ってきた。きみのおかげで人民の連帯が損なわれると言ってな。きみの身の安全を保証できないというのだ。看守たちは怒り狂っている。秦部長から特別に預かっている客人に事故が起こるかもしれないと。わたしは許さなかった。移送はなし。事故もなしだ」

単は初めて譚の目をまともに見た。ラドゥンは収容所の州だ。そして収容所では、なんでも所長たちの思いどおりにことが運ぶ。

「恥をかいたのは彼だ。わたしではない。あの年寄りを釈放したのは正しいことだった。二倍の量の配給が受けられる書類を持たせて出してやったよ」大佐の口から煙が漂い出た。単の視線に気づくと、彼は肩をすくめた。「ミスがあったことの償いさ」

譚はフォルダーを閉じた。「わたしは謎の客人にますます興味がわいた。あまりにも政治的な存在で、あまりにも正体が見えない。それに、また爆弾を投げつけられるかもしれないから用心すべきかとも思った」彼はまたタバコを吸った。「自分で北京に問い合わせてみた。最初は、それ以上の資料はないという返事だった。秦とは話ができなかった。入院中だそうで。秦の囚人に関するデータは何もない」

単は身を固くして、壁に視線を戻した。主席まで自分をじっと見つめているようだった。

「しかし、その週はほかにすることもなかった。それに、ますます好奇心を刺激されて、しつこく食いさがった。すると、あのたった一枚の書類を作ったのは、国家公安局の本部だったとわかったんだ。きみを逮捕した新疆の支局ではなかった。きみが刑期を務めはじめたラサでもなかった。九百名以上の囚人の中で、公安局の本部で作られた書類付きで送られてきたのは、きみ一人だ。きみがどれほど特別な存在なのか、まるでわかっていなかったと思い知らされたよ」

単はふたたび譚の目を見つめた。「アメリカにこんな言葉があります」彼はゆっくりと言った。「誰でも十五分間は有名人でいられる」

譚は身をこわばらせた。首をかしげて単をじっと見ている様子は、聞きまちがえではないかと思っているようだった。やがて、うっすらとした笑みがその顔に戻った。

単の背後でかすかな足音がした。

「高夫人《コー》」冷ややかな笑みを浮かべたまま、譚は言った。「お客様にお茶のお代わりを」

この歳では大佐にはこれ以上の出世の見込みはないだろうと、単は思った。確かに高級将校ではあるが、チベットに配属されるのは島流しも同然だ。

「この謎の同志受刑者単《シャン》に関して、さらにわかったことがあった」単を三人称で呼んで、譚は話を続けた。「彼は経済部の模範的職員だった。公正な行政を推進するにあたって特に功績があったと、主席から報奨を受けている。そして党員に推薦された。まだ中堅の職員にすぎない者にとっては、異例の待遇だ。ところが彼は、それ以上に異例な行動をとった。推薦を断わったのだ。実に理解しがたい人物ではないか」

単は腰をおろした。「世の中、理解しがたいことばかりでしょう」気がつくと、彼の手は印を結んでいた。堅い心の象徴、金剛心印。

「妻が党員として尊敬を集めていて、成都で政府高官を務めていることを考えると、いっそう理解しがたい。妻だった人物が、と言うべきかもしれんが」

ぎくりとして、単は顔をあげた。

「知らなかったのか?」満足そうににんまりして、譚は言った。「二年前に離婚が成立している。というより、結婚が無効と認められたわけだ。同居したことは一度もないという申し立てでね」

「しかし」——口の中が突然乾ききってしまった——「わたしたちには息子がいる」

譚は肩をすくめた。「今きみが言ったように、世の中、理解しがたいことばかりさ」

体内に突然鋭い痛みを覚えて、単は目を閉じた。国によってすっかり書き替えられてしまった彼の人生だったが、それも最後の章に達したのだった。とうとう息子まで取りあげられた。息子との仲が親密だったわけではない。生まれてから十五年の間に、息子と過ごしたのは全部で四十日ほどにすぎなかっただろう。しかし、囚人のする遊びの一つとして、彼はいつの日か息子との絆を取り戻すことを想像していた。自分と父親との関係に似た結びつきを持てないものかと。夜、眠れないままに横になって、息子は今どこにいるのだろう、父親と再会したらなんと言うだろうと想像して過ごしたものだった。そうして想像する息子との関係が、彼に最後に残された一縷《いちる》の望みだったのだ。彼は両手でこめかみを押さえ、椅子の上で体を二つに折った。

目を開けると、譚がおもしろそうに彼の様子を見ていた。「きみの部隊が、きのう死体を発見したそうだな」彼はいきなり言った。

「労改《ラオカイ》の囚人にとって」単《シャン》は無表情に答えた。「死は身近なものです」息子は、単は死んだと言われているにちがいない。でも、どんなふうに死んだと？　英雄として？　恥辱のうちに？　強制収容所で奴隷のように働かされたあげくに？

譚《タン》は口を開き、タバコの煙がゆらゆらと天井に向かって漂っていくのを眺めていた。「労働部隊での人的損害は常に起こりうることだ。しかし、首を切り落とされた西洋人の死体を発見するのは日常茶飯事とは言えない」

単は顔をあげ、そしてすぐに目をそらした。知りたくなかった。尋ねたくなかった。彼は茶碗に視線を落とした。「身元がわかったのですか？」

「カシミアのセーターを着ていた」譚は言った。「シャツのポケットには、アメリカ・ドルで二百ドル近く入っていた。アメリカの医療器具会社の名刺を持っていた。西洋人が無許可であの場所に入りこんでいたのだろう」

「肌は浅黒かったし、体毛も黒かった。アジア人の可能性もあります。中国人の可能性だって」

「中国人だとしたら、そうとうの地位の者だ。姿を消せば、すぐに周囲で気づくだろう。それにアメリカの会社の名刺を持っていた」譚は勝ち誇ったように言った。「あの地区に出入りを許されている外国人は、われわれの対外投資計画に関係している者たちだけだ。彼らのうちの一人が行方不明になれば、すぐにわかる。二週間後には、アメリカ人の観光客がやってくるが、それはまだ先のことだ」譚は最後にタバコをもう一服して、もみ消した。「きみが事件に関心をいだいているようで、嬉しいよ」

単の視線は譚を通り過ぎて、壁の標語に向けられた。〝真実こそが人民に必要なものだ〟

いろいろに解釈できる文句だ。「事件？」彼は言った。

「捜査をしなければならない。正規の報告書を提出する必要がある。わたしはラドゥン州の司法責任者でもあるのだ」

今のは脅迫なのだろうか、単は思った。「わたしの班が死体をみつけたのではありません」相手の反応を探るように、彼は言った。「検察官が調書が必要だというなら、看守の話を聞けばいいでしょう。同じものを見ていますから。わたしは、ただ死体をおおっていた石を取り除いただけです」彼は椅子の端に体をずらした。自分は何かのまちがいで、ここに呼ばれたのだろうか？

「検察官は一カ月の休暇を取って大連に行っている。海岸地方にね」

「司法の手はゆっくりと動くのがいつものことではありませんか」

「今回は事情が違う。もうすぐアメリカ人の観光客がやってくるし、その前日には司法部から監査チームが来る。五年ぶりの監査なんだ。死体発見が未解決のままになっていたのでは、悪い印象を与えてしまう」

単の体内に固いしこりが生じはじめた。「検察官には副官がいるでしょう」

「誰もいないんだ」譚は椅子の背にもたれ、単をじっと見た。「しかし、同志単、きみは以前経済部で主任監察官をしていた」

まちがいではなかったのだ。単は立ちあがり、窓に近づいた。それだけで体じゅうの力が抜けてしまったような気がした。膝がふるえていた。「おおむかしのことです」やっとの思いで、彼は言った。「今のわたしとは関係ない」

「北京で起きた史上最大の汚職事件を二件、きみは解決した。在職中に、きみは何十人もの党の高官を強制労働キャンプに送りこんだ。あるいは、もっと悪い場所に。明らかに今でもきみに一目置いている者がいるし、恐れている者さえいる。きみがいた役所では、こんなことがささやかれているんだ。きみが刑務所に入れられているのは当然だ。北京で最後に一人だけ残った正直者だったのだからと。きみはヨーロッパに行って、今もそこにいるのだと思っている者もいる」

単は窓の外に目を向けたが、何も見ていなかった。その手はふるえていた。

「あるいは、ヨーロッパには行ったのだが、あまりに多くを知っているので、公安局に連れ戻されたと思っている者もいる」

「わたしは検察官を務めたことはありません」単は窓ガラスに向かって言った。声がかすれていた。「ただ証拠を集めただけで」

「ここは北京からはあまりにも遠い。そのような細かい区別をする余裕はないんだ。わたしは技術者だった」彼の背中に向かって、譚は言った。「ミサイル基地を指揮していたのに、誰かがわたしに州の行政がまかなえると判断してしまったんだ」

「いったいどういうことですか」しわがれ声で単は言った。窓にもたれたままで、自分の脚でまっすぐに立つ自信がなかった。「あれはまったく別の世界のことです。今のわたしは別人です」

「きみはずっと捜査官として職歴を積んできていた。三年間のブランクなど、たいしたことではあるまい」

「誰か人を呼べばいいでしょう」

「だめだ。そんなことをしたら……」譚は言葉を探しているようだった。「……自力で職務が遂行できないと思われてしまう」

「でも、わたしの資料を見たのでしょう」単は必死で言った。「はっきりわかるはずだ。わたしが……」彼は言葉を失った。両手を窓ガラスに押しつけた。ガラスを割って、飛び降りようかと思った。チュージェーは言っていた。魂が完璧なバランスを保っていれば、宙に浮かんで、別の世界に飛んでいくことができると。

「わかるって、何がだね？　きみが鍾《チョン》の頭痛の種だと？　それは同感だ」譚は分厚いほうのファイルを開いて、書類をめくって見た。「ほかにもわかることがある。きみは頭が切れる。几帳面だ。きみなりの流儀で責任をはたす。そして、生き抜く能力を持っている。きみのような人間にとって、それはこの上ない価値のある能力だ」

尋ねなくとも単には相手の言う意味がよくわかっていた。彼はたこだらけの固い皮膚におおわれた自分の手を見つめた。「過去に戻ってはならないと警告されました」彼は抗弁した。「今のわたしは道路建設作業員です。わたしは新しい思想を身につけたのです。人民の繁栄のために建設作業に邁進するのです」それが弱者の最後の逃げ場だった。迷ったら、標語を唱えろ。

「われわれみんなに過去がなかったら、政治局員は失業してしまう」譚は言った。「過去をまともに見すえることができない。それが真の罪なのだ。きみにも自分の過去を見すえてもらいたい。もとの捜査官に戻るんだ。少しの間だけでいい。わたしには司法部がどのような報告を期待しているのかわからない。彼らの言葉は知らないんだ。ここでは誰も知らない。あっさり受理されて、そのまま解決済みとされるような報告書を書いてもらいたい。わたしには検察官のものの考え方は理解できない。三百キロかなたの検察官と電話で事件を論ずることは、わたしにはできないんだ。司法部が理解できるような言葉遣いで事件を整理してほしい。追跡調査が行なわれることのないような文章で書いてもらいたいんだ。きみは今でも北京政府の言葉が使えるはずだ」

単はどさりと椅子にすわった。「そんなこと、無理ですよ」

「たいしたことを頼んでいるわけじゃないんだ」温かさを装った声で、譚は言った。「完全な捜査をしてくれと言っているんじゃない。死亡証明書と矛盾しないような報告書を書いてくれればいい。あのような不幸な死を招く原因となった事故を説明してくれれば。きみだって、点数をあげるいいチャンスだぞ」譚は鍾のファイルを指して言った。「必要なら仲間を助手に使ってもいい」

「きっと隕石に当たったんでしょう」単はつぶやいた。

「すばらしい！　わたしが言っているのは、まさにそういうことだよ。そういう考え方で進めれば、一日か二日で片がつけられるだろう。もちろん、それなりの礼はするよ。そう、食事の量を増やすとか、軽作業につけるとか。機械器具の修理工場に配属するのがいいんじゃないかな」

「だめです」静かな声で、単は言った。「できません」

譚《タン》の顔から快活な色が消えた。「何を理由に拒否するのかね、同志受刑者？」

単《シャン》は答えなかった。嘘はつけないという理由で、彼はそう答えたかった。あなたのような人間のために、自分の魂はぼろぼろになっているからという理由で。この前、あなたのような人間のために真相をつきとめようとして、収容所に送られる羽目になったからという理由で。

「こんなふうに丁寧《ていねい》に接しているので、きみは勘違いしたのではないかな。わたしは人民解放軍の大佐だ。第十七階級の党員だ。この地区はわたしのものだ。わたしは人民の教育、飢えた者への食糧の配分、公共事業の遂行、塵芥の処理、囚人の管理、文化活動の監督、公共交通機関の運営、食糧の備蓄に責任を負っている。疫病の除去にも。あらゆる種類の疫病のだ。どんな人物を前にしているのか、これでわかったか？」

「不可能です」

譚はゆっくりと茶を飲み干し、肩をすくめた。「とにかく、きみには拒否する権利はない」

2

四〇四部隊の管理棟の中にあてがわれた、寒く薄暗い部屋に無言ですわり、単《シャン》はじっと電話機を見つめていた。はじめは偽物にちがいないと思った。木でできているのだろうと、鉛筆で軽く叩いてみた。ケーブルがぽろりと取れるのではないかと、押してみた。それは過去のもの。ラジオやテレビやタクシーや水洗トイレと同じように、別世界のものだった。一つ前の人生に属する品物だ。

立ちあがると、テーブルのまわりを歩きまわった。窓のない、本来は倉庫として造られた部屋だった。少人数で階級闘争の訓練を、反社会主義的な衝動を発見し矯正する思想教育《タムジン》を行なう場所だ。隅に積みあげられた洗浄剤から、アンモニアのにおいがしてきた。電話の脇には小さなメモ帳と、歯で噛んだあとがあるちびた鉛筆が三本置いてあった。ドアの脇の椅子に馮《フェン》軍曹が腰をおろし、リンゴの皮をむいている。その尊大な顔を見ていると、入念に仕組まれた罠にはめられたのではないかという単の疑念が、いっそう深まった。

単はテーブルに戻り、電話の受話器を取りあげた。ダイアル音が聞こえた。受話器を戻すと、飛び上がるのを恐れているかのようにそのまま手で押さえた。罠だとしたら、なんのためだろう？　自分をおとしいれるため？　こんなに長い間、北京からも単自身からも、彼がどんな罪を犯したのかが聞き出せなかった以上、この辺でもっとわかりやすい罪を彼のために用意してやろうと思ったのかもしれない。それともチュージェー以下の僧侶たちを狙っているのか？　彼が誰に電話すると思っているのだろう？　秦《チン》部長？　自分との関係を抹消した、党の高官の元妻？　今度会っても顔がわからないであろう息子？

もう一度受話器を取ると、でたらめに五桁《けた》の番号をダイアルした。

「はい」無表情な女の声がした。電話に出るときには、どこでも誰でも発する意味のない言葉だ。受話器を置き、電話機をじっと見つめた。受話器の蓋を外してみると、案の定盗聴器が仕込まれていた。公安局標準仕様の品だ。そのような器具も、彼の前世の生活の一部だった。スイッチが入っているのかどうかはわからなかった。彼のためにセットしたのか、刑務所の電話には全部取りつけてあるのかも、わからない。

受話器の蓋をもとに戻すと、もう一度部屋を見まわした。あらゆる物品が奥行きを増し、存在感を高めているように見えて、まるで死に臨んだ者の目に映っているかのようだった。メモ帳に目を戻すと、その輝くばかりの真っ白な紙を感嘆して眺めた。三年前から彼がいる世界は、そのような白さとは無縁だった。一枚目の紙には名前と番号が箇条書きになっているが、残りの紙には何も書かれていない。かすかにふるえる指で、彼はメモ帳をめくった。一ページ一ページ手を止め、まるで本を読んでいるようだ。最後のページの、いちばん目につきにくい上の隅に、自分の名前を表わす二つの漢字を、彼は大胆な筆跡で書きこんだ。逮捕以来、自分の名前を書くのははじめてだった。彼は不思議な満足感を覚えて、その字を見つめた。自分はまだ生きている。

その下に、父親の名前を漢字で書いた。すると急に罪悪感を覚え、急いでメモ帳を閉じると、見られていなかったかと馮の様子をうかがった。

どこかから低いうめき声のようなものが聞こえてきた。風かもしれない。誰かが倉庫に入れられているのかもしれない。メモ帳を押しのけると、その下にたたんだ紙片が置いてあった。印刷した用紙で、「事故死報告書」と標題がついている。

電話を取りあげ、メモの最初にある番号をダイアルした。町の診療所、州立病院の番号だった。

「はい」

「宋《ソン》先生を」

「今、非番です」電話は切れた。

突然、誰かがデスクの前に立っているのに気づいた。チベット人だが、並はずれて背が高かった。若い男で、収容所の職員の緑色の制服を着ている。

「報告書のことであなたの助手を務めるように言われました」室内をちらちら見ながら、男はおずおずと言った。「コンピューターはどこですか？」

単は受話器をおろした。「兵隊か？」人民解放軍の兵士にチベット人がいるのは事実だが、彼らがチベットに配属されることはまずない。

「そうではなくて――」心外そうに顔を赤らめて、男は言いかけたが、そこで自分を抑えた。単には相手の反応の意味が理解できた。単が誰だかわからないので、彼が刑務所内のどの階層に属するのか、あるいはもっと広く言えば、中国という階級のないはずの社会の入り組んだ上下関係の中のどこに位置するのかが判断できないのだ。「二年間の再教育期間が終わったところです」男はぎこちない口調で言った。「再教育が終了したので、鍾《チョン》所長がご親切に衣類を支給してくださったのです」

「再教育って、理由は？」

「名前はイェーシェーです」

「でも、まだ収容所にいるのか」

「仕事はなかなかみつかりませんし、ここに残って働くように言われたのです。でも、再教育期間は終了しています」男は言い張った。

単は相手の話し方の特徴に気づきはじめた。その声には静かにみずからを律する響きがあった。「山で学んだんだね？」彼は言った。

相手の顔に憤然とした表情が戻った。「人民の信託を受けて、成都の大学で学びました」

「わたしが言ったのは寺のことだよ」

イェーシェーは答えなかった。部屋の中を動きまわり、奥のほうに椅子を半円形に並べた。まるでタムジンが開かれるようだ。

「なぜ、ここに残ったんだ？」単は尋ねた。

「去年、ここに新しくコンピューターが送られてきたのです。でも、誰も使える者がいなくて」

「きみの再教育というのは、刑務所のコンピューターを操作することだったのか？」

長身のチベット人は眉をひそめた。「ぼくの再教育の内容は、夜の間に刑務所の便所にたまったものを汲み出して、畑にまくことでした」彼は言った。自分の仕事を誇りに思っているような話し方をしようと、無様《ぶざま》な努力をしている。政治局の将校に仕込まれたのだろう。

「しかし、ぼくがコンピューターが扱えることがわかって、事務の仕事を手伝うようになりました。ぼくの社会復帰の一環だったのです。経理をチェックしたり、報告書を北京のコンピューター処理用に書き直したりです。再教育は終了したのですが、もう二、三週間ここにいるように言われました」

「えっ？」

「つまり、元僧侶が、ほかの僧侶を刑務所にとじこめておく手伝いをしているわけだな」

「なんでもない。ただ、正義の名のもとに驚くべきことが行なわれるものだなと思って」

なんと答えていいかわからず、イェーシェーは身をすくめた。

「まあ、いいさ。報告書って、どんな？」

イェーシェーは室内を絶えず動きまわりながら、ドアのそばの馮《フェン》軍曹と単を交互にちらちら見ていた。「先週は機械類の在庫一覧。その前の週は、囚人が道路を一キロ建設するごとに、一人どのくらいの量の食物を摂取するかという統計。天候状態。生存率。それから、行方不明の軍用品についての調査報告もしようとしています」

「わたしがここで何をしているかについては、聞かされていないのか？」

「報告書を書くのでしょう？」

「龍の爪の作業現場で男の死体が発見されたんだ。司法部に提出する資料を作成しなければならない」

イェーシェーは壁によりかかった。「囚人ではないでしょうね」

その質問に答える必要はなかった。

そこでイェーシェーは単の着ているシャツに気づいた。かがんでデスクの下の、ボール紙とビニールでできたぼろぼろの靴を見た。そして、振り向いて馮のほうを。

「聞いてないんだな」単は言った。尋ねているのではなく、事実を述べたのだった。

「でも、あなたはチベット人じゃない」

「きみも中国人じゃないだろ」すかさず単は言い返した。

イェーシェーはあとずさりして単から離れた。「何かのまちがいみたいだ」彼は小声で言い、馮軍曹のところへ行った。両手を前に差し出して、まるで憐れみを乞うているようだ。

それに応えて、馮はただ所長室のほうを指さした。イェーシェーは小刻みに足を動かしてもとの場所に戻り、単の前に腰をおろした。また単の靴をぼんやりと見ていたが、いかにも勇気を奮い起こしてという様子で目をあげた。「あなたの罪だと思われているのですか？」

彼は言った。警戒心が声にあらわになっている。

「どういう罪だい？」われながら筋の通った質問だと、単は感心した。

イェーシェーは目を丸くして彼を見つめた。今まで見たことのない姿の悪魔に出くわしたような顔だ。「殺人です」

単は自分の手に目を向け、ぼんやりと分厚いたこを掻《か》いた。「さあな。そう言われたのか？」はじめからそういう計画だったのかもしれない。譚《タン》や秦《チン》部長のような古手の連中は、獲物にくらいつく前に十分に楽しもうとするのだ。

「何も聞いてません」苦々しげにイェーシェーは言った。

「検察官は休暇でここにいない」努めて平静な声を保って、単は言った。「譚大佐が報告書を出さなければならない。わたしはむかし、その類の仕事をしていたんだ」

「殺人を？」イェーシェーの声には期待がこめられているかのようだった。

「違う。報告書だ」単は名前のリストをイェーシェーのほうに押しやった。「最初の名前は、もう当たってみた。医者とは話ができなかった」

イェーシェーは馮軍曹のほうを振り返ってみたが、相手が視線を返さないので、ため息をついた。「午後の間だけですよね」イェーシェーは様子を探るように言った。

「わたしがきみをよこすように言ったんじゃない。きみの仕事だと言ったじゃないか。資料をまとめる仕事で給料をもらっているんだろう」この男は何をためらっているのだろうと、単は不思議に思った。助手があてがわれた理由はよくわかる。公安局が見張っているのだとしたら、彼らは電話に盗聴器を仕掛けるだけで安心したりはしないだろう。

「囚人といっしょになって何かをしてはならないと警告されているんです。ぼくはもっといい仕事につきたい。犯罪者と関わる仕事はちょっと。そういうのは、なんだか――」イェーシェーは口ごもった。

「退行するみたいか？」

「そうです」かすかに感謝のこもった声で、イェーシェーは答えた。

単《シャン》は一瞬相手を見つめていたが、メモ帳を開いて書きはじめた。〝ラドゥン州中央刑務所管理部の事務補助員イェーシェーなる人物と、私は本日までまったく面識がありませんでした。私はラドゥン州庁の譚大佐から直接命令を受けて活動しています〟そこでいったん手を止めたが、さらに書いた。〝イェーシェーの社会主義体制改善のための努力に、私は深く感銘を受けました〟そして署名をし、日付を書きこむと、落ち着かない様子のチベット人に手わたした。彼は硬い表情で文面を読み、たたんでポケットにしまった。

「今日だけのことだ」イェーシェーは言った。自分で自分を安心させているようだった。

「いつも一日ですむ仕事しか与えられていないから」

「ああ、そうだな。これほど貴重な人材が無駄に使われるのを、鍾所長が黙って見ているわけがない。二、三時間が限度だ」

イェーシェーは戸惑った様子だった。単の皮肉な台詞《せりふ》に面くらったらしい。しかし、やがて肩をすくめ、リストを手に取った。「医者ですか」急にてきぱきした調子になって言った。

「医者と話したいと言ってもだめです。診療所長の部屋につなげと言わないと。譚大佐が医療報告を求めているると言うんです。所長室にはファックスがあります。ただちにファックスで送れと指示するといいでしょう。あなた宛じゃなく。ここの所長の秘書宛に。所長は今いませんから、ぼくが彼女に話をします」

「いない？」

「国土資源部の局長の運転手が迎えにきて」

死体が発見された場所に、見慣れない車があったことを、単は突然思い出した。「国土資源部の局長がどうして四〇四部隊の作業現場に来たりするんだろう？」彼は口に出して言った。

「それは山の中でしょう」こわばった口調でイェーシェーが言った。

「そうだが？」

「山地は国土資源部の管轄なんです」イェーシェーは何気《なにげ》ないふうで言い、リストを読み進んでいった。「陳《チェン》中尉。廊下の先に彼のデスクがあります。看守から死体を引き取った陸軍の救急隊員たち。彼らの記録は翠泉《すいせん》駐屯地にあるでしょう」彼は言った。

「二日前からの公式の気象記録がほしい」単は言った。「それから、この一カ月の間にチベットに入国を許可された外国人の観光グループのリスト。ラサの観光局にあるはずだ。それと、町に戻るかもしれないと軍曹に言っておいてくれ」
二、三分後には、イェーシェーは次々に報告書を持ってきた。まだ機械のぬくもりが残っていた。単はすばやく目を通し、メモを取りはじめた。ほとんどすんだところで、廊下にけたたましい音が鳴り響いた。これまで四〇四部隊で過ごしてきて、彼が一回しか聞いたことのないサイレンの音だった。看守たちにライフルが支給されるという合図だ。彼の背筋を冷たいものが走った。チュージェーが抵抗を始めたのだ。

一時間後、報告書を手に自分の前に立った単《シャン》を、譚《タン》大佐は疑わしげに見た。それから書類をひったくると、読んだ。

建物にはほとんど人がいないようだった。いや、ただ人がいないというのではない、単は思った。全員がこの場所を放棄して逃げ出したようだ。食物連鎖の頂点に立つ捕食動物が現われたときに、小型の動物が自分たちの住みかをあとにして逃げ出すようなものだ。風が窓ガラスをゆらした。外には一羽のカラスと、数羽の小鳥が見えた。

譚大佐が顔をあげた。「これは補助的な報告書じゃないか。これでは形式が整わない」

「調査でわかった具体的な事実はそれで全部です。そこから引き出せる結論も。わたしにできるのは、そこまでです。あとはご自分で決めていただかないと」

譚は書類を両手でおおった。「わたしの権威を茶化すようなまねは、もうずいぶん長いことされていない。この州をまかされてからは一度もないと思う。黒い斧を預かってからはな」

単は床に視線を落とした。黒い斧とは、死刑の命令を発する権限だ。

「わたしが望んでいたのは、これ以上のものだ、同志。きみなら徹底的に調査するだろうと思っていた。きみに提供した機会を十分に活用してもらいたい。時間をかけて」

「いろいろ考えましてね」単は言った。「急いでご報告したほうがいい事項があると思ったものですから」

譚は報告書を手にとって、読みあげた。「十五日一六〇〇時、死体発見。龍の喉の橋から百五十メートル上方の地点。身元不明の被害者は、カシミアのセーターとアメリカ製のジーンズという高価な衣服を身につけていた。体毛は黒。腹部に二カ所の手術跡。ほかに目立つ身体的特徴はなし。被害者は危険な山道を夜間に歩行していて、突然頸部に負傷を負ったものと思われる。ほかに関与した者がいたことを示す直接的証拠はなし。当地では行方不明者の報告はないことから、外部から訪れた者と思われる。おそらくは外国人。本件に関する医師と保安将校の報告書を添付」

彼はページをめくった。「頸部の負傷の原因として考えられる事項。その一。暗闇で石につまずき、この区域に多く見られる縁が鋭い石英の上に倒れこんだ。その二。橋の建設作業員が残していった用具の上に倒れこんだ。その三。高地に慣れておらず、突然高山病にかかり、昏倒して、上記一あるいは二の原因によって負傷した」譚はそこで読むのを中断した。「隕石はなしか？　あの説は気に入ったのだが。何やら仏教的な雰囲気がある。前世の宿命という感じでな」

彼は報告書の上に手を広げた。「きみは結論を出していない。きみは被害者の身元を明らかにしていない。きみはわたしが署名できるような報告書を書いていない」

「身元を明らかにする？」

「身元不明のままというのは、具合が悪い。怠慢だと誤解される恐れがあるのでな」

「でも、こうしておくのが、まさに司法部から文句を言われない方策なのですよ。被害者の家族になんの知らせもなかったからといって、あなたの責任にはならないでしょう」

「身元についておよその見当がついていたほうが、人目を惹かずにすむだろう。名前とは言わずとも、せめて帽子だけでも」

「帽子？」

「仕事。出身地。少なくとも、なぜここに来たのかという理由。名刺のアメリカの会社に高《コー》夫人が電話した。レントゲン機器の販売会社だったよ。つまり、被害者はレントゲン機器のセールスマンだったことにしよう」

単は自分の手を見つめた。「推測しかできませんよ」

「一人の推測が、別の者の判断になるんだ」

龍の爪の斜面をおおいはじめた闇に、単は目を向けた。「もし、わたしが、完璧な筋書きを」彼はゆっくりと話した。一言発するごとに、自分を呪いたい気持ちになった。「司法部が喜んで受け入れるような説明を考え出したら、わたしを元の作業班に戻してくれますか？」

「べつにきみと交渉しているわけではないのだ」譚大佐は言ったが、少し考えて、肩をすくめた。「岩を砕くのが、そんなに楽しいとは知らなかったな。いや、喜んであの所長のところにきみを戻してやるよ、同志受刑者」

「被害者は台湾の資本主義者だったんです」

「アメリカ人じゃないのか？」

単は譚の目を見返した。「アメリカ人と聞いて、公安局がどんな反応を示すと思いますか？」

譚は眉を吊りあげ、うなずいた。納得したようだ。

「台湾人です」単は続けた。「それで所持金と服装の説明がつきます。人目につかずに歩きまわれていた理由も。そうですね、元国民党軍の兵士で、この辺で戦ったのでしょう。懐かしい場所なんです。観光グループの一員としてラサに来て、そこから単独行動をとって、無許可でラドゥンに入りこんだ。そのような人物の安全に関しては、州庁としても責任を負いかねます」

譚は考えこんだ。「そういうことは、調べればわかってしまうだろう」

単は首を振った。「この三週間で台湾人の旅行団が二つ、ラサに来ています。それについては観光局の報告書が添付してあります。確認に三日かけていれば、旅行者は全員帰ってしまうでしょう。公式には台湾内部のことは何も調べられません。公安局でもよくわかっていることですが、このような旅行団はしばしば違法な目的に利用されています」

譚はいつものかすかな笑みを浮かべた。「どうやらきみに関しては、いささか早合点していたようだな」

「報告書を完成させるのには、これで十分でしょう」単は説明を続けた。「監査チームが帰ったあとで、検察官がどうするか決めればいいわけで」話しながら彼は、譚がこの件に早く蓋をしたがっている理由がもう一つあったのを思い出した。監査チームの話の前に、もうすぐここに来るアメリカ人の観光客のことを言っていた。

「検察官が何をどうするんだ？」

「殺人事件の捜査に切り替えるのです」

何か苦いものを嚙んだかのように、譚は口をすぼめた。「ただの台湾人の観光客なんだろう。過剰反応は慎むべきだと思うがな」

単は上を向いて、毛主席の写真に話した。「完璧な筋書きと言ったのです。真相と混同しないでいただきたい」

「真相だと、同志？」信じられないという顔で、譚は言った。

「結局は殺人犯を捕まえなければならないのですから」

「それは検察官とわたしとで決めることだ」

「そうはいきません」

いぶかしげに譚は眉をあげた。

「適当な報告書を提出して、二、三週間は時間をかせぐことができます。全部の書類に署名しないで送るという手もあるでしょう。誰かが気づくまで、何カ月も棚ざらしにされているかもしれない」

「署名なしの書類を送ってしまうほど、わたしが不注意でなければならない理由はなんだね？」

「最終的には事件の報告書には、解剖を行なった医師の署名が必要になるからです」

「宋《ソン》か」ひとりごとのように、譚は低い、苦々しげな声で言った。

「医師の報告書はなかなか詳細でしたよ。頭がないのに気づいてますから」

「どういう意味だ？」

「医師は医師で報告しなければならない相手があるんです。彼らは彼らなりの監査をします。頭部がないとなれば、あなたが提出する事故であるとの報告書に、医療担当官が署名するとは思えません。報告書が届かなければ、いずれは司法部が乗りだしてきて、殺人事件として扱うことになるでしょう」

譚は肩をすくめた。「いずれは趙《ジャオ》検察官が戻るだろう」

「でも、その間、殺人犯が野放しになります。検察官としては状況を考えざるを得ないでしょう」

「状況？」

「殺人犯は被害者の知り合いだったこととか」

譚は愛用のアメリカ・タバコに火をつけた。「そんなこと、どうしてわかる？」

「遺体に傷はありませんでした。争った痕跡はありません。被害者は誰かといっしょにタバコを吸っていました。自分の意志で山に登っていったのです。靴がきれいでしたから」

「靴？」

「引きずられていったのなら、靴が地面をこすって汚れたはずです。運ばれていったのなら、靴底に小石はつかなかったでしょう。これは検視報告書に書かれていることです」

「じゃあ、金持ちの旅行者をみつけた強盗が、銃をつきつけて山を登らせたんだろう」

「いいえ。金品は奪われていません。強盗ならアメリカ・ドルで二百ドルという金を見落とすはずがない。それに被害者は気まぐれで南の爪まで車で行ったのではない。あるいは知らない人間に言われて行ったのでもない」

「知り合いか」譚は考えこんだ。「しかし、そうなると地元の人間ということになるじゃないか。行方不明者はおらんぞ」

「以前ここにいて、知り合いだった相手かもしれない。突然その人物がやってきて、むかしの恨みが再燃した。むかし相手にだまされていたことがわかった。その恨みを晴らすチャンスが訪れた。連絡はしたのですか？」

「誰に？」

「検察官です。そこには書きませんでしたが、一つ気になるのは、なぜ殺人犯は検察官がいなくなるまで待っていたのだろうということです。なぜ、このタイミングだったのか？」

「言っただろう。この件について電話で話はしたくないんだ」

「検察官の留守中をねらって、ほかにも何かたくらみがあったら？　監査チームが来る前の時期に」

大佐は単《シャン》の言葉に神経を集中していた。「弱ったな。大連に着いたかどうかも、わからないんだ」譚《タン》はタバコの先をじっと見た。「何を尋ねたらいいんだ？」

「調査中の事件について。誰かに圧力をかけていなかったかどうか」

「どういうことだ——」

「検察官というのは、あちこち掘り返すものです。ときには蛇の巣をつついてしまうことがある」

譚は天井に向けて煙を吐き出した。「何かもっと具体的に考えていることがあるのか？」

「当局に情報提供しようとしていた者が殺されたのかもしれない。犯罪者の仲間割れかもしれない。検察官に汚職事件を捜査していなかったかどうか尋ねてみてください」

その言葉に譚は動きを止めた。それからタバコをもみ消すと、窓辺に寄った。しばらく外を見ていたが、ぼんやりした表情で双眼鏡を取りあげ、東の地平線に向けた。「晴れた日に、光の具合がちょうどいいと、龍の喉のいちばん下のところの新しい橋が見えるんだ。誰が造った橋か、わかるか？　われわれだ。わたしのところの工兵隊が、ラサの手を借りずに造ったんだ」

単は答えなかった。

双眼鏡を置くと、譚は新しいタバコに火をつけた。「なぜ汚職事件なんだ？」窓のほうを向いたまま、彼は尋ねた。汚職は常に殺人よりも重大な事件だった。清朝時代には、人を殺した者はときには罰金刑ですんだ。皇帝から盗んだ者は、例外なく体を切り刻まれた。

「被害者はいい身なりをしていました」単は答えた。「チベット人のほとんどの年収より多い現金を身につけていた。北京には統計資料があります。犯罪事件を分析したものです。もちろん秘密資料ですが。殺人事件の背景として典型的な要素が二つあって、それは情熱と政治です」

「政治?」

「北京の言葉で汚職のことです。汚職には決まって権力をめぐる争いがからんでいる。連絡がついたら検察官に尋ねてごらんなさい。彼ならわかるでしょう。そして、誰か推薦してもらってください」

「推薦?」

「ほんものの捜査官です。ここで現場の捜査から始めてもらうんです。報告書は、わたしが仕上げます。でも、ほんとうの犯罪捜査は現場の状態が変わらないうちに始めなければなりません」

譚は煙を吸い込み、しばらく肺の中にためておいてから、ふたたび口を開いた。「きみのことがわかってきたよ」彼は言った。口から煙がもれて出た。「問題を解決するために、より大きな問題を作り出すんだ。きみがチベットにいることと、それはおおいに関係あるんじゃないかな?」

単は何も答えなかった。

「頭は崖の下に落ちたのだろう。きっとみつける。明日、捜索隊を出す。きっとみつけて、宋《ソン》医師に報告書に署名させる」

　単は黙ったまま、譚の顔を見つめていた。

「もし頭がみつからなければ、司法部はわたしに殺人犯を差し出せと言ってくると思うのか？」

「もちろんです」単は答えた。「でも、それがいちばんの問題ではないでしょう。まず、反社会的な行為があったことを指摘しなければなりません。社会主義的な因果関係を明らかにすることを求められるでしょう。因果関係さえ示せれば、あとは自然に決着がつきます」

「因果関係？」

「司法部は殺人犯そのものにはたいして関心はありません。容疑者候補ならいくらでもみつかりますから」単は相手の反応を待った。譚はまばたき一つしなかった。「彼らが必ず求めるのは」単は話を続けた。「政治的な説明です。殺人事件の捜査は一種の芸術です。暴力事件の究極の原因は、反動的傾向でなければならないのです」

「きみは情熱と言ったな。汚職とも」

「それは秘密の資料に基づいた話です。非公開で、捜査官しか参照できません。今わたしが言っているのは、対社会的な処理法です。殺人犯の訴追は、通常公開で行なわれます。訴追の根拠を説明できなければならないのです。政治的な説明を。それが常に問題になります。あなたに必要なのは、その種の証拠です」

「いったいなんの話だ？」譚はうなるように言った。

単は写真を見あげ、また毛主席に向かって言った。「田舎の家を想像してみてください」

彼はゆっくりと話をした。「死体が発見されます。刺殺死体です。台所で眠っていた男の手に、血みどろのナイフが握られていました。男は逮捕されます。さて、どこから捜査を始めますか？」

「凶器だ。傷口に合致するかどうか見る」

「いいえ。戸棚です。いつも必ず戸棚を調べるんです。以前は、本を隠してないか探しました。英語の本。西欧音楽。その逆のものを探すこともあります。古いブーツや、すり切れた衣類といっしょに毛沢東語録が隠してないかと。党の方針が転換されていた場合にはね。いずれにしても、社会主義の発展に対する反動的傾向を有している疑いが浮かび上がってきます。

次に党の中央資料庫をあたります。階級的背景を探るのです。容疑者が以前、再教育の必要ありと認定されたとか、祖父が資本家階級に属して人民から搾取していたとかいう事実がないかと探します。もしかすると、叔父が腐敗した臭老九《チョウラオチウ》に属していたかもしれない」単の父親は腐敗した臭老九に属していた。毛沢東の規定した腐敗分子の最下級、知識人だ。「あるいは容疑者は模範的労働者かもしれない。もしそうだったら、被害者に目を向けます」彼は話しつづけた。北京での最後のセミナーでした話をくり返していることに気づいて、彼は身震いした。「重要なのは社会主義的因果関係です。反動的傾向をみつけて、そこから出発するのです。人民への手本となるのでなければ、殺人事件の捜査にはなんの意味もありません」

譚は窓の前を行ったり来たりしていた。「だが、この件に蓋をするのにほんとうに必要なのは頭だ」

単の背中に何か冷たいものが触れたようだった。「頭ならなんでもいいわけじゃない。あの死体の頭です」

おかしくもなさそうに、譚は笑った。「破壊活動家か。鍾《チョン》が気をつけろと言っていたよ」

彼は腰をおろし、単の顔を見つめた。「なぜそんなに四〇四に帰りたがるんだ？」

「あそこがわたしの居場所です。あそこでトラブルがおきる恐れがあります。死体が発見されたせいで。わたしがいれば、防げるかもしれない」

譚の目が細くなった。「どんなトラブル？」

「チュンボです」単は静かに言った。

「チュンボ？」

「文字どおりの意味は、飢えた幽霊。暴力によって、死への心構えができないままに肉体を離れた霊魂です。あの山で死者をなだめる儀式を行なわないかぎり、霊魂はあの場所をさまよいつづけます。怒りをいだいていて、災いをもたらすかもしれない。信心深い者たちは、あの場所には近づかないでしょう」

「どんなトラブルだ？」厳しい声で譚は質問をくり返した。

「四〇四部隊の者たちは、あの場所では作業をしません。不浄の場となったからです。霊魂が解放されるよう、祈っています。清めの祈りです」

　譚の目の怒りの色が増した。「ストライキの報告は受けていないぞ」

「所長はすぐに報告したりはしません。自力で解決しようとするはずです。まず囚人の中の上位の者たちが作業を拒否するでしょう。事故が起きるかもしれない。看守に銃が配られているのです」

　譚はすばやくドアのところに行き、高《コー》夫人に鍾所長のオフィスに電話をかけさせた。開いた戸口越しに単をじっと見ながら、彼は会議室の電話で話をした。

戻ってきたとき、彼の目は怒りに燃えていた。「一人が脚の骨を折った。備品を積んだ荷車が崖から落ちた。囚人たちは昼休みのあと、作業を拒否している」

「僧侶たちに儀式を行なう許可を与えてください」

「ばか言うな」譚はそう言い捨て、大股で窓に近寄った。窓枠から双眼鏡を取りあげ、夕闇の迫る中で遠くの斜面の作業現場を見ようと無駄な努力をした。振り向いたとき、その目ははじめの固い表情に戻っていた。「これで因果関係がはっきりしたぞ。なんと言った？　反動的傾向か」

「どういうことです？」

「反動的傾向じゃないか、あれは。資本主義的独善だ。カルト集団め。仲間の修正主義者を助けようと行動に出たんだ」

「四〇四部隊が？」ぞっとして、単は言った。「四〇四の連中は関係ない」

「今きみが言ったとおりじゃないか。反動的傾向によって、またも社会主義の発展が妨げられた。やつらはストライキを行なっている」

その言葉に、単《シャン》は心臓が止まりそうになった。「ストライキじゃない。たんに宗教の問題なんだ」

譚《タン》は冷ややかに笑った。「囚人が作業を拒否すれば、それはストライキだ。公安局に報告しなければならないだろうな。わたしの手には負えない」

単は呆然と相手を見つめていた。山中で人が死んでも、役所は気に留めないかもしれない。だが、強制収容所でストライキが起きたら、そうはいかない。突然とてつもない危機的状況が生じてしまった。

「新しい報告書を作ってもらおうか」譚が言っていた。「反動的傾向について説明してもらいたい。作業を放棄する口実として、四〇四の囚人たちが殺人を犯した状況を報告するんだ。検事総長に提出するにふさわしい報告書にしろ。司法部から文句の出ようがないようなものをな」薄い半透明の用紙に、彼は何かを書き留めた。そして一瞬単の顔を見ていたが、ゆっくりと、儀式張った手つきで、印鑑を押した。「きみは正式にわたしの指揮下に入る。車と、所長付きのチベット人の事務員を提供しよう。馮《フェン》が監視につく。診療所に事情聴取にいく許可も与える。きかれたら、模範囚としてわたしのために任務に就いていると答えろ」

単は大きな岩を背中に載せられたような気がした。思わず前かがみになりながら、彼は必死で龍の爪のほうに目を凝らした。「わたしの報告書など無意味です」彼は小声で言った。

言葉が喉で詰まりそうになった。早く四〇四部隊に戻りたくて、チュージェーに力を貸したくて、彼はやっつけ仕事をしたのだった。今や譚は、僧侶たちにより大きな罰を与えるために彼を利用しようとしている。「わたしが信頼に値しない人間であることは周知の事実です」

「報告書はわたしの名前で提出するんだ」

単はどこか見覚えのある幽霊の、ぼんやりした姿を見つめていた。自分の姿が窓ガラスに映っているのだった。何が起きつつあるのか、彼にはわかっていた。自分は下等な動物に転生しようとしているのだ。「それでは、わたしたちどちらかの名が汚されることになります」かすれたささやき声で、彼は言った。

3

診療所の、くすんだ三階建ての建物は、外側のほうが中よりずっと清潔だった。ロビーからかび臭いにおいがただよってきた。ロビーの壁に掲げられた、意気盛んなプロレタリアートによるブルドーザーとトラクターのコラージュ作品は、ひび割れ、剝《は》がれかけていた。四〇四部隊の宿舎と同じ乾燥した埃《ほこり》が、家具をおおっている。茶と緑色の何かが飛び散った跡が、あせたリノリウムの床と一方の壁についている。彼らが入っていくと大きな虫が物陰に走っていったが、それ以外に動くものはなかった。

高《コー》夫人が電話をしておいたので、すり切れたスモックを着た、背の低い、神経質そうな男が出てきて、単《シャン》とイェーシェーと馮《フェン》を黙って案内した。男について薄暗い階段をおりていくと、そこは金属の検査台が五台置かれた地下室だった。男が両開きのドアを開けると、アンモニアとホルムアルデヒドの強烈なにおいが、波のように彼らを襲った。死のにおいだ。

イェーシェーはあわてて口に手を当てた。馮軍曹は何かののしり、タバコをまさぐった。ロビーで見たのと同じしみが、この部屋の壁をさらに大きくおおっていた。そのしみの一つを彼は目で追った。茶色い跡が、床から天井まで弧を描いている。一方の壁にポスターが貼ってあった。何度も折りたたんでぼろぼろになったポスターは、何年も前に行なわれた北京歌劇団の公演を知らせるものだった。嫌悪感と恐怖がないまぜになった表情で、案内の男は彼らを一台だけふさがっている検査台のところに連れていき、それからあとずさりして部屋を出ると、ドアを閉めた。

イェーシェーもそのあとに続こうとした。

「どこに行くんだ?」単が言った。

「吐きそうなんです」イェーシェーは情けない声を出した。

「われわれには仕事があるんだ。廊下にいたんじゃ、仕事はすませられないぞ」

イェーシェーは足元に視線を落とした。

「どこに行きたいんだ?」単は尋ねた。

「どこって?」

「このあとさ。まだ若いし、夢があるんだろう。目標があるはずだ。きみぐらいの歳の者は、みな目標を持っている」

「四川省」不信感もあらわに、イェーシェーは答えた。「成都に戻るんです。鍾《チョン》所長が、ぼくの書類は用意できてると言ってくれました。向こうで働けるように手配してくれたとも。あそこでは今では自分用のアパートを借りられるんです。テレビを買うことだって」

単は相手の言ったことを考えてみた。「いつ所長からその話を?」

「ゆうべですよ。成都にはまだ友だちがいます。党員なんです」

「それはいい」単は肩をすくめた。「きみには目標がある。わたしにも目標がある。こいつをさっさとすませて、先に進もうじゃないか」

憤りの表情を浮かべたまま、イェーシェーはみつけた壁のスイッチを押し、検査台の上に一列にぶらさがった裸電球をともした。中央の台は輝いて見えた。そこにかけられた真っ白なシーツだけが、その部屋で唯一白く清潔なものだった。部屋の奥に向かって馮軍曹が小さなののしり声を発した。錆びついた車椅子に、だらりとした死体が載せられていた。汚れたシーツをかけられ、頭が片方に不自然な角度でかしいでいる。

「あんなふうにほうり出したりして」馮が馬鹿にしたようにつぶやいた。「陸軍の病院だったら、少なくとも軍服を着せて横にならせておくだろうに」

単は天井まで届いている血痕に目を戻した。ここは死体置き場のはずだ。死体には血圧がない。血が噴き出したりはしない。

突然車椅子の死体がうめき声を発した。光で目をさまし、ぎこちなく腕を動かしてシーツを払いのけた。それから分厚い、角縁の眼鏡を取り出した。

大きくあえいで、馮はドアのほうへあとずさりしようとした。

女だった。そして、よく見ると、かぶっていたのはシーツではなく、とても大きなサイズのスモックだった。スモックの間をかき分けて、女はクリップボードを取り出した。

「報告書なら、もう出したわよ」甲高い、苛立たしげな声で女は言い、立ちあがった。「なぜあなたたちがここに来なければならないのか、いくら言われてもわからなかったわ」疲労のあまり目の下に隈《くま》ができている。片手に鉛筆を槍のように構えていた。「誰かさんが死体を見たいって？　そうなの？　あなた、死体を見るのが趣味なの？」

チュージェーが僧侶たちに教えていた。人の生は一直線に、暦をたどって毎日同じだけ進んでいくのではない。そうではなく、ある瞬間から別の瞬間へと、魂を揺り動かすような重大な決断をするたびに飛躍していくのだ、と。今がそのような瞬間だ、単は思った。今ここで譚の飼い犬となることによって、なんとか四〇四部隊を救おうとするか、あるいは背を向けて譚を無視し、チュージェーが望んでいるように、自分の世界の善なるもののすべてに忠実にふるまうかを決断しなければならない。彼は奥歯を嚙みしめ、小柄な女のほうに向き直った。

「司法解剖をした医者と話をしたい」単は言った。「宋《ソン》医師と」

なぜか女は笑い声を立てた。そして、またスモックをまさぐって、口罩《コウチャオ》を取り出した。外科用のマスクだが、中国では多くの者が埃と、冬の間はウィルスを防ぐために使用している。「人違いしたわ。おんなじように面倒を持ちこむ別の人たちとね」彼女はマスクの紐《ひも》を結び、近くのテーブルの上のコウチャオが入った箱を指さした。歩きながら、スモックから聴診器を取り出した。

まだ可能性はある。細い隙間だが、なんとかこじ開けることができるかもしれない。事故だという報告書に署名させなければならない。四〇四部隊で起きた事故ということにできれば、殺人事件として捜査されることを逃れたいという譚の要求を満たせる。報告書に署名させ、迷っている霊魂のための儀式を行なう許可をなんとかして取りつける。政治的な帳尻を合わせたければ、四〇四部隊が職務怠慢の罰を受けることにしてもいい。一カ月冷たい食べ物しか与えられないとか、囚人全員が一律で剝奪扱いになるとか。もうすぐ夏だ。年を取った者たちでも、シャツ一枚で生き延びられるだろう。完璧な解決とは言えないが、実現可能な方法だ。

三人の男がマスクを着けおえるころには、女医は死体をおおっていたシーツをはがし、検査台からクリップボードを取りあげていた。

「死亡推定時刻は死体発見の十五ないし二十時間前。つまり、おとといの夜ね」彼女はクリップボードの書類を読みあげた。「死因は、頸動脈、頸静脈および脊髄を同時に切断されたこと。切断箇所は第一椎骨と後頭骨の間」読みながら彼女は三人の男を観察していたが、イエーシェーは問題外と判断したようだった。明らかにチベット人だ。次に単《シャン》のぼろぼろの衣類を見ていたが、結局馮《フェン》軍曹に向かって話を続けた。

「斬首されたのかと思っていました」イエーシェーが、単のほうをちらりと見て、ためらいがちにつぶやいた。

「今そう言ったでしょ」女医はきつい口調で言った。

「死亡推定時刻をもう少し狭められないかな？」単が言った。

「まだ死後硬直が残っていた」依然として馮に向かって、彼女は言った。「おとといの夜とは断言できるけれど、それ以上のことは……」彼女は肩をすくめた。「空気があまりに乾燥しているから。それに、気温も低かった。死体にはおおいがしてあった。変動要因が多すぎるのよ。より正確に推定するには、いくつもテストをしないと」

単の表情に気づいて、彼女はしかめ面をした。「ここは北京大学じゃないのよ、同志」

単は壁のポスターをもう一度見た。「北大《ペイ・ター》なら、クロマトグラフがあるでしょうにね」北京大学の愛称を使って、彼は言った。北京ではもっぱらそう呼ばれているのだ。

女医はゆっくりと向き直った。「あなた、北京から？」彼女の声音が変わり、とりあえず今までより丁寧になった。この国では権力はさまざまな形態をとる。用心するに越したことはないというわけだ。思ったより簡単かもしれないと、彼は思った。もう少しだけ捜査官の役を務めよう。その間に、事故であるとの報告をすることの重要性を理解させるのだ。

「法医学のある教授といっしょに北大《ペイ・ター》で講義をさせてもらったことがあって」彼は言った。「ほんの二週間のセミナーでしたけれど。〝社会主義体制における捜査技術について〟」

「その技術がずいぶん役に立っているようね」皮肉な台詞《せりふ》を思いついて、我慢ができなかったらしい。

「わたしの技術は捜査にばかり関わり合っていて、社会主義体制への配慮が足りなかったらしい」悔恨の気持ちをうかがわせるその言い方は、思想教育《タムジン》で身につけたものだった。

「それでこんなところに」彼女は言った。

「あなたと同じにね」単はすかさず言い返した。

彼がとてもおもしろいことを言ったかのように、女医は微笑んだ。笑うと目の下の隈が一瞬消えた。ぶかぶかのスモックを着ているが、実はやせているのだと気づいた。隈がなく、髪の毛をそんなにきつくひっつめにしていなければ、宋《ソン》医師は北京病院のさっそうたる職員の一人として通用しそうだった。

無言で彼女は検査台のまわりを一周した。馮軍曹を観察し、次に単に目を戻した。ゆっくりと単に近づくと、彼が逃げ出そうとしていると思っているかのように、いきなり彼の腕をつかんだ。されるままになっていると、彼女は単の袖をまくりあげ、前腕の数字の入れ墨を検分した。

「模範囚？」彼女は言った。「ここでも模範囚にトイレの掃除をさせたり、血を拭き取らせたりしているわ。でも、わたしを尋問にきた模範囚ははじめてよ」興味津々という顔で彼のまわりを歩いている様子は、この奇妙な生き物を頭の中で解剖しているようだった。

馮軍曹がいきなり発したしわがれ声で、緊張が解けた。言葉というより、ただの警告の声だった。イェーシェーがそっとドアを開けようとしていた。彼は動きを止めた。まごつきながらも従順に、部屋の隅に戻り、壁にもたれてしゃがみこんだ。

検査台の端にぶら下がっていた報告書を、単は読んだ。「宋先生」彼は相手の名前をゆっくりと口にした。「組織検査はしましたか？」

助けを求めるかのように女医は馮のほうを見たが、軍曹も死体から少しずつあとずさりしていた。彼女は肩をすくめた。「中年後期。十キロ以上体重オーバー。肺にはタールがたまっている。肝硬変が始まっているけれど、本人は気づいていなかったでしょうね。血中にわずかのアルコールを検出。死亡する前、二時間以内に食事をしている。米、キャベツ、肉。いい肉よ。マトンじゃない。ラムか、もしかするとビーフ」

タバコ、アルコール、ビーフ。特権階級の生活だ。旅行者の食事。そう思うと彼はほっとした。

馮は掲示板をみつけ、政治集会の予定を読んでいるふりをしていた。

検査台のまわりをゆっくりとまわりながら、単は強いて首なし死体を検分した。このために四〇四部隊の作業は停止し、大佐が単を収容所から借り出さなければならなくなった。そしてこの男の不運な魂は、今も龍の爪のあたりをさまよっているのだ。鉛筆で死体の左手の指を押し広げた。何も持っていない。彼はさらにその手を子細に見た。人差し指の付け根に細い筋がついている。鉛筆の尻の消しゴムで、その筋を押してみた。傷だ。

宋医師がゴム手袋を着け、その手を小さな懐中電灯で照らして調べた。もう一つ傷があると、彼女は言った。親指の付け根に近いてのひらの部分に。

「収容時の状態の報告には、手に握っていたものを取り除いたことは書いてないですね」何か小さいものだ。直径五センチ足らずで、縁が鋭いもの。

「そんなことはしなかったからよ」彼女は傷をのぞきこんだ。「何を持っていたにせよ、死んだあとでもぎ取られたのね」指を一本一本調べていた女医は、ばつが悪そうに赤面して顔をあげた。「指趾骨が二本折れているわ。強い力が加えられている。しっかり握りしめている死体の手を、無理やり開いたのね」

「持っていたものを取るために」

「おそらくね」

単は相手の女性のことを考えた。中国の官僚機構では、困難な状況で奮闘している辺境地での人道的な奉仕活動と、純然たる島流しとの境界は曖昧《あいまい》だ。「でも、死因に疑いの余地はないのですか？　転落死したか何かで、あとで別の原因で首が切断されたという可能性は？」

「別の理由で？　首が切断されたとき、心臓はまだ動いていたのよ。そうでなければ体内にもっとずっとたくさん血液が残っていたはずよ」

単はため息をついた。「では、道具は？　斧？」

「何か重みのあるものね。しかも剃刀《かみそり》のように鋭い」

「岩では？」

宋医師はいらだたしげに眉をひそめ、あくびをした。「あり得るわよ。メスみたいに縁が鋭い岩ならね。一回で切断できたのではない。でも三回以上は斬りつけていないと思うわ」

「意識はあった？」

「死亡時には意識はなかったわ」

「はっきりとはわからないでしょう。頭部がないのだから」

「服がね」宋医師は言った。「服にほとんど血がついていないの。爪の下に皮膚や毛髪が入りこんでもいない。ひっかき傷もない。争った痕跡は皆無。死体は横にされて、血が流れ出した。仰向けにされたのよ。セーターの背中の部分に泥と岩の破片がついていたわ。背中だけに」

「でも、それは推測でしょう。意識がなかったというのは」

「じゃあ、あなたの推測は、同志？　男が転んで、岩で頭を打って死んで、そこにたまたま人間の頭を集めている者が通りかかった？」

「ここはチベットだ。とむらいのために遺体を切り刻むことを職業にしている者たちが、一つの社会階層を作っている国ですよ。きっとそのラギャパが現場を通りかかって、鳥葬の準備を始めたのだけれど、何かに邪魔されて中断したのではないかな」

「何に邪魔されたの？」

「さあ。鳥かな」

「鳥は夜は活動しないわ」不満げに彼女はつぶやいた。「それに、人間の頭を運べるほど大きな鳥なんて、見たことない」彼女はクリップボードから書類をはずした。「これをわたしに送ってきたお馬鹿さんはあなたね」彼女は言った。事故の報告書だった。彼女が署名すればいいようになっている。

「あなたの署名をもらえれば、大佐が喜ぶのですが」

「わたしは大佐の部下じゃないわよ」

「わたしもそう言いました」

「それで？」

「そういう微妙な点は、大佐のような人にはなかなか理解してもらえなくて」

宋は最後にもう一度単をにらみつけた。嚙みつきそうな顔つきだった。そして無言で報告書を半分にちぎった。「こういう微妙なやり方はどう？」紙片を裸の死体の上にほうり投げると、彼女はすたすたと部屋を出ていった。


殺人罪で服役中の囚人吉林《チー・リン》は、四〇四部隊の労働者のリーダーという新しい地位に明らかに興奮していた。列の先頭に巨人のように堂々と立ち、丸石に大ハンマーを打ちつけ、ときどき手を休めては、斜面の下のあちこちにかたまって腰をおろしているチベット人のほうを満足そうに眺めている。単《シャン》はほかの者たちに目を向けた。中国人やイスラム教徒のウイグル人が、十人あまり働いている。いつもは調理場にいる者を、鍾《チョン》所長が南の爪での作業にかりだしたのだ。

チュージェーはどこかと見ると、山頂近くで、目を閉じて蓮華坐を組んでいた。まわりをぐるりと僧たちが取り囲んでいる。看守が介入してきたときにチュージェーを守ろうというのだが、実際にはチュージェーに手が届くころには、抵抗を受けた看守たちはよりいっそう怒りをつのらせていることになるだろう。

しかし今は看守たちはトラックのまわりにすわりこんで、タバコをすったり、たき火で沸かした茶を飲んだりしていた。囚人のほうには目を向けず、谷からあがってくる道路のほうを見ている。

単の姿を見て、吉林の上機嫌に影がさした。「おまえ、模範囚扱いになったそうだな」苦苦しげに彼は言った。一言発するたびにハンマーを石に叩きつけている。

「二、三日の間だけだよ。すぐにもとどおりさ」

「ここじゃいろいろおもしろいことがあるのに、見られなくて残念だな。作業に出れば、飯が三倍。セミ連中は羽をむしられる。倉庫は満員。おれたちは英雄になる」セミ。チベット人を指す蔑称だ。彼らの唱えるマントラの響きからの連想だった。

死体があった場所に積まれた四つのケルンを、単はじっと見た。その周囲をゆっくりと歩きながら、ノートにスケッチした。

宋の言うとおりだった。殺人犯は、ここで仕事をしていた。ここが首を切断した場所だ。相手を殺し、ポケットの中身を崖からほうり投げた。しかしセーターの下のシャツのポケットに手をつけなかったのは、なぜだろう？　そこにアメリカ紙幣が入っていたのだが。それは、犯人の手が血まみれで、シャツが真っ白だったからだろうと、単は推測した。

「町からはるばるここまで来て、どうして死体を崖から落とさなかったのだろう？　絶対にみつからなかっただろうに」背後で声がした。イェーシェーが単を追って斜面を登ってきていた。彼が今度の仕事に少しでも興味を示したのは、それがはじめてだった。

「みつけさせたかったんだ」単は膝をつき、錆色に汚れた地面から石を押しのけた。

「じゃあ、なぜ石を載せて隠したんですか？」

振り向いて、単はイェーシェーの様子を見た。次に、自分を不安げな表情で見ている僧たちを。死者の迷える魂、チュンボは夜しか出てこない。しかし昼の間も狭い岩の割れ目や石の下にひそんでいるのだ。

「たぶん、むき出しにしておいたのでは、遠くから看守がみつけてしまうからだろう」

「でも、やはり看守がみつけたじゃないですか」イェーシェーは食い下がった。

「そうじゃない。最初にみつけたのは囚人だ。チベット人」

落ち着かない様子でケルンを見ているイェーシェーをその場に残し、単は吉林のところに行った。「わたしを崖からつるしてくれないか」

吉林はハンマーをおろした。「気でもちがったのか」

単は同じことをもう一度言った。「ほんのちょっとの間でいいんだ。あそこから」彼は指さした。「足首を持って」

単のあとについて、吉林はゆっくりと崖の縁に歩み寄った。そして、にやにや笑いながら言った。「百五十メートルはあるぞ。落ちている間、考える時間がたっぷりあるだろうな。そして、大砲に詰めてぶっぱなしたスイカみたいになるわけだ」

「二、三秒でいい。そうしたら、また引っぱりあげてくれ」

「なぜそんなことをする？」

「金《きん》があるんだ」

「何言ってやがる」吐き出すように吉林は言った。だが、疑わしげな目をしながらも、崖から身を乗りだして下を見た。「へえ」驚いて顔をあげて、彼は言った。「へえ」とくり返したが、急に真顔になった。「おれ一人で取れる」

「取れるものか。上から手をのばしたって届かないぞ。誰かにつりさげてもらおうったって、信用できるやつなんかいないだろうが」

吉林にもようやく得心がいったようだった。「おまえは、なぜおれが信用できると思うんだ?」

「金はあんたにやる。そういう条件だからだ。ちょっと見て、すんだらあんたにやるよ」吉林で当てにできるのは、その貪欲さだけだった。

あっという間に単はさかさまにされ、足首をつかまれて、奈落の上に宙づりにされた。ポケットから鉛筆が飛び出し、くるくる回転しながら落ちていって見えなくなった。吉林が笑いながら、子供が人形で遊ぶように彼の体を上下に揺り動かし、単は目をつぶった。だが、次に目を開いたとき、ライターはすぐ目の前にあった。

たちまち彼は崖の上に戻された。ライターは西欧の製品だが、長生きを表わす言葉が漢字で彫り込まれていた。単には見覚えのあるライターだった。党の集会でよく配られる記念品だ。息を吹きかけてみた。表面が曇る。指紋はない。

「よこせよ」吉林がうなるように言った。看守を気にして見ている。

単はライターを握りしめた。「いいよ。ただし、ある物と交換だ」

吉林の目が凶暴な色を帯びた。こぶしを振りあげて、言った。「てめえ、ぶっ殺されたいのか」

「あの死体から何か取っただろう。手に握っていた物を。それをよこせ」

単を崖から突き落として、同時にライターを奪いとることができるだろうかと考えているような顔を、吉林はしていた。

単は相手の手の届かないところまでさがった。「べつに価値のある物じゃないだろう」単は言った。「でも、こいつは——」彼はライターをつけた。「ほら。防風式だぞ」ライターを差し出した。看守に見つかる危険が増した。

吉林はあわててポケットに手を入れ、錆びた小さな金属の円盤を取り出した。それを単の手に載せると、ライターをひったくろうとした。単はその手を放さなかった。「もう一つ。質問に答えてもらいたい」

うなり声を発して、吉林は斜面の下のほうを見た。単を痛めつけてやりたいのはやまやまだが、争いが始まったとたんに看守が飛んでくるだろう。

「プロとしての意見が聞きたい」

「プロ？」

「殺しのさ」

吉林は誇らしげに胸を張った。彼の人生にもまた決定的な瞬間があったのだ。彼は手の力を抜いた。

「どうして、ここなんだ？」単は尋ねた。「町からこんなに遠くまで来て、しかも死体をすぐみつかるような場所に残しておいたのはなぜだろう？」

吉林《チーリン》の目に浮かんだうっとりするような表情は、見る者を不安にさせた。「観客だ」

「観客？」

「むかし、山の木が倒れるときの話を聞いたことがある。誰もそばにいないと、音を立てないそうだ。誰にも知られずに人を殺して、いったいなんになる？　いい殺しには観客が必要なんだよ」

「わたしの知っている殺人犯は、たいていこっそり仕事をしていたがね」

「目撃者という意味じゃない。発見者だ。見る者がなければ、ゆるしもあり得ない」彼は注意深く、暗唱するように言った。まるで思想教育《タムジン》で教えこまれた言葉のようだった。

そのとおりだ、単《シャン》は思った。死体は囚人たちによって発見された。それは殺人者がそうなるようにしておいたからだ。彼は一瞬吉林の凶暴な目を見つめていたが、やがてライターを放し、円盤を見た。直径五センチほどで、真ん中がふくらんでいた。上下に小さな切れ目が入っていて、紐に通して装飾品にするもののようだった。チベット文字が縁に沿って並んでいるが、古風な書体で単には読めなかった。中央には図案化した馬の頭の模様がある。馬には牙が生えていた。

単が近づいていくと、チュージェーを守っている輪の一部が開いた。ラマ僧が瞑想を終えるまで待つべきか、彼は迷った。しかし彼がそばに行ったとたんに、チュージェーは目を開いた。

「ストライキとして処理されていますよ、僧宝御前《リンポチェ》」単はそっと言った。「北京が兵隊をよこします。文章化された決まりがあるんです。ストライキをした者は、反省して罰を受けるチャンスを与えられる。それに従わないと、全員を餓死させようとする。まずリーダーを見せしめにしてね。一週間続けると、労改《ラオカイ》の囚人によるストライキは重罪と宣告されて、よほど寛大な処置ですんでも、全員の刑期に十年追加されます」

「北京は決まりどおりにすればいい」予想どおりの返事だった。「われわれはわれわれで、決まりどおりにする」

単は周囲の男たちの様子を見た。彼らの目に恐怖の表情はなかった。あるのは誇りだった。彼は斜面の下の看守たちのほうを手で指した。「連中が何を待っているか、知っているでしょう」二人ともよくわかっていることで、彼も尋ねたわけではなかった。「もうこっちに向かっていると思います。ここは国境に近いから、間もなくでしょう」

チュージェーは肩をすくめた。「あの人たちは、いつでも何かを待っているのだよ」近くにいた僧たちが、そっと笑い声を立てた。

単はため息をついた。「死んだ男がこれを握っていました」彼は円盤をチュージェーの手に載せた。「殺人犯が身につけていたものを引きちぎったのだと思います」

チュージェーは円盤をじっと見つめたが、それが何であるかわかって、その目が光り、そしてきつい表情になった。縁の文字を指でなぞり、うなずいた。それから円盤は周囲の僧たちの手から手へとわたっていった。何人かが興奮して鋭い叫び声をあげた。次々に手わたされていく円盤を、全員が驚異の表情で目で追っていった。

殺人者と被害者がたいして争ったわけではないことは、単にもわかっていた。その点でも宋医師は正しかった。しかし、ほんの一瞬、おそらく自分が殺されると気づいた瞬間、被害者が相手の姿を見て、触れ、円盤をちぎり取ったのだろう。そのとたんに殴られて意識を失った。


「噂は聞いていた」チュージェーは言った。「高い山の上で。本当かどうか確信がなかった。もうわれわれには見切りをつけてしまったという話もあった」

「なんのことです？」

「むかしはよくわたしたちのところへも来たものだった」円盤を見つめたまま、ラマ僧は言った。「苦難の時代になって、山の奥深くに引きこもったのだ。でも、いつかきっと帰ってくると言われていた」

チュージェーは単に目を戻した。「タムディンだ。これはタムディンのメダルだよ。馬頭尊《ハーヤグリーヴァ》とも呼ばれている。霊を守る者だ」チュージェーはそこで言葉を切り、しばらく数珠をまさぐって祈っていたが、驚きの表情で顔をあげた。「あの頭のない男。彼はわれわれを守る魔神の手にかかったのだ」

チュージェーがこう語っているとき、イェーシェーが僧たちの輪の端にやってきた。おどおどと僧たちに目を向ける彼は、居心地が悪そうで、恐れをいだいているとさえ言えそうだった。輪の中に足を踏みいれたくない、あるいは踏みいれることができないようだ。「何かみつかったそうです」単に呼びかける彼は、奇妙に息を弾ませていた。「十字路で大佐が待っています」

四〇四部隊が最初に建設した道路は、谷を周回して、高い稜線の間を山々から下ってくる古い山道をつなぐものだった。今、龍の爪に向かって登る二台の車がたどっているのは、そうした山道のうちの一本だ。いまだに荒れ放題の細道で、春の雪解けの時期には河床になるのだった。谷をあとにして二十分後、前を行く譚《タン》の車は、最近ブルドーザーでならした未舗装路に出た。その先は小さな山間の台地だった。風が吹き抜ける山の上の盆地を、単《シャン》は車の窓越しに眺めた。盆地の中央に泉があり、そばに杉の大木が一本立っている。北側には山がそびえているが、南側は開けていて、数十キロにわたってぎざぎざの稜線が臨まれた。チベット人にとっては、そこは力のみなぎる場所、魔神の住みかにふさわしい場所だった。

不釣り合いに大きな煙突のついた、細長い小屋が見えてきたところで、馮《フェン》は車を停めた。どこかのほかの建物からはがしてきたベニア板を使って、最近建てたものだ。以前の建物の名残りの文字が書かれた板もあって、全体がでたらめに組み合わせたジグソーパズルのようだった。小屋の横に四輪駆動車が何台か駐めてある。その横に立っていた数名の人民解放軍の将校たちが、譚が車から降りると気をつけの姿勢をとった。

将校たちと二言三言、言葉を交わしてから、譚は彼らとともに小屋の反対側にまわりこんで行き、単にもついて来いと合図した。イェーシェーと馮も車を降りていっしょに来ようとしたが、将校の一人が驚いて顔をあげ、二人に車に戻れと命じた。

小屋の背後数メートルのところに、洞窟の入口があった。新しいのみの跡があって、最近広げられたらしい。将校たちが一列になって洞窟に向かったが、譚が大声で命令を発し、彼らは立ち止まった。さらに命じられて、懐中電灯を持った二人の兵士が、暗い顔で進み出た。ほかの者たちはその場に立ったまま、譚と二人の兵士のあとについて単が洞窟に入っていくのを眺め、不安そうに小声で話し合っていた。

最初の三十メートルは、歩きにくい狭いトンネルで、山に棲む肉食動物の糞が散らばり、それを脇に押しのけて荷車を通したことが、通路の中央に残る轍《わだち》でわかった。そこを抜けると、ずっと広い空間があった。譚がいきなり立ち止まったので、単はあやうくぶつかりそうになった。

何世紀も前、そこの壁に漆喰《しっくい》が塗られ、巨大な生き物の壁画が描かれたのだった。絵を見つめる単は、何ものかに心臓をつかまれたような気がした。譚と兵士たちがいっしょなのだから、禁じられた場所に無断で侵入しているという意識があるのではなかった。そもそも単の人生は、さまざまな場所に無断で侵入することの連続だった。兵士が掲げる光がゆらゆら揺れる中、目の前で踊っているように見える恐ろしげな魔物の絵のせいでもなかった。そのような恐怖は、単が四〇四部隊で味わったのに比べたらなんでもなかった。

そうではなかった。おおむかしの絵が単に畏怖の念を覚えさせ、同時に恥じ入らせ、チュージェーのそばに行きたいという切実な思いを起こさせたのだった。彼らはあまりに偉大で、自分はあまりに卑小だ。彼らはあまりに美しく、自分はあまりに醜い。彼らは完全にチベットに根ざしていて、自分は完全に根無し草だ。

さらに近づき、兵士の掲げる明かりが十五メートルの壁を照らし出した。深い、豊かな色彩がはっきり見えてくると、単にも何が描かれているかがわかってきた。中央には、ほぼ人間と同じ大きさの仏像が四つ描かれている。まず黄色く塗られた宝生仏、左手を開いて与えることを象徴する与願印を結んでいる。次が赤い無量光仏。精巧に描かれたクジャクの羽で飾られた玉座にすわっている。その隣が、剣を持ち、てのひらを外に向けて恐怖を与える印を結んだ緑色の文殊菩薩。最後に、チュージェーが不動のブッダとよぶ青い普賢菩薩が、像の描かれた玉座にすわって、右手で大地を指す触地印を結んでいた。この印はチュージェーがよく新入りの囚人に教えているもので、みずからの信仰の証《あかし》を大地に立ててもらうためのものだった。

仏像の横には単のよく知らないものが描かれていた。胴体は人間の戦士の姿で、弓や戦斧や剣を手にし、人骨を踏みしいて立っている。左側の、単にいちばん近いものは、全身がコバルトブルーで激しい形相の雄牛の頭を持っていた。首飾りのように蛇が巻きついている。その隣が真っ白な体で虎の頭の戦士。その二人を、ずっと小さく描かれた骸骨の軍団が取り囲んでいた。

突然単は絵の意味に気づいた。それは信仰の守り手たちだった。近づいてみると、虎の戦士の足の部分の色があせていた。いや、色があせているのではない。何者かが乱暴に壁画を削り取ろうとして、途中でやめたのだった。絵の下の地面に、色のついた漆喰が積もっていた。

あたりが暗くなってきた。明かりを持つ兵士が壁に沿ってさらに進み、巨大な空間の奥のほうに行ってしまっていた。さらに二人の魔神の姿が見えてきた。緑色の体で、大きな腹をつき出し、猿の頭をして、弓を片手に骨をふりまわしている。最後が真っ赤な獣で、すさまじい形相の顔には四本の牙があり、その金色の髪の上に、荒々しい馬の小さな緑色の頭がついていた。片方の肩に虎の皮をかけている。激しい炎の中に立ち、周囲を人骨に囲まれていた。単はポケットの中の円盤を握りしめた。殺人者が身につけていた装飾品だ。ポケットから取り出して見たいという気持ちを、彼は必死で抑えた。牙のある馬の絵は、同じものだと彼は確信した。

明かりが壁からはずれて譚大佐のブーツを照らし、彼は実物以上の大きさの、もう一人の魔神のように見えた。「事情が変わった」彼は突然そう言い放った。

単は自分をここに連れてきた者たちの沈鬱な顔を見つめた。また心臓が縮みあがった。こういう場所で譚のような人間が何をするか、彼にはわかっていた。こんな山奥の洞窟では、外には何も聞こえない。悲鳴も、銃声も。何も聞こえず、いつまで経っても何も発見されない。吉林《チー・リン》は間違っている。すべての殺人者がゆるしを求めるわけではない。

譚は単にたたんだ紙を差し出した。単が書いた事故報告書だった。「これは使わないことにした」彼は言った。

ふるえる手で、単は受け取った。

兵士たちのあとについて、譚は脇のトンネルに向かった。トンネルに入る前に彼は振り向き、いらだたしげに単について来いと合図した。単はうしろを見た。逃げ場はなかった。外には兵士が二十人いる。絶望感のあまり何も考えられずに、彼はふたたび壁の像に目を向けた。魔神に祈る方法を知っていればと思いつつ、彼はゆっくりと進んでいった。

トンネルに入ると、かすかなにおいがした。香ではない。ずっとむかしに焚かれた香の灰のにおいだ。三メートル進み、両側の壁に歩哨のように描かれた一対の魔神像の前を通り過ぎると、棚が見えてきた。数十年、あるいは数世紀も前に造られたものかもしれない。頑丈な材木を組んで、奥行き三十センチ以上の棚が四段、垂直の柱に木釘で固定してある。通路に沿った最初の十メートルの棚は空だった。その先は、下から上まですべての段が、金色に輝くものでいっぱいで、それが光の届くかぎり奥まで続いていた。

単のはらわたを冷たいものがえぐった。「ああ！」彼は苦痛の叫びをあげた。

譚もまた、何ものかに押しとどめられたかのように、急に歩みを止めた。「これが発見されたという報告は何週間も前に受けていたが」ささやくような声で、彼は言った。「これほどのものとは思っていなかった」

頭蓋骨だった。何百もの頭蓋骨。目の届くかぎりの頭蓋骨の列。それぞれが仏具で半円形に囲まれ、灯明を供えた小さな祭壇に置かれている。頭蓋骨はすべて金箔におおわれていた。

譚が頭蓋骨の一つに恐る恐る指で触れ、それから持ちあげた。「地質学者のチームが、この洞窟を発見した。最初は彫刻だと思ったそうだが、ひっくり返してみると」彼は頭蓋骨を裏返し、内部を拳で叩いた。「骨だった」

「ここがどういう場所だか、わからないんですか？」慄然として、単は言った。

「わかっているとも。金鉱さ」

「聖なる場所です」単は言い返した。大佐の持っている頭蓋骨を両手で支えた。「神聖な遺物ですよ」譚は手を放し、単が元の場所に戻した。「僧院の中には、もっとも尊敬を集めていた僧侶の頭蓋骨を保存していたところがあるのです。生き仏の頭蓋骨を。ここは彼らの聖堂です。ただの聖堂ではない。偉大な力のみなぎる場所です。何世紀にもわたって使われていたにちがいない」

「発見したもののリストは作った」譚大佐は言った。「学問的記録としてね」

突然、恐ろしいほどはっきりと、単は悟った。「あの煙突」その声はかすれていた。

「五〇年代には」まるで演説調で、譚は言った。「天津の製鉄工場建設のための費用は、チベットの寺院から回収された金《きん》でまかなわれた。人民に対する偉大な貢献だった。そのために、チベット少数民族に対する感謝の銘板が掲げられている」

「ここは墓所ですよ。まさか――」

「資源は」それをさえぎって譚が言った。「常に不足している。骨の破片でさえ、副産物として活用されることになっている。成都の肥料工場に売却が決まった」

二人はしばらく無言で立っていた。ひざまずいて祈りたいという衝動を、単は必死でこらえた。

「われわれで始める」譚《タン》がいきなり言った。「公式のものだ。殺人事件の捜査」

単《シャン》は急に思い出した。手に持っていた報告書を見て、忙しく頭を働かせた。譚のところにほんものの捜査官が送りこまれたのだ。最初のぶざまな試みの痕跡を、彼は消し去りたいのだろう。

「捜査はわたしの名前で実施される。きみはもう模範囚ではない」譚はゆっくりと言った。前方の何かが気になっているようだ。「これはわれわれの間だけの了解事項だが、きみにはわたしの――」彼は言葉を探した。「――わたしの事件担当者になってもらう。わたしの直属の捜査官だ」

わけがわからず、単はあとずさりした。自分をこの洞窟までつれてきたのは、ただからかうためだったのか？「報告書なら書き換えます。宋《ソン》医師とは話をしました。問題は四〇四部隊です。わたしは部隊にいたほうが、もっと役に立てます」

その先を言わせまいと、譚は片手をあげた。「そのことはもう考えた。きみにはもう車を提供してある。きみの監視は古くからの同志馮《フエン》軍曹に信頼してまかせられる。あの改宗したチベット人を助手として使っていい。翠泉《すいせん》駐屯地の空き兵舎に、きみの宿舎兼オフィスを用意させる」

「わたしに行動の自由を与えるのですか？」

譚は頭蓋骨の列に目を向けたまま言った。「きみは逃亡しない」単のほうに向き直った彼の目には、残忍な光が宿っていた。「きみがなぜ逃亡しないか、わかるかね？　鍾《チョン》所長の貴重なアドバイスがあってね」彼は単を、不快そうな、いらだたしげな顔で見た。「高いところの峠には、まだ雪が残っている。柔らかい雪で、どんどん融けている。雪崩《なだれ》の危険があるわけだ。もしきみが逃亡したら、あるいは期限までに報告書を作成できなかったら、四〇四の作業班を徴用する。きみの班をだ。交替はなし。道路の上の崖で働かせる。雪崩が起きないかどうかテストさせるんだ。四〇四には六〇年に逮捕された古手の坊主がまだ何人かいる。鍾に言って、その連中から始めさせる」

恐怖にふるえて、単は大佐を見つめた。絶えず人を脅しつけたいという衝動にかられていると考える以外に、譚の言動は理解のしようがなかった。「彼らを誤解しています」ささやくような声で、彼は言った。「わたしが四〇四に来た最初の日に、僧が一人倉庫から連れ戻されてきました。禁じられている数珠を作った罰を受けてきたのです。肋骨二本と指が三本折れていました。ペンチでつかまれた跡が、まだ手の表面に残っていました。それなのに、その僧は晴れ晴れとした顔をしていました。一言も不満をもらしません。なぜ怒りを覚えないのか尋ねてみました。彼がなんと答えたと思います？　『正しい路を歩んだがために罰せられること、自分の信仰の証《あかし》を立てられることは、真の信仰をいだく者にとって心を満たしてくれる経験ですから』と言ったのですよ」

「誤解しているのは、きみのほうだ」すかさず譚は言った。「あの連中のことなら、わたしもきみに劣らず知っている。命と引き替えに言うことを聞かせようなどということはしていない。だから刑務所がいつも満員なのではないか。そうじゃないんだ。きみがわたしに背かないのは、彼らが死を恐れるからではない」冷酷そのものの、確信に満ちた声で、彼は言った。「きみがわたしに服従するのは、自分のせいで彼らが死ぬことになるのを恐れるからだ」

数メートル先で懐中電灯の光が止まっていた。譚はそちらに進んでいった。二人の兵士は脅えきった、狂おしい表情を浮かべている。一人はぶるぶるふるえていた。単が隣に来ると、譚は兵士の手から懐中電灯をひったくり、三段目の棚を照らした。黄金の頭蓋骨にはさまれて、もう一つの頭があった。両側のよりずっと新しいものだった。まだ黒い髪がびっしりと生え、肉と下顎もそのままだ。茶色の目は開いていた。うんざりしたような皮肉な笑みを浮かべて、こちらを見ているようだった。

「同志単《シャン》」声を張って、譚が言った。「紹介しよう。趙衡鼎《ジャオ・ホンディン》、ラドゥン州の検察官殿だ」

4

洞窟を出た単《シャン》は、高地の強烈な太陽の光に目をくらまされた。手で目をおおって、よろよろと進んでいった彼は、何も見えないうちにまずその激しい口調の声を耳にした。誰かが譚《タン》に向かって叫んでいるが、その怒りを思い切りぶちまけるような話し方は、西洋人ならではのものだった。さらに進んでいくうちに視力を取り戻した単は、その場に立ちつくした。

譚は不意打ちをくらっていた。小屋と一台のトラックが形作る直角の角を背にして立っている譚は、その場にいた者たち全員と同じく金縛りにあったようになって、自分に襲いかかった人物を呆然と見つめていた。

その人物は女性である上に、英語を話しているばかりか、白磁のような肌に鳶色《とびいろ》の髪をしていて、まわりにいる中国人の誰よりも背が高かった。譚は空を見あげ、彼女をここに運んできたにちがいない不吉なつむじ風を探しているようだった。

洞窟の中で見たもののために、まだ神経が麻痺したようになっていた単だったが、女性のほうに一歩近づいた。女性はがっちりしたハイキング・ブーツと、アメリカ製のブルージーンズを身につけていた。日本製の高級小型カメラを首からぶら下げている。

「わたしが頭にくるのは当然でしょう」彼女は叫んだ。「宗教事務局の人はどこなの？　許可証を見せなさいよ！」

単は小屋をまわりこんでいった。譚のリムジン〝紅旗《ホンチー》〟の隣に、白い四輪駆動の車が駐めてあった。彼は車の向こう側に行った。そこなら大佐からは見えないが、女性の声ははっきりと聞くことができる。彼は女性の言葉にうっとりと耳を傾けた。北京にいた前世の彼は、週に一度は英字新聞を読んで、父親がこっそりと仕込んでくれた言語の能力を維持しようとしていた。しかし、最後に英語を聞いたり読んだりしてから、もう三年経っていた。

「委員会にはなんの連絡もない！」彼女はさらに続けた。「宗教事務局の人間は来ていない！　ずっと聞《ウェン・リー》立に電話をかけているのよ！　ラサにも！」その目が怒りに燃えていた。

数メートル離れたところから見ても、単にはその目が緑色をしていることがわかった。

単は白い車の周囲を歩いてみた。アメリカのジープだった。馮《フェン》が運転している車よりはるかかに新しい型だ。北京の合弁会社の工場から出荷されたばかりなのだろう。運転席に、太い黒い縁の眼鏡をかけた、神経質そうなチベット人がすわっていた。運転席のドアにはロゴが描かれていた。アメリカと中国の国旗が交差していて、その上と下に〝太陽の鉱山〟という言葉が英語と中国語で書かれている。

「いやあ、彼女、怒るときれいだね」単の肩のあたりで声がした。完璧な北京語だが、リズムが中国人の話し方とちがっていた。

単は脇に動いて、声の主を見た。やせて背の高い西洋人で、長い、わらのような色の髪を、うなじのところで結んで、その先を短いポニーテイルにしている。金色のメタルフレームの眼鏡をかけ、車のドアと同じロゴのついた青いナイロンのダウンベストを着ていた。おもしろそうな顔で単を横目で見てから、女性に目を戻し、ポケットから何やら四角いものを取り出して口に当てた。ハーモニカだった。アメリカ人が曲を奏ではじめたのを聞いて、単はすぐにわかった。

とても上手だったが、音が大きすぎた。わざと大きな音を立てているのだ。アメリカの伝統的な歌の多くは中国でも人気があって、単もその曲を知っていた。『峠のわが家』だ。

兵士たちが数人、笑い声を立てた。アメリカ人の女性は、仲間のほうに腹立たしげな視線を向けた。しかし譚は難しい顔のままだった。女性がカメラを洞窟に向けると、彼ははっとわれに返った。小声で命令を発すると、部下の一人が進み出て、カメラのレンズを手でおおった。ハーモニカをくわえたアメリカ人は吹きつづけたが、その目がけわしくなった。彼は女性のほうに数歩近づいた。まるで彼女に保護が必要だと思っているかのように。譚の部下の将校二人が、そっと位置を変え、アメリカ人と洞窟の間に立ったことに、単は気づいた。

「ミス・ファウラー」平静を取り戻した譚が北京語で言った。「人民解放軍の防衛施設は極秘扱いです。あなたにはこの場所に立ち入る権限はない。わたしにはあなたの身柄の拘束を命ずることもできるのですよ」はったりだが、おおいに信憑性のありそうな話だった。チベットには中国の核兵器が、国内のどの地域よりも大量に配備されているのだ。

女性は黙って大佐を見つめていたが、その目にはまだ挑むような表情が浮かんでいた。アメリカ人の男がハーモニカを口から離して答えた。話したのは英語だったが、譚の言ったことは完全に理解していた。「結構」両手を突き出して、彼は言った。「逮捕してもらおう。そうすればまちがいなく国連もわれわれに注意を払ってくれるだろうよ」

譚大佐は男に腹立たしげな視線を向けたが、部下の耳元で何か言ってから、女性に向かって作り笑いをした。「友だち同士がこんなふうにいがみ合うのはおかしいでしょう。えーと、確かお名前はレベッカでしたな。ねえ、レベッカ、こんなことではあなた自身も、あなたの会社も、困ったことになりますよ」

単は腕をつかまれ、イェーシェーと馮が乗っている車のほうに引っぱっていかれた。「譚大佐が、ここを立ち去るようにとおっしゃっている。今すぐに」有無を言わせぬという調子で、兵士は言った。

単はおとなしく車のところに連れていかれたが、ドアの前で首をのばし、もう一度風変わりな女性を眺めた。彼女の視線はいったん単の上を素通りしたが、また戻ってきて、今度は二人の目がしっかりと合った。おそらく、そこにいる中国人で彼女だけが軍服を着ていないことに気づいたのだろう。彼女の緑色の目には、激しい、飽くことを知らぬ知性の光が宿っていた。彼女はもの問いたげな顔をした。その問いが自分に向けられたものなのかを知る前に、単は車に押しこまれた。

収容所の管理部の彼のデスクに、すでにファイルが置かれていた。高《コー》夫人が自分で届けてくれたもので、標題は「素行不良者／ラドゥン州」となっていた。古いファイルで、角が折れ曲がっていた。資料は四部に分かれていた。最初が〝麻薬カルト〟。中国でも大都市では数年前から使われなくなっている用語だが、以前は麻薬使用は狂信的な儀式によって広められているという奇妙な認識があったのだ。次が〝若年非行集団〟だが、リストに載っている十五名は、全員が三十歳を越えていた。そして〝犯罪常習者〟。ラドゥンで労改《ラオカイ》に収容されたことのあるすべての者の名前が載っていて、総数は三百名近かった。最後が〝文化的煽動者〟。これは前の三つをはるかに越える量だった。すべての名前に寺の名か、〝未登録〟という言葉が書き添えてある。全員が僧侶だ。その多くが五年前の〝親指暴動〟の際に検挙されていた。未登録とされている僧のうちの十名ほどに、さらに添え書きがあって、〝プルバ〟の疑いありとされていた。単はそれを読んで首をひねった。プルバはチベットの祭事で用いる儀式用の短剣だ。彼はリストに最後まで目を通した。殺人の前科のある魔神の名はなかった。

彼は電話を取りあげた。三度目の呼び出し音で高夫人が出た。「さらに詳しく解剖をする必要があると、大佐に伝えてください」

「解剖？」

「診療所の宋《ソン》医師に、大佐から話をしてもらわなければならないでしょう」

「もっと早くわかっていれば」高夫人はため息をついた。「今あそこから戻ってきたところなの」

「診療所に行ったのですか？」

「大佐に言われて、ものを届けに。歩いていったのよ。新聞紙とビニールにくるんだものを持って。キャベツを新鮮なうちに届けてほしいとおっしゃるので」

単《シャン》は受話器を見つめた。「ありがとう、高夫人」彼は小声で言った。

「どういたしまして、小単《シアオ・シャン》」彼女は明るい声で言い、電話を切った。

小単。それを聞いて、突然寂寥感が襲った。何年もそう呼ばれたことがなかった。それは祖母が彼を呼ぶのに使った言い方だ。自分より若い者に対する古風な呼びかけ。小単――小さな単。

気がつくと、彼は中央オフィスで鉛筆を削っている職員を見つめていた。鉛筆を削ることをはじめとする、外の世界の日常を構成する何千もの些細な行為のことを、彼はすっかり忘れていた。奥歯を嚙みしめて、囚人がいだいてはいけない疑問を押し殺そうとした。自分はふたたび外の世界の生活に順応できるだろうか？　出られるだろうかではない。囚人は誰でも、いつかは出られると信じていなければ生きていけない。だが、出たときに、自分はどんな人間になっているのだろう？　どうしても適応できない元囚人の話は、誰もが知っていた。恐ろしくて寝床を離れられなかったり、まだ鎖につながれているかのようにずっとうなだれて過ごす者たちの話を。一度脚を痛めると、二度と走ろうとしなくなってしまう馬のように。釈放されたのちに成功した元囚人の話というのは、なぜ聞かないのだろう？　きっと強制収容所で生き延びてきた者には、成功というものが理解不能になってしまうからだ。三十年間同房だったローケシュが釈放されるときに、チュージェーが彼にかけた最後の言葉を単は思い出した。「もう一度自分自身に戻ることを学びなさい」チュージェーはそう言い、ローケシュは彼の肩に顔を埋めて泣いたのだった。

単はメモ帳を開いた。まだそこにあった。最後のページに。父親の名前。自分の名前。何も考えずに、彼はもう一つ、もっと複雑な漢字を書いた。まず十字に線を引く。そしてその交点に向かう短い線を四本加える。〃米〃という字だ。その右側に、新鮮な植物が煉丹術師の焜炉の上で煮られている形を書くと〃精〃という字になる。生命力という意味だ。父親が好きだった文字の一つで、蔵書を没収された日、父は埃におおわれた窓ガラスに、この字を指で書いたのだった。チュージェーが同じ意味のチベット文字を教えてくれた。だがチュージェーはその文字を違った言い方で解釈していた。不屈の生存力と。

デスクの前で何かが動いた。単はあわててメモ帳を閉じ、反射的に手でおおった。馮が立ちあがっただけのことだった。陳《チェン》中尉が近づいてきたのだ。

陳は単を指さして笑った。それから馮のほうへ身を乗りだして小声で話をした。単は二人の先のオフィスを見つめ、色彩のない人影が行き来するのを眺めていた。

ふたたびメモ帳を開くと、彼は『老子』の第二十一章を思い出し、捜査メモの最後に書きこんだ。〃其の中に精有り。其の精は甚《はなは》だ真なり〃

彼はそのページを開いたまま、メモ帳を目の前に立て、じっと見入った。事件には必ずそれ独自の〃精〃がある、彼はかつて部下たちに教えたことがある、本質的な部分、究極の動機を。その〝精〟を発見すれば、真実が明らかになる。今回の事件の中心は、殺された検察官だ。単は首をかしげて、老子の言葉を見つめた。それとも、中心は四〇四部隊と仏教の魔神なのだろうか？

目の前で小さな音がしているのに、彼は気づいた。「何をしているんです？」イェーシェーだった。馮軍曹を気にして、ちらちら振り返りながら彼は尋ねた。「五分前からここに立っていたのに」彼は大きな肉団子《にくだんご》の載った皿を持っていた。イェーシェーの背後のオフィスは無人で、暗くなっていた。

団子は単が今日一日で目にしたはじめての食べ物だった。彼は馮が背を向けるのを待って、二個をポケットに突っ込み、一個をほおばった。うまかった。本物の肉が入っている。看守の食事を用意する厨房で作ったものだ。囚人用の厨房で作られる団子には粗悪な穀物が詰めてあって、おまけに必ず大麦のもみがらが大量に混ぜてあった。彼がここに入れられた最初の冬、干魃《かんばつ》で畑が干上がり、団子には豚の餌用のトウモロコシの軸を挽《ひ》いたものが入れられた。十人以上の僧が下痢と栄養失調で命を落とした。チベット国内の僧侶のほぼ全員が投獄されていた頃には、そのような形で餓死した者が数千人におよんだが、チベット人はそれをこう呼んだ――団子銃で撃ち殺されたと。干魃のあと、チベット友好協会という仏教の慈善団体が、囚人たちに週に二回食べ物を提供する許可を確保した。鍾《チョン》所長は、それを融和策の一環と称し、あまりにも上機嫌で協力したので、囚人の食事用の費用の一部が所長のポケットに入っているのはまちがいないと単は思っていた。

「宋医師との会見の内容をまとめておきました」こわばった表情でイェーシェーは言い、タイプライターで打った二ページの書類をデスク越しに押してよこした。

「これしかできなかったのか?」

イェーシェーは肩をすくめた。「補給物資の記録のチェックがまだ終わっていないので。コンピューターにもトラブルがあるし」

「前に言っていた、行方不明の軍用品のことか?」

イェーシェーはうなずいた。

単はメモに目を通していたが、ふと顔をあげた。「補給物資って、どんなものなんだ?」

「トラック一台分の衣類。別の一台分の食料品。建築資材がいくらか。たぶん書類上のまちがいだと思います。ラサの集積所を出発するときに、トラックの数を多く数えすぎたとか」

単はそのことをメモ帳に書き留めた。

「でも、それとこれとは関係ないでしょ」イェーシェーは不満そうに言った。

「そうかな?」単は言った。「北京ではもっぱら汚職事件を扱っていたんだ。軍がからんでいるときは、必ずまず最初に兵站本部の記録をあたったよ。とにかく不正が起こりやすいところでね。トラックでも、ミサイルでも、豆でも、数えるときには一人にはまかせない。同じものを数えるのに十人割り当てるんだ」

イェーシェーは肩をすくめた。「今ではコンピューターを使ってますよ。次の仕事はなんですか?」

単《シャン》はイェーシェーの顔をじっと見た。息子より少し年上というにすぎない。そして息子と同じように、とても頭がよく、とても気持ちがすさんでいる。「趙《ジャオ》の行動をたどらなければならない。少なくとも最後の二、三時間について」

「家族の話を聞けというのですか？」

「家族はなかった。そうじゃなくて、あの晩彼が食事をした場所に聞き込みに行くんだ。それから、彼の自宅と、できることなら彼のオフィスを調べる」

今ではイェーシェーも自分用のメモ帳を持っていた。単の言うことを必死でメモしていたが、教練を受けている兵士のようにまわれ右をすると、出ていった。

単はさらに一時間かけて、名前のリストに目を通し、疑問点と、それに対する答として考えられることをメモ帳に書きつけていった。疑問はどんどんふくらんでいった。趙の車はどこだ？　検察官の死を望んだのは誰だ？　なぜチュージェーは魔神が関わっていたとあれほど完全に確信しているのだろう？　それを思うと、彼は寒気を覚えた。なぜラドゥン州の検察官が旅行者のように見えたのか？　旅支度をしていたから？　違う。ポケットにアメリカ・ドルとアメリカの会社の名刺が入っていたからだ。被害者をあんなに遠くまで誘い出して、首を切断するとは、犯人はどのような怒りをいだいていたのか？　一瞬の動物的な激情によるものではない。いや、そうなのか？　話し合いがもつれて、争いになったのか？　趙は倒れて意識を失い、パニックを起こした相手はとっさに何かで――シャベル？――とどめを刺し、血なまぐさい方法で趙の身元がわからないようにした。しかし、それならなぜ頭部を五マイルも離れた洞窟に運んだのか？　それも特別な衣装を身につけて？　衝動的な行為ではない。熱狂的な信念に基づく、深い思いを胸にいだく者のしたことだ。しかし、どんな思いだ？　政治的信条？　それとも痴情がらみ？　それとも、あれは敬意を表したのだろうか？　趙検察官を、あのように神聖な場所に安置したのは。怒りの表われ。敬意の表われ。いらだたしげに単は鉛筆を投げ捨て、ドアのところに行った。「戻らせてくれ。いつもの小屋に」

彼は馮《フェン》軍曹に言った。

「冗談じゃない」馮は吐き捨てるように答えた。

「じゃあ軍曹、わたしといっしょに、ここで一夜を過ごすのかい？」

「誰からも何も聞いていない。翠泉《すいせん》に行くのは明日の朝だし」

「誰も何も言わないのは、囚人のわたしは小屋で寝て、看守のあんたは兵舎で寝るのが当然だからだよ」

馮は不安げに片足から片足へと交互に重心を移していた。奥の壁に並んだ窓の列に目を向けて、丸い顔をしかめている。誰か将校が通りかからないかと念じているようだ。

「わたしはここで寝てもいい。床にね」単は言った。「でも、あんたは？　一晩じゅう起きているつもりかい？　そういうことは、命令に基づいてしなければならないんじゃないか？　特に命令がない場合は、ふだんどおりにすべきだ」

単はとっておいた団子の一つを取り出し、馮に差し出した。

「食い物で買収されたりしないぞ」軍曹は低い声で言ったが、団子を見る目は明らかに気を惹《ひ》かれていた。

「買収しようなんていうんじゃない。わたしたちはチームだ。あんたには明日もいい調子でいてほしいんだ。栄養を十分にとってね。山道を車で走るんだから」

馮は団子を受け取り、ちびちびと食べはじめた。

外では収容所全体が死のような静寂に包まれていた。きりりと冷えた空気はじっと動かない。頭上からヨタカのわびしい鳴き声が聞こえてきた。

二人はゲートのところで立ち止まった。馮はまだ迷っていた。岩肌にかすかな鈴の音が反響していた。遠くで鳴る、金属と金属が触れあう音だ。二人は一瞬その音に耳を澄ましていたが、次に別の音がした。低くうなるような金属音だ。馮が先になんの音か気づいた。彼は単をゲートの中に押しこみ、鍵をかけると、兵舎のほうへ走っていった。四〇四部隊への懲罰の次の段階が始まろうとしていた。


単はチュージェーに団子を差し出した。

ラマ僧は微笑んだ。「あなたはわれわれよりよけいに働かされているんだ。食べ物が必要だろう」

「食欲がないんです」

「嘘をついた罰に、数珠二十個分祈りなさい」チュージェーはおかしそうに言い、団子を床の仏壇を示す目印の間に置いた。カムパがすばやく進み出て、ひざまずくと、床に頭を触れた。チュージェーは驚いた様子だった。彼がうなずくと、カムパは団子をほおばった。立ちあがり、チュージェーにお辞儀をすると、ドアの脇に行って、しゃがみこんだ。猫のようなカムパは、新しい見張り人だった。

囚人たちが、いつものように数珠をたぐって祈っていないことに、単は突然気づいた。彼らは寝床の上で背中を丸めて、記録用紙の裏や、新聞の余白に何か書きこんでいた。新聞はめったに手に入らないが、ときおり友好協会が差し入れてくれる。ちびた鉛筆で書いている者もいたが、大半は炭のかけらを使っていた。

「僧宝御前《リンポチェ》」単は言った。「やつらが来ました。朝までに看守と交替して任務に就くでしょう」

チュージェーはゆっくりとうなずいた。「あの者たちは――ああ、忘れてしまった。公安局の兵士たちをなんと呼ぶのだったかな？」

「強面《こわもて》連中」

チュージェーはおかしそうに笑った。「強面連中は」チュージェーは話を続けた。「われわれの問題ではない。彼らは所長にとっての問題だ」

「死体の身元がわかりました」単は言った。数人の僧が顔をあげた。周囲を見まわしながら、彼は言った。「趙衡鼎《ジャオ・ホンディン》という男です」

突然、部屋全体を冷ややかな沈黙が包んだ。

チュージェーの手が印を結んだ。観音菩薩への祈りだ。「あの人の魂はどうなっているだろう」

暗がりから声がした。「やつは地獄にいればいいんだ」

チュージェーはとがめるように顔をあげたが、ため息をついて祈りに戻った。「つらい道のりだろう」

突然ティンレーの声がした。「この世での行ないのために苦しんでいるでしょう。それに、暴力による最期でしたから。きちんと覚悟ができていたとは思えません」

「おおぜい刑務所に送りこんだから」単《シャン》は言った。

ティンレーが単に向かって言った。「山から降ろしてあげないと」

それはもうすんでいると友人に教えようとして、口を開きかけた単は、相手は趙《ジャオ》の遺体のことを言っているのではないと気づいた。

「あの人のために祈ろう」チュージェーは言った。「魂があの世に渡れるまで、祈ってあげなければいけない」

魂があの世に渡れるまで、単は思った。彼は四〇四部隊に災いをもたらしつづけるだろう。

一人の僧が記録用紙をチュージェーに見せに来た。チュージェーは紙片を検分し、小声で僧と話をした。僧はぼろぼろの紙片を自分のベッドに持ち帰り、さらに作業を続けた。

チュージェーは単に目を向けた。「彼らに何をさせられているのかね？」単以外の者に聞こえないように、声をひそめている。

その瞬間、単の脳裏にはじめて会ったときのチュージェーの姿がよみがえった。単は泥に膝をついている。収容所の敷地の奥を、チュージェーが悠然と歩いている。看守は眼中になく、まるで牧場をゆったりと横切って、傷ついた小鳥を拾いあげに行こうとしているようだ。

収容所に連れてこられたとき、単はぼろぼろの状態だった。三カ月間、尋問を受け、二十四時間連続の思想教育《タムジン》を受けさせられて、肉体的にも精神的にも打ちひしがれていたのだ。彼が最後の捜査を終え、きわめて特殊な報告書を、直属の上司である経済部長にではなく、国務院に提出しようとしていたとき、公安局が介入してきた。最初はひたすら彼を殴っていたが、公安局の医師が脳に損傷を与える恐れがあると言い、割れ竹に切り替えた。しかし、猛烈な苦痛のために、彼は何を尋ねられているのか聞き取ることができなくなってしまった。そこで今度はより手のこんだ方法を使うようになり、最後には暴力ではなく薬品に切り替えた。そのほうがはるかにつらかったが、それはどこまで口を割ったのか、自分でおぼえていられなくなったからだ。

彼はどこか中国のイスラム圏の独房にすわり——一度窓のある部屋に入れられたことがあって、窓の外のはてしなく広がる砂漠を見て、中国西部にちがいないと思った——若い頃学んだ老子の言葉を暗唱して、心の命を保とうとした。単は絶えず犯した罪を反芻させられた。あるときは思想教育《タムジン》の場で、黒板に書かれた文章を読んで聞かせる教授のような者たちから、またあるときは、聞いたこともない人間のした証言なるものを大声で読み聞かせられて。反逆罪。汚職。国有財産の横領——借り出したファイルのことだ。彼が犯したという犯罪の本質を、相手が理解できずにいるのを見て、彼はぼんやりした顔に笑みを浮かべたものだった。

彼の罪は、特別な存在として聖別された政府高官は犯罪とはまったく無縁とされているのを忘れたことだった。彼は党への不信という罪を犯した。集めたすべての証拠を引きわたすことを拒んだからだ。それは証人を保護するためでもあったが、恥ずかしいことに、自分自身を守るためでもあった。これ以上聞き出すことはないと判断されれば、彼を生かしておく意味はなくなるからだ。結局、何カ月もの間、はてしない、想像を絶する苦痛を味わった末に得たのは、単が自分自身について一つの仮借のない真実を知ったことで、そのことがまた苦痛をいつまでも薄れさせてくれない最大の原因となったのだが、彼にはあきらめるということができないのだった。

おぼつかない足取りで、公安局の車から収容所に降り立ち、呆然として、とうとう多少の危険を冒しても自分を射殺することに決めたのだろうかと思っていた単を見て、チュージェーはとっさに彼の心中を見抜いたのだろう。

囚人たちは、はじめ彼に劣らず呆然として、彼を危険な新種の生き物であるかのように見ていた。そのうちに、ただの中国人なのだと納得したらしい。カムパたちは唾を吐きかけた。ほかの者たちは、たいてい彼を無視した。中には清めの印を結んで、自分たちの間に入りこんだ新手の悪魔を追い払おうとする者もいた。

単が敷地の中央に膝をふるわせて立ち、今度はどんな新趣向の地獄を自分のためにみつけたのだろうと思っていると、看守が彼を突きとばした。冷たい水たまりにうつぶせに倒れたはずみで、看守のブーツに泥がはねた。必死で膝をついて立ちあがろうとした単に、怒り狂った看守がブーツをなめてきれいにしろと迫った。

「人民軍なしには人民は無力だ」鈍重な笑みを浮かべて、単は暗唱した。小さな赤い本に書いてある、至高の指導者の言葉どおりの引用だ。

看守が彼を、今度は仰向けに泥の上に突き倒し、警棒で肩を殴っていると、年寄りのチベット人の囚人が一人、歩み寄ってきた。「この人はとても弱っています」囚人は静かに言った。看守が笑うと、囚人は地面に延びている単の体におおいかぶさって、自分の背中で警棒を受けとめた。看守は単の代わりに罰を受けようという囚人を思う存分殴り、意識を失ったあとで、助けを呼んで倉庫へ引っぱっていった。

その瞬間、すべてが変わった。そのめくるめく瞬間、単は痛みを忘れ、過去すら忘れそうになって、自分がすばらしい新たな世界に来たことを悟った。その世界とはチベットだった。テインレーと名乗る背の高い僧が、彼に手を貸して立たせ、小屋に連れていってくれた。もう唾を吐きかける者はいなかった。いらだたしげに彼に向かって印を結んだ手を突き出す者もいなくなった。その八日後、倉庫からチュージェーが解放されて、単は彼と再会した。

「このスープは」単の顔を見ると、チュージェーはいたずらっぽい笑みを浮かべて言った。四〇四で囚人に出される薄い麦粥のことだった。「一週間ぶりに食べると、とてもおいしく感じてね」

単が回想にふけっていた顔をあげると、チュージェーが質問をくり返していた。

「彼らに何をさせられているのかね?」

チュージェーが答を求めているのではないことが、彼にはわかった。それは単《シャン》が心に留めておくようにと発せられた疑問だったのだ。〝強面たち〟が乗りこんできたら、四〇四部隊は今までとは大きく異なってしまうだろう。突然激しい痛みを胸に感じて、チュージェーはおそらく自分たちのもとから奪い去られてしまうだろうと、単は思った。彼はラマ僧が結んでいる新たな印を見た。それは曼陀羅、命の輪を表わす印だった。

「リンポチェ、タムディンという魔神が――」

「すばらしいことではないかね？」

「すばらしい？」

「今、守護神が姿を現わしたことが」

混乱して、単は眉をひそめた。

「この世で起こることには、すべて理由があるのだ」チュージェーは言った。

そのとおりだ、苦い気持ちで単は思った。趙《ジャオ》が殺されたのには理由がある。殺人者が自分を仏教の守護魔神だと思わせようとしたのにも、理由がある。〝強面たち〟が四〇四部隊を叩きつぶそうとやってきたのにも、理由がある。しかし、単にはそのどれも理解できなかった。「リンポチェ、タムディンに出会ったとき、どうして彼だとわかりますか？」

「彼はさまざまな形で現われる。さまざまな大きさで」チュージェーは答えた。「ネパールから南のほうでは、ハーヤグリーヴァと呼んでいる。古い寺では、赤い虎の魔神と言っている。あるいは馬頭魔神と。首に頭蓋骨をつないだものをかけている。髪は黄色い。肌は赤だ。

とても大きな頭をしている。口には四本の牙。頭の上にもう一つ、もっと小さな頭がついていて、緑色をしていることがある。太っていて、この世界全体ほどの重みがある。突き出た腹が垂れ下がっている。何年も前、祭の踊りで見たことがあるよ」チュージェーが両手を握りしめると、印が解けた。「だが、タムディンは自分がそう望んだとき以外は、人間の前に姿を現わすことはない。正しい力を持つ者でなければ、彼をあやつることはできない」

単はしばらく黙って考えていたが、やがて尋ねた。「武器は持っていますか？」

「必要なときは、手の中に現われる」チュージェーの答は謎めいていた。「〝黒帽派《シャナク》〟の者に尋ねるといい。以前、町に年寄りの黒帽のガクパがいた。密教行者だ。コルダという名前だった。むかしの儀式を行なっていた。若い僧たちは、呪文をかけられると言って恐れていた。ニンマパ寺の出身だった」

黒帽はチベットの仏教教団の中でもっとも保守的な一派で、そのうちでもニンマパ派は最古の系統に属する。かつてチベットを支配していたシャーマンの伝統と、もっとも密接に結びついている集団だ。

「まだ生きているとは思えないが」チュージェーは言った。「わたしが子供の頃、彼はもう老人だった。だが、彼には弟子がいた。黒帽の魔術を行なう者を、コルダのもとで学んだ者を探すのだ」

チュージェーは単の目をのぞきこんだ。長く危険な旅に出る息子の顔を見る父親のようだった。彼は指で合図した。「こちらへ」

単が近づくと、チュージェーは彼の後頭部に手を置いて、下に押した。小声で言われて、ティンレーが錆びたはさみを手わたした。チュージェーは単の首のすぐ上の髪を三センチほど切り取った。学僧が寺院に入ることを許されたときに行なわれる入門の儀式だった。釈迦が徳を積むためにいかにみずからを犠牲にしたかを象徴するものだ。

単は説明のつかない胸のときめきを覚えた。「わたしには資格がありません」顔をあげた彼は言った。

「いや、あるとも。あなたはわたしたちの一員だ」

深い悲しみが彼の胸を満たした。「これからどうなるのです、リンポチェ？」

チュージェーはため息をつくだけで答えなかった。急にとても疲れた顔つきになった。老ラマ僧は立ちあがり、自分のベッドに向かった。するとティンレーが単にしみだらけの紙片を手わたした。漢字が一つ書いてある。「これはあなたに」ティンレーは言った。

単は紙片を見つめたが、意味がわからなかった。古い書体の文字で、例の円盤に刻まれていたのと同じ種類だった。その上に同心円がいくつも描かれ、その中心に蓮の花があって、花弁の一枚一枚に秘密の記号が書かれていた。「これはお経？」

「ええ。いや。ちょっとちがいます。護符、お守りです。リンポチェが祈りを捧げてくれました。古い教典の断片に書かれています。とても力があります」ティンレーは紙片の下の隅を持った。「こうして」彼は説明した。「たたんでから、細い筒状に巻いておくのです。それを首にかけます。鎖のついた入れ物を用意してあげたかったのですが、手に入らなくて」

「みんなが書いているのも、こういうお守り？」

「これとはちがいます。これほどの力はない。教典の切れ端は、これ一枚しかなかったし。それに、この記号。これは手や口で伝えられる言葉ではありません。口にするものではないのです。リンポチェが手をのばして、つかまえたものです。力をこめるのには何時間もかかります。一日じゅう、これをしていました。それであんなに疲れてしまって。タムディンもこれならわかります。魔物の世界のものにも感じとることができるのです。ですから、あなたが近づけばわかります。ただ守ってくれるばかりではなく、紹介状のようなものでもあります。これでタムディンと話ができます。あなたは守護魔神の路を行くことになると、チュージェーは言っています」

つまり襲われるのだな、単《シャン》はそう尋ねようとしたが、そのとき別の疑問が頭に浮かんだ。古い教典の断片を、チュージェーはなぜ持っていたのだろう？

何人かの僧が、作った護符を仏壇に置き、チュージェーのほうを期待をこめた目で見ていた。別の者たちは、部屋の奥のベッドに持っていった。単はそこに歩み寄った。老僧の一人がベッドにすわり、奇妙なはぎ合わせのような護符を作っていた。紙片を細い毛髪で巧みにつなぎ合わせ、大きな一枚の護符にしている。

単が気がつくと、ティンレーは彼のポケットの分厚いメモ帳を見つめていた。彼は何も書いてない部分を十枚ほど引きちぎると、鉛筆とともにティンレーにわたした。

「ほかのは？　ほかのは、どんなお守り？」

「それぞれできる範囲のことをしています。迷える霊魂チュンボのための中陰《バルドー》の儀式の用意をしている者もいれば、ただのお守りを作っている者もいます。作っても、リンポチェが祈りをこめてくれるかどうかはわかりません。力のある僧が祈りをこめないと、役に立たないのです」

「チュージェーがお守りに祈りをこめてくれない？　みんながチュンボから守られるようにと思っていないはずがないのに」

「チュンボは関係ありません。これはこの世の悪を避けるためのものです。ツォンスンというお守りで、警棒や、銃剣や、銃弾から身を守るのです」

5

白シャツに青いスーツというしゃれた身なりの若い男が、翌朝、譚《タン》のオフィスの外で待っていた。窓の前を行ったり来たりしていた彼は、立ち止まって馮《フェン》軍曹に小馬鹿にしたような視線を向けたが、単《シャン》に気づいて、わけ知り顔でうなずいた。まるで何か二人だけの秘密でもあるかのように。

単は窓辺に寄って、南の爪の斜面で何が起きているかと目を凝らした。見知らぬ男はそれを会話のきっかけと誤解した。

「五人中三人」男は言った。「六十パーセントの者が、ツアーの途中で帰りたがるんだ。知っていたかい、同志?」男の全身から北京のにおいがたちのぼっていた。

「わたしの知っている者は、ほとんど全員が最後まで刑期を務めるが」単は静かに言った。身を乗りだして、ガラスに触れた。この時間には四〇四の者たちは斜面に出ているはずだ。それとも今日は所長は囚人たちを現場に連れていこうともしないのだろうか?

「寒さが我慢ならない」単の言葉がまったく耳に入らないかのように、男は話しつづけた。「空気が我慢ならない。乾燥しすぎているのが我慢ならない。埃《ほこり》っぽいのが我慢ならない。

通りでじろじろ見られるのが我慢ならない。二本足のイナゴが我慢ならない」

　待合室を通りかかった高《コー》夫人の脇に、男は駆け寄った。「最重要事項なんだ！」彼女の理解力を疑っているような口調で、彼はゆっくりと、大きな声で言い張った。「今すぐ会わせてもらいたい！」高夫人は冷ややかに微笑み、壁ぎわの椅子を指さした。

　しかし男は、譚のオフィスのドアをちらちら見ながら、歩きまわりつづけた。「ここに来て二年になる。とても気に入ってるよ。十年いてもいいくらいだ。きみは？」

　単は顔をあげた。ゆっくりと、男が自分に話しかけているのでないといいがと思いながら。しかし男の目は二つの銃口のように、単をまともに狙っていた。「三年」

「おお、同好の士だ！」正体不明の男はおおげさな声を出した。「ここが気に入っているんだ」ふたたび言った。「一生に一度の勝負どきだ。十字路ごとにチャンスが転がっている」彼は言い、同意を求めるように単を見た。

「驚きなら、確かに。十字路ごとに驚きに出会う」抑えた口調で単は言った。

　男は返事代わりに軽く笑い声を立て、単の隣の椅子に腰をおろした。単はファイルに両手を載せた。

「会うのはじめてだね。山の中で仕事をしているのかい？」

「そう、山の中」単は低い声で答えた。待合室は暖房していなかった。その朝、馮がワゴン車の荷台から引っぱり出してきた誰のものともしれないグレーのコートを、単は着たままでいた。

「おっさん、もう手一杯なんだ」譚のオフィスのドアに向かってうなずいて、男は秘密を打ち明けるかのように言った。「党への報告書。軍への報告書。公安局への報告書。報告書の現状についての報告書。ぼくらはあんなふうに官僚主義に毒されたりはしない。あんなんじゃ、何もできやしない」

馮の頭が後方へがくりと傾いだ。いびきをかきはじめた。

「ぼくら？」単は尋ねた。

気取った動作で、男は小さなビニールのケースを開け、浮き出し文字の名刺を単にわたした。

単は名刺をじっくりと見た。紙のように薄いプラスチックでできている。名前は李愛党《リー・アイタン》となっている。一世代前の野心家の親たちが好んでつけた名前だ。党を愛す李。肩書きに目を移した単は、ぎくりとした。検察官補。譚がしたことだと、彼は思った。外部から捜査官を招いたのだ。そこで名刺の住所に気がついた。ラドゥン州だった。

信じられない思いで、彼は名刺の文字を指でなでた。「その若さでこんなに重い地位に就いているとは」彼はようやくそれだけ言い、相手の様子を観察した。検察官補は三十そこそこの歳にちがいない。闇市で手に入れたらしい高価な腕時計を着け、奇妙なことに欧米のどこかのメーカーのスポーツシューズを履いていた。「それに、郷里をこんなに遠く離れて」

「北京なんか恋しくないよ。人が多すぎる。十分なチャンスがない」

また、この言葉だ。検察官補がチャンスを口にするのを聞くのは妙な気がした。

だろうし――」

高夫人がふたたび姿を現わした。

「よくわかっていないようだが――」李《リー》がもったいぶった口調で言いはじめた。

「逮捕に関してなんだ。逮捕状に署名してもらう必要がある。彼のほうでも連絡しなければならないだろうし――」

李には目もくれずに、高夫人は部屋を通り抜けていった。そのうしろ姿を見送る李の顔に、冷ややかな笑みが広がった。何かことさら楽しいことがあったのを、記憶に焼きつけてでもいるようだ。彼は身を乗りだして、椅子にだらりとかけている馮の様子を観察した。「ここがぼくのオフィスだったら、もっと敬意をもって」軽蔑に満ちた声で、彼は言いはじめた。そのとき高夫人が戻ってきて、隣の会議室に通じるドアを開け、李に入れと合図した。

得意そうに鼻を鳴らすと、李は大股に部屋に入っていった。高夫人が無言でテーブルから椅子を引き出してやり、譚のオフィスに通じる横のドアを見つめる彼をそこに残してドアを閉め、待合室に戻ってきた。

「ほんとうに」単は言った。「大佐はあの部屋に入っていくつもりなんだろうか？」彼女は奥の小部屋に入っていってしまい、聞こえたのかどうかわからなかった。しかし、茶碗を二つ持って戻ってきた彼女は、ちゃんと聞こえていたらしく、おもしろそうにうなずいた。茶碗を一つ単にわたすと、彼の隣に腰をおろした。

「礼儀知らずの若造ね。最近では、あんなのが大勢いるわ。育ちが悪いのよ」

単は吹き出しそうになった。二十世紀後半に育った中国人を称して、父親がまさに言いそうなことだった。育ちが悪い。「大佐を怒らせたらたいへんだろうに」単は言った。

高夫人は茶を飲めと、身ぶりでうながした。まるで小さな子に学校に行くしたくをさせている初老の叔母さんのような雰囲気だった。「わたしは譚大佐のところで十九年間働いているのよ」

単はぎこちなく笑った。テーブルの上のレースの敷物に目が行った。もう長いこと、投獄されていた三年間よりもっと長い間、まともな女性といっしょにお茶を飲んだことなどなかった。「最初は不思議でした。ローケシュの釈放について大佐に誓願書をわたす勇気のある人がいたということが」単は言った。「でも、今はもうわかりました。ローケシュが好きだったのでしょう。古いチベットの歌を歌うのがとても上手だった」

「わたしは古風な人間なの。わたしが育ったところでは、年老いた人には敬意を払うようにと教わったわ。刑務所に入れるのではなく」

それはどんな遠くの星なのかと、単は言いそうになったが、そのとき、茶碗を見つめる彼女の様子に気づき、何か言いたいことがあるらしいと悟った。

「弟がいるの」突然彼女は身の上話を始めた。「あなたより少しだけ年上の。教師なのよ。書いたものをとがめられて十五年前に逮捕されて、モンゴルの近くの収容所に送られたの。誰も弟のことは話題にしなくなったけれど、わたしはよく考えているわ」無邪気な、好奇心に満ちた表情で、彼女は顔をあげた。「つらいことはないわよね？　つまり、収容所の生活だけど。弟につらい思いをさせたくなくて」

茶をゆっくりと飲んでから、単《シャン》は顔をあげ、強いて微笑んだ。「わたしたちは道路建設をしているだけですから」

高《コー》夫人はおごそかにうなずいた。

そのときブザーが鳴り、高夫人は大佐のドアを指さした。李が会議室から飛び出してきて、おぼつかない表情で単を見つめた。単が高夫人に導かれて大佐のオフィスに入っていくと、李が大声で言うのが聞こえた。「おまえなのか！」信じられないという声音だった。そこで高夫人がドアを閉じた。

譚《タン》は背中を見せて窓辺に立っていた。今はカーテンがいっぱいに開かれていて、単は奥の壁をはじめてじっくりと見ることができた。今よりずっと若い譚が、戦車の横に少女といっしょに写っている色あせた写真が貼ってあった。その左には〝内部《ネイブー》〟、部外秘という大きな文字が上の端に刷りこまれた地図があった。チベットの国境地帯の地図だ。その上には古い刀、〝斬刀《ツァンダオ》〟が飾ってあった。むかしの処刑人が好んで使った、頑丈な両刃の刀だ。

「今朝《けさ》つかまった」背中を見せたまま、譚が言った。

李が言っていた逮捕とは、このことだったのだ。

「山の中だ。やつらはたいがい山に隠れるものだが。運がよかった。その馬鹿、まだ趙《ジャオ》の財布を持っていたんだ」譚はデスクに戻った。「公安局に、その男についての資料があった」

彼は単のほうをいらだたしげに見た。「おい、すわれったら。仕事があるんだ」

「検察官補が来ているじゃありませんか。これから先は、あの人が仕事を引き継いでくれるのかと思いましたが」

譚は顔をあげた。「李《リー》か？　李愛党《リー・アイタン》と会ったのか？」

「検察官補がいるとは、一言も言わなかったじゃないですか」

「大事なことじゃない。李は無能だ。ただのガキ。仕事は趙が一人でしていたんだ。李は、ただ本を読んだり、集会に出かけたり。政治将校さ」公安局のものであることを示す赤い斜線が表紙についたファイルフォルダーを、譚はデスク越しに押してよこした。「犯人は、若い頃から反社会的人物だった。一九八九年のラサの暴動にも加わっていた。八九年の騒ぎのことは知っているな？」

公式には、ラサのジョカン寺を僧たちが占拠したことをきっかけとする暴動は、起こらなかったことになっている。公式には、人民解放軍の機関銃で殺された僧の数は不明とされている。鳥葬の国では、死者の痕跡を消し去るのは容易なことだ。

「その数年後に、ここでも騒ぎがあった」譚は話を続けた。「市場で」

「聞いてます。僧侶が何人か、指を切られたのでしょう。土地の者たちは、〝親指暴動〟と呼んでます」

譚はその言葉を無視した。ほんとうだろうか、単は思った。ほんとうに、親指を切断しろと命じたのは譚大佐だったのだろうか？

「この男もそこにいた。たいていは三年間の強制労働だったのだが、こいつは六年食らった。五人の首謀者の一人だったのでな。訴追したのは趙だった。ラドゥンの五人組と呼ばれた連中だ」嫌悪感もあらわに、譚《タン》は首を振った。「わたしの言うとおりだったと、連中は次々に証明してくれている――最初のときの対応が甘すぎたことをね。そして今度は、趙が連中の餌食になった――」その目が憤りに燃えた。

「裁判所が認めそうな証人のリストを作ります」単《シャン》は無表情に言った。「診療所の宋《ソン》医師。頭部を発見した兵士たち。彼らは、四〇四の看守の証言も求めるでしょう。死体発見の状況について」

「彼ら？」

「検察局の捜査チームですよ」

「李《リー》なんかどうでもいい。言っただろ」

「彼の邪魔立てはできませんよ。司法部の人間なのだから」

「言っただろ。やつは政治屋なんだ。故郷に帰って出世するために、ここで任期がすむのを待っているだけだ。本物の犯罪捜査の経験などない」

聞き違えたのではないかと、単は大佐の目を見た。司法部に政治屋でない人間がいると、譚は本気で思っているのだろうか？　この国の最高裁判所長官が、同時に党の綱紀委員会の委員長でもあるのは、けっして偶然ではないのに。「彼は司法部の人間です」彼はもう一度、ゆっくりと言った。

「やつは被害者との関係が近すぎる。父親を殺した犯人を挙げようとするようなものだ。悲しみのあまり判断を狂わされる恐れがある」

「大佐、最初は身元不明の死体が発見されただけで、あれなら事故で片づけられたかもしれない。誰も注意を払わなかったかもしれない。次に、死体発見がもとで四〇四部隊でスト騒ぎが起きた。これでそれまで以上に注目を集めてしまった。そして今度は、司法に関わる官僚が被害者だとわかったばかりか、犯人として以前から公共の敵とされてきた人物が逮捕された。これですっかり注目を集めた。厳しい政治的介入があるでしょう」

「何を言っているんだ、単。きみは政治など恐れない。政治を見くだしているんだ。だからチベットにいるんじゃないか」

譚の顔におもしろがっているような表情がないかと見てみた。そんな表情ではなかった。そこに表われていたのは、好奇心だった。「きみが手を引きたがっているのは、きみの良心にかかわるからだろう。そうじゃないかね？」譚は言葉を続けた。「われわれの捜査は公明正大なものにはならないと思っているのかね？」

指の節が白くなるほど、単は両手を強く押しつけた。またわけがわからなくなった。「北京にいたとき、うちの役所でも討論会がありました。わたしが批判されたのは、全員一致で真実を確立することが何より重要だということを理解していない点でした」

譚は黙って彼を見つめていたが、やがて喉から鋭い笑い声を発した。「それできみをチベット送りにしたのか。その、秦《チン》部長が。なかなかユーモアのセンスのある御仁じゃないか」単の顔をじっと見ていた譚の顔から笑みが消えた。立ちあがって、窓のところにいった。

「きみはまちがっているぞ、同志」彼は窓に向かって言った。「わたしのような人間には良心のかけらもないと思っているのだろうがな。わたしにも良心があることをきみが理解できないことまでわたしの責任にしないでもらいたい」

「うまい言い方ですね」

わけがわからないという表情で譚は振り向いたが、すぐに怒りを爆発させた。「揚げ足とりはよせ！」吐き出すように言うと、彼は大股にデスクに戻った。公安局のファイルの上に両手を置き、組み合わせた。「もう一度だけ言う。今度の捜査は検察局の若造なんかに任せはしない。趙は革命の英雄だった。わたしの友人でもあった。ひとまかせにするにはあまりに重要なことがあるものなんだ。きみには、わたしたちで話し合った線で捜査を続けてもらいたい。最終的に署名するのはわたしだ。このことについては、もうこれ以上話し合うつもりはない」

譚の視線を追って、単はドアのほうを見た。突然気がついた。譚は検察官補をただ信頼していないというだけではない。恐れているのだ。

「検察官補を無視するわけにはいきませんよ」単は言った。「趙に関する質問で、検察局に答えてもらわなければならないことがあるでしょうし。敵はいなかったか。どんな事件を扱っていたか。職場外の生活について。自宅の捜索も必要でしょう。旅行の記録も当たってみる必要があります。それと、車。車を使ったのはまちがいない。車を発見すれば、趙が犯人とどこで落ち合ったのかがわかるかもしれません」

「彼とは長いつき合いだった。質問のいくつかには、わたしが自分で答えられる。秘書の梨《リー》花《ホア》も友人だ。彼女も協力してくれるだろう。ほかの者については、質問を書面で用意してくれ。わたしが提出するから。きみがここにいる間に、いっしょに高《コー》夫人に書き取ってもらおう」

譚《タン》は李の手をふさいでおきたいのだ。あるいは注意をそらしておきたい。

公安局のファイルを、大佐は単《シャン》のほうへ押しやった。「スンポという名の男だ。歳は四十。州のずっと北部にあるサキャという小さな寺で逮捕された。許可なしに寺を開いていた。まったくの怠慢だ。やつらをもとの寺に帰してしまったとはな」

「その男をまず殺人罪で、次に許可なく僧侶としての活動をしていた罪で告発するのですか？」単は思わず言った。「それはちょっと――」彼は言葉を探した。「過剰反応では？」

譚は眉をひそめた。「寺にはほかにも、つかまえてしぼりあげるに値する者がいるにちがいない。許可なしに袈裟を身につけていた場合、相場は懲役二年だ。趙《ジャオ》はしょっちゅうこの手を使っていた。必要ならしょっ引いて、口を割らなければ労改《ラオカイ》送りだと言って脅せ」

単は相手の顔を見つめた。

「わかったよ」譚は冷ややかな笑みをかすかに浮かべた。「わ、わ、わたしが労改に送ると言っていると言えばいい」

「どうしてその男の犯行ということになったのか、まだ説明してもらっていませんが」

「通報があったんだ。匿名で。趙のオフィスに電話があった」

「ということは逮捕したのは李？」

「公安局のチームだ」

「つまり、彼は彼で独自の捜査を行なっている？」

それが合図だったかのように、ドアを乱暴に叩く音がした。甲高い声がそれに抗議し、高《コー》夫人が姿を現わした。「同志李が」顔を紅潮させて、彼女は伝えた。「どうしてもと言い張られて」

「今日の午後、出直してくるように言いなさい。まず面会の予約を取ってから」

高夫人の顔に、内心の満足を表わすかすかな笑みが浮かんだ。「ほかにもう一人」彼女は言った。「アメリカの鉱山の方が」

譚《タン》はため息をつき、部屋の隅の暗がりの椅子を指さした。単《シャン》は指示どおりにそこに腰をおろした。「通しなさい」

中に通される人物がいるのを見て、外で抗議する李の声が一段と大きくなった。洞窟の入口にいた赤毛のアメリカ人女性だった。譚と女性は、戸惑ったように見つめあった。

「もうお話しすることは何もないのですよ、ミス・ファウラー」冷ややかな声で譚は言った。

「あの件については、もう結論が出ています」

「わたし、趙《ジャオ》検察官に連絡したいと言ったのだけれど」オフィスの中を見まわしながら、ファウラーはためらいがちに言った。「そうしたら、ここに来るようにと言われて。休暇から戻ったのかと思ったわ」

「洞窟のことで来たのではなく？」

「あれについては、お互い言えるだけのことを言ったわ。わたしたちは宗教事務局に抗議文を提出します」

「それでは外聞が悪い」譚大佐は苛立った。

「自分のせいでしょう」

「わたしが言ったのは、あなたが外聞の悪い思いをするということだ。何も証拠がないのに。なんの根拠もなしに抗議しようというのか。当方としては、軍事行動に障害をきたしたと主張するほかありませんな」

「趙検察官に会いたいそうですよ」単が口をはさんだ。

譚は単をにらみつけた。ファウラーは単からほんの一メートル足らずの窓のところに来た。今も同じブルージーンズとハイキング・ブーツを身に着けていた。サングラスが黒い紐で首から下がっている。青いブルーのナイロンのベストは、洞窟でアメリカ人の男が着ていたのと同じものだった。化粧はしておらず、装飾品も、耳たぶの小さな鋲《びょう》の形の金のピアスだけだった。譚大佐が口にしていた、もう一つの名前はなんだったか？　レベッカだ。レベッカ・ファウラー。彼女は単に目を向けた。彼に見覚えがあることが、その目の表情で知れた。あなたもあそこにいたわねと、その目は非難していた。あなたもあそこで聖所を汚していた。

「ごめんなさい。議論をしにきたわけじゃないのよ」口調をあらためて、おだやかに彼女は譚に言った。「鉱山で問題が生じて」

「何も問題がなかったら」つきはなしたような調子で、譚は言った。「あなたたちに鉱山をまかせたりはしないでしょう」

彼女はあごを引き締めた。譚《タン》と言い争いにならないようにと、必死でこらえているのが単にはわかった。彼女は空に向かって言った。「労働問題なの」

「だったら国土資源部の管轄だ。胡《フー》局長が——」譚が言いかけた。

「そういう問題ではないの」彼女は譚のほうに向き直った。「とにかく趙と話をさせてちょうだい。ここにいないのはわかっているけれど、電話番号を教えてくれればいいから」

「なぜ趙に？」譚が尋ねた。

「役に立ってくれるからよ。わたしたちに理解できない問題が生じたときに、彼が役に立ってくれるの」

「理解できないというと、どのような問題？」

ファウラーはため息をつき、譚のデスクの前に行って、腰をおろした。「試験操業が始まったの。本格操業は来月からの予定。でも、その前に試験生産した製品を、香港の研究所で検査して、品質に問題なしと判定してもらわなければならないのよ」

「それがどうか——」

「国土資源部が出荷の日程を、わたしたちに断わりなしに早めてきたのよ。飛行機の貨物便のスケジュールが、連絡なしに変更になっているの。保安体制を強化するという名目で。お役所の管理が強化されるということ。その理由は観光客」

「旅行シーズンの開始が早まったのでね。観光業はチベットにとって外貨獲得のための重要な手段になりつつあるのだ。受け入れ人数も増えてきている」

「この仕事を始めたときには、ラドゥン州は外国人観光客の立ち入りを禁止していたわ」

「そのとおり」譚大佐は答えた。「方針転換だ。同国人に会えて、あなたも嬉しいでしょう、ミス・ファウラー」

レベッカ・ファウラーの不機嫌な顔はノーと言っていた。この鉱山の責任者は、ただ観光客に関心がないというだけなのだろうか、それともアメリカ人に来てほしくないというはっきりした理由でもあるのだろうか？　単《シャン》は思った。

「大きなお世話よ。外貨が問題なんでしょ。わたしたちのしたいようにさせてくれれば、外貨をかせいであげられるのに」

譚はタバコに火をつけ、温かみのない笑みを浮かべた。「ミス・ファウラー、お国からラドゥン州へのはじめての観光旅行は、完璧に運ばなければならないのですよ。ただ、それがどうして――」

「決められた期限までにコンテナを出荷するには、ダブルシフトで作業をしなければならないの。ところがシフトの半分の人数も集められないのよ。作業員が裏の貯水池に行こうとしないの。中央地区から出るのさえ拒む者がいて」

「ストライキ？　おぼえていますか、少数民族の作業員だけを雇うというから、警告したでしょう。彼らは理解しがたい行動に走ることがあると」

「ストライキじゃないわ。いいえ、そうじゃない。とてもよく働いてくれるのよ。その点は申し分ないの。ただ、脅えているのよ」

「脅えている？」

レベッカ・ファウラーは指で髪を梳《す》いた。何日も寝ていないような様子だった。「なんと言ったらいいのかわからない。わたしたちが岩を爆破したので、魔神が目をさましたと言っているのよ。魔神が怒っているって。あの人たち、山を恐れているの」

「迷信深い連中ですからね、ミス・ファウラー」譚が言った。「宗教事務局に少数民族の扱いに慣れたカウンセラーがいます。カルチャーギャップを調整するのが専門という人たちが。聞《ウェン》局長に頼めば、誰かをよこしてくれるでしょう」

「カウンセラーなど必要ありません。うちの機械を操作できる人が必要なんです。ここには工兵隊がいるでしょう。二週間、貸し出してくれません？」

譚は激怒した。「人民解放軍のことを言っているのかね、ミス・ファウラー？　まるで通りで集めてきた日雇い労働者のような言い方だが」

「ラドゥンで唯一の外国資本の投資のことを言っているのよ。チベット東部で最大のね。十日後に模範的海外投資の現場を見学に来るアメリカ人観光客のことも言っているの。今何か手を打たないと、大失態の現場を見学させることになるのよ」

「その魔神ですけど」突然単が口をはさんだ。「名前は？」

「この際、そんなことはどうでも――」きつい声でいいかけたファウラーだったが、やがて口調をあらためた。「それが何か？」

「南の爪でも同じようなことがありまして。殺人事件とのからみで」

譚《タン》が身をこわばらせた。

ファウラーはすぐには答えなかった。鷹のように鋭い緑色の目で、単をじっと見すえた。

「殺人事件の捜査が行なわれていることは知らなかったわ。検察官の趙《ジャオ》さんもおおいに興味をそそられるでしょうね」

「それはもう、検察官にとっては切実な問題ですから」譚がにらみつけているのを無視して、単は答えた。

「では、あの人も事件のことを知っているのね」

「単！」譚大佐は立ちあがり、デスクの端のボタンに手を叩きつけた。

「殺されたのは、趙検察官です」

譚の口からののしり言葉がほとばしり出た。彼は大声で高《コー》夫人を呼んだ。

愕然として、レベッカ・ファウラーは椅子にへたりこんだ。「まさか！」その顔から血の気が失せた。「そんな、まさか。嘘でしょう」彼女は言った。声がかすれている。「嘘よ。彼は休暇中なの。大連の海岸地方に行くと言っていたわ」

「二日前の夜、南の爪で」——話しながら、単は相手の目を見つめていた——「趙検察官は殺害されました」

「二日前の晩だったら、わたし、あの人といっしょに食事をしたわ」ファウラーはささやき声で言った。

そこへ高夫人が入ってきた。

「えーと」単《シャン》が言った。「お茶をいただこうかな」

高夫人はおごそかにうなずき、ドアから出ていった。

ファウラーは何か言おうとしたが、そのまま前かがみになり、高夫人が盆を持って戻ってくるまで、両手に顔を埋めていた。熱い茶を口に含んで、彼女はようやく声を出せるようになった。「投資の申請で、いっしょに仕事をしたの」彼女は話しはじめた。「入国許可から始まって、ありとあらゆる認可を受ける手続きを」緊張した、落ち着きのないささやき声だった。「わたしたちの成功を心から願ってくれていた。六月までに生産を開始できたら、夕飯をごちそうしてくれると約束してくれていた。期限に間に合った。少なくとも、わたしたちはそう思った。先週電話をくれて、とても上機嫌だった。休暇で出かける前に、約束の食事をしたいと言って」

「どこで？」単が尋ねた。

「モンゴル・レストラン」

「時間は？」

「早かったわ。五時頃」

「彼一人？」

「彼とわたしと二人だけ。彼の運転手は車で待っていた」

「運転手？」

「バルティよ。小柄なカムパの」ファウラーは答えた。「いつも趙のそばを離れない。趙は彼をお気に入りの甥みたいに扱っていた」

単は譚大佐の顔を見た。これほど重要な点を大佐は見過ごしていたのだろうか？　目撃者がいたかもしれないのに？

「食事のあと、彼はどこへ？」

「空港」

「それは彼がそう言っていたから？　出かけるところを実際に見た？」

「いいえ。でも、空港に向かったのは確かよ。航空券を見せてくれたもの。深夜の便だったけれど、空港までは二時間かかるし、絶対に乗り遅れたくないと言っていた。休暇をすごく楽しみにしていて」

「では、どうして逆方向に行ったのだろう？」

彼女は聞いていないようだった。何か別のことを思いついて、そちらに気を取られているようだ。「魔神」急に力無い表情になって、彼女は言った。「魔神は龍の爪に現われたのね」

せわしげなノックの音がして、高夫人がふたたび顔を見せた。眼鏡をかけたチベット人がうしろにいる。洞窟のところで、アメリカ人の車の運転席にいた男だ。背が低く、肌が浅黒くて、小さな目のがっしりした顔立ちという風貌は、単の知っているほかのチベット人とはどこか違っていた。

「ミスター・キンケイドが」チベット人はいきなり言うと、封筒を差し出した。譚《タン》に気づいた瞬間、彼は床に視線を落とした。「これをすぐにお届けしろと。一刻も早くと」

レベッカ・ファウラーは椅子から立ちあがり、ゆっくりと、不承不承といった様子で手を出した。その手に封筒を載せると、チベット人はあとずさりして部屋から出ていった。

譚はそのあとをじっと見ていた。「〝肉切り猿〟を雇っているとはね」

そうか。単にもわかった。あの男はラギャパ、鳥葬のために死体の解体を行なう古代から続く階層に属する者だ。

「ルントックは、うちでもっとも優秀な技師の一人よ」ファウラーは冷ややかに言った。「大学を出ているの」それから手に持った紙片に視線を移したが、とたんにぎくりとした。紙片をおろすと、譚をにらみつけてから、もう一度読み直した。「あなたがた、いったいどうしたというの?」激しい口調で彼女は言った。「もう、いいかげんにしてよ。ちゃんと契約を結んだでしょう」

彼女は譚を、そして単を見た。「国土資源部が」彼女の言い方には、譚はこのことを知っていたはずだという思いが出ていた。「わたしの作業認可を一時停止したわ」

翠泉《すいせん》駐屯地の使っていない兵舎を単たちは割り当てられたが、まったく手入れのされていない建物で、トタンの屋根が風が吹くたびにゆれて、めくれ上がるのが見てとれるほどだった。下士官用に一台だけ別に置いてあるベッドを、当然のように馮軍曹が占領し、単とイェーシェーには、ずらりと並ぶ二十台の鉄製の二段ベッドの中から好きなのを選べと合図した。単《シャン》は軍曹を無視して、ベッドの列の端にあったスティールのテーブルの上に書類を広げた。

「この建物の鍵が欲しい」彼は馮《フェン》に言った。

戸棚をあさって毛布類を探していた馮は、本気なのかというように、振り返って単を見た。「ばか言ってんじゃない」彼は毛布を六枚みつけ、三枚を自分が取り、二枚をイェーシェーに、一枚を単に投げてよこした。単は床に落ちた毛布に見向きもせず、ベッドの間を歩きまわって、書類を隠す場所を探した。

練兵場の三十ヤード足らず先に、営倉があった。枯れた草の塊が、風で吹き飛ばされていった。取り付け金具からはずれてしまって、ケーブルでぶら下がっているスピーカーから、軍楽調の音楽が鳴り響いた。国歌の演奏だが、雑音がひどくてほとんどなんの曲かわからないほどだ。練兵場の周囲に兵士たちがかたまって、新たに営倉の警備に就いた衛兵たちを不機嫌な顔で見つめていた。

「強面《こわもて》連中だ」練兵場を横切って営倉に近づいていきながら、イェーシェーが単に言った。警戒心もあらわな声だった。「ここはやつらの来る場所じゃないのに。ここは陸軍の基地なのだから」

「待っていたぞ」営倉の入口で、公安局の将校がきびきびした口調で単に言った。「譚《タン》大佐から聞いている。容疑者の取り調べを始めるのだろう」言いながら、将校は三人の顔を見わたしたが、落胆の色を隠そうともしなかった。馮軍曹のしわだらけの顔を一瞬見てから、イエーシェーを通り過ぎて、単に目を留めた。単はまだ、誰のものだかわからない、グレーのポケットのついた上級官吏用のジャケットを着ていた。予想外の者たちがやってきたというふうに、ドアの前で一瞬躊躇《ちゅうちょ》していたが、やがて将校は肩をすくめた。

「やつに何か食わせてくれ」将校は言い、脇にどいた。「逃げ出さないように見張っていることはできるが」監房の重い金属の扉の鍵を開けながら、将校は話しつづけた。「飢え死にしないようにすることはできない。あまり体が弱ったら、胃にチューブを入れるほかないだろう。自分の脚で立てるようにしておかなければならないからな」

なるほど、単は思った。人民裁判のお膳立てをよく知っているのだな。被疑者は自力で法廷に立たなければならない。反省して、頭を低く垂れて。死刑裁判に特有の興奮は、被疑者の肉体的強靭さを示すことで、いっそう高まる。その強い罪人を、人民の意志によって抹殺できることが、より鮮明に浮かび上がるからだ。

尿とかびのにおいが充満する通路の両側に房が並んでいて、コンクリートの壁で仕切られていた。房内に届く唯一の光は、通路の天井の中央に並んで取り付けてある薄暗い電球からのものだった。薄暗がりに目が慣れると、房には金属のバケツと藁布団《わらぶとん》以外何もないのがわかった。廊下の突き当たりに小さなスティールのデスクがあり、そこで椅子を壁にもたせかけて、一人の男が居眠りしていた。

将校が鋭く一声発すると、男はあわてて立ちあがり、自分がどこにいるのかわからないような顔で敬礼した。「必要なことがあったら、その伍長に言いつけてくれ」将校はそう言うと、身をひるがえして出ていった。「人手がいるなら、わたしの衛兵を使っていい」

単は混乱して、そのうしろ姿を見送った。人手？　伍長はもったいぶってベルトから鍵をはずし、デスクの深い引き出しを開けると、単を手招きした。「何か特にお気に入りの方法は？」

「方法？」単はぼんやりと尋ねた。

引き出しには、汚い布を敷いた上に六種類の品物が置いてあった。手錠、十センチの長さの竹串が数本、人間の手首にも足首にもはめられる大きさのC型クランプ、ゴムホースの切れ端、丸頭ハンマー、ステンレスの先細ペンチ。そして公安局お気に入りの西欧からの輸入品、電気式の牛追い棒。

単は全身を襲った吐き気と戦った。「扉を開けてくれれば、それでいい」彼は引き出しを音高く閉めた。イェーシェーは顔面蒼白だった。

伍長と馮は、おかしそうに視線を交わした。「はじめてなんだな？　今にわかるさ」伍長は自信ありげに言い、房の扉を開いた。中に入っていく単とイェーシェーの背後で、馮はデスクに腰をおろし、伍長にタバコをねだっていた。

房は何人も収容できるようになっていた。床には藁布団が六枚置いてある。左の壁ぎわにバケツが並んでいて、一つには水が数センチ入っていた。もう一つが伏せて置いてあって、テーブル代わりに使われていた。米飯の入った小さな金属の椀が二つ載っているが、冷めていて、手をつけた形跡はない。

奥の壁ぎわは真っ暗だった。単はそこにいる人物の顔を見分けようとしたが、そこで相手が壁のほうを向いてすわっているのに気づいた。単は明かりを持ってくるよう外に向かって言った。伍長が持ってきたバッテリー式のランタンを、彼は伏せたバケツの上に置いた。

囚人のスンポは蓮華坐を組んでいた。囚人服を切り裂いて作った細長いゴムタクで、膝のうしろと背中をしばっている。長時間の座禅を行なうための伝統的な方法で、そうして魂の抜け出た体が疲労して倒れるのを防ぐのだった。彼の目は壁の向こうの何物かを凝視しているようだった。胸の前で合掌している。

単は男のほうを向いて壁ぎわにあぐらをかいてすわり、イェーシェーに同じようにしろと合図した。数分間そのまま黙っていた。まず相手が自分の姿を認めてくれないかと思った。「わたしは単道雲《シャン・タオユン》です」結局彼のほうから言った。「あなたの事件に関する証拠集めをするよう命じられまして」

「聞こえませんよ」イェーシェーが言った。

単は相手にほんの数センチのところまで身を寄せた。「申し訳ありませんが、話をしなければなりません。あなたは殺人を犯したことになっているのです」彼は相手の体に触れた。スンポはまばたきし、房の中を見まわした。深く、知的なその目には、恐怖の表情は微塵もなかった。彼は体を動かして、横の壁のほうを向いた。眠っている者が寝返りを打ったようだった。

「あなたはサキャ寺の方ですね」相手の前にまわりこんで、単は言った。「そこで逮捕されたのですか？」

スンポは腹の前で両手を組み合わせ、中指を合わせて立てた。単も知っている印だった。堅い心を表わす金剛心印。

「ああ！」イェーシェーが息を呑んだ。

「なんと言おうとしているんだ？」

「何も。何も言いませんよ。逮捕された？　そんなこと関係ありません。この人はツァムパなんです」イェーシェーはあきらめたように言い、立ちあがって戸口に向かった。

「沈黙の誓いを立てているのか？」

「隠遁しているのです。一人きりにしてあげなければいけません。彼は誰にも邪魔はさせません」

わけがわからずに、単はイェーシェーの顔を見た。何かとても趣味の悪い冗談を聞かされているような気がした。「でも、どうしても話をしなければ」

イェーシェーは廊下のほうを向いていた。その顔には今までにない表情が表われていた。当惑しているのだろうか、単は思った。それとも恐れているのか？「無理です」イェーシェーは落ち着かない様子で言った。「冒瀆になります」

「この人に誓いを破らせるから？」

「誰にとってもです」イェーシェーはささやき声で言った。

突然単は悟った。「きみの誓いを破ることになるというのだな？」若い頃に身につけた信仰上の義務についてイェーシェーが話すのは、それがはじめてだった。

単はスンポの膝に手を置いた。「聞こえますか？　あなたは殺人犯だと言われているのですよ。十日後に裁判にかけられます。わたしに話をしてください」

いきなりイェーシェーが横に来て、彼を引き離そうとした。「わからない人だな。誓いを立てているのです」

何が起ころうと覚悟ができているのだろうと、単は思った。「逮捕されたから？　抗議のためなのか？」

「とんでもない。そんなことは関係ありません。彼に関する書類を見たでしょう。寺から連れてこられたのでもないのですよ」

「そうだった」報告書を思い出して、単はうなずいた。「寺から一キロほどの小さな小屋にいたんだ」

「ツァムカーンという特別な家です。部屋が二つ。スンポとお付きの者のためです。彼はツァムカーンから引き出されてきたのです。どこまで行っているのか、わかりません」

「どこまで？」

「何日目なのかです。サキャ寺は正統派の寺院です。むかしからの規則に従っています。三、三、三というのが通常のやり方です」

単は不承不承戸口に行った。「三？」

「そういう決まりなんです。完全な沈黙を三年と三カ月と三日間守ります」

「その間、誰とも話をしないのか?」

イェーシェーは肩をすくめた。「寺にはそれぞれ決まりがあります。ときには、院長か、誰か高位の僧ならツァムパと話ができることになっている場合もあります」

スンポはまた壁の向こうを見つめていた。単には殺人犯として捕らえられた人物の目に自分が写ったのかどうか確信がなかった。

6

龍の爪の南の峰は、まだ自然のままだったが、それに対する北の峰は、周囲を粗っぽい造りの砂利道で囲まれていた。馮《フェン》軍曹は、不機嫌そうにその道路に車を走らせていた。ときどき道をふさいでいる岩をののしり、車を停めては地図をのぞきこんで眉をひそめている。その地図には出発前に彼が赤インクでルートを書きこみ、まるで軍の移動を先導するような構えだったのだが。はじめ彼はイェーシェーに地図を持たせて隣にすわらせ、単《シャン》をドア側に乗せた。ところが十五、六キロ走ったところで車を停めると、二人にいったん降りるよう命じた。いろいろ複雑な選択肢があるかのように座席を見つめて首をひねっていたが、やがて晴れやかな顔つきになった。得意げにうなり声を発しながら、彼は拳銃のホルスターを左の腰に付け替え、単に真ん中にすわれと言った。

単は食い入るように地図を見つめた。この三年間に二、三度谷を出たことがあったが、いずれもおおいのついた囚人移送車に乗せられていたので、周囲の地形は切れ切れに見えるだけで、まるでばらばらのジグソーパズルのようだった。彼は今、すばやくピースをつなぎ合わせていった。趙《ジャオ》の死体が発見された南の爪の作業現場を確認し、彼の頭が置いてあった洞窟の位置を知った。最後に山中を行く自分たちの経路を地図の上でたどった。一方の峰の山すそをまわりこんで、北と南の峰をわけている深い峡谷の縁に近いところまで行って西に進路を変え、もう一方の峰をまわりこんで、最後に高地の小さな平原に出るのだ。そこには黒いインクでこう書きこんであった。〝美国人《メイグオレン》〟それだけだ。アメリカ人と。

また岩をどけなければならなくて、馮が車を静かに停めると、そこは南北の中央の峡谷の脇だった。チベット人が龍の喉と呼んでいるところだ。何世紀も前に、この場所で岩が崩れて、谷底に向かう細い隙間が生じ、そこから南の爪がはっきりと見えるようになっていた。地図ではその部分に小さな印がついていた——三角形をなす三つの小さな点。廃墟の印だが、それ以上のことはわからない。墓地、寺院、廟、学寮。可能性はいくらもある。岩の崩れたあとの短い斜面を登る小径があり、割れ目の彼方に消えていた。単は軍曹に手を貸して岩をどかしはじめたが、やがて手を止め、小径を走っていった。

廃墟の印が表わしていたのは古い橋だった。前世紀に、巡礼のたどる道を建設した僧侶の土木技師たちがかけた壮大な吊り橋だ。古びているが、壊れてはいない。橋に至る道と、橋の先の道は、どちらもよく使われている形跡があった。一キロ以上先に、小さな赤いものが見えた。周囲の急斜面の乾燥したヒースの中で、よく目立った。

「あと三十分で着くだろう」単が車に戻ると、馮が言った。エンジンをかけた彼は、単が後部席から双眼鏡を取りあげて、小径を戻っていくと大声を出した。

彼が赤いものに焦点を合わせようとしていると、イェーシェーが彼の横で言った。「巡礼」

その瞬間、単にもイェーシェーの言うとおりだとわかった。まだ距離が遠すぎるが、彼は巡礼の両手と両膝につけた木の板が地面に当たる音が聞こえるような気がした。そうして地面に伏せ、額をつけるのだ。四〇四部隊の近くを巡礼が通ると、囚人たちは規則を無視して短い励ましの言葉や、祈りの断片を唱えるのだった。ときには男も女も一年間仕事を休んで、巡礼に出かけることがある。もっとも神聖な場所とされるカイラス山まで、バスならラサから十二時間で行ける。あのように五体投地しながらの巡礼だと、四カ月の道のりだ。

馮軍曹がやってきた。「アメリカ人だ！　おれたちはアメリカ人のところに行くんだ」

「向こうの峰の頂上まで行きたい」単は言った。

突然激痛に襲われたかのように、馮は手で額を押さえた。「向こうに渡ることなんかできない」うなるように彼は言った。地図をつかんで見ていたが、やがて晴れやかな顔になって言った。「自分で見てみろ」得意そうににんまり笑っている。「橋なんかないんだ」何年も前に、北京政府は古い吊り橋を使用禁止にした。そしてそのほとんどを、反政府運動の兵士たちの移動を容易にしていたので、中国空軍が爆弾で破壊した。

「ないならないで、いいよ」単は言った。「わたしはあの想像上の橋を歩いて渡ることにする。あんたはあんたで、わたしがそばを離れずにいると想像していればいい」

馮の丸顔の表情がくもった。「大佐はそういうことは何も言ってなかった」彼は小声で言った。

「でも、あんたの任務はわたしの捜査の手助けをすることだよ」

「おれの任務は、囚人を監視することだ」

「じゃあ、戻ろう。譚《タン》大佐に命令の内容をもう一度説明してもらおう。命令がきちんと理解できない部下も、大佐ならゆるしてくれるさ」

混乱して、馮軍曹は車に目を向けた。イェーシェーのほうは、焦《じ》れているようだった。早く先に進みたがっているかのように、車に一歩近づいた。「大佐のことならよく知っているよ」自信なげに軍曹は言った。「ずっとむかしから、チベットに来る前から、いっしょなんだ。大佐の任地に自分も行きたいと言ったら、ここに異動になるように手配してくれた」

「なあ、軍曹。これは軍隊の演習じゃないんだ。これは犯罪捜査だ。捜査官は発見し、対処する。わたしはこの橋を発見し、これからそれに対処しようとしている。あの峰の頂上に登れば、四〇四の作業現場が見えると思うんだ。あそこから山を下っていくことが可能かどうか、今来た道路以外に道があるのかどうか、知る必要があるんだよ」山を下って、単は思った。また登る。人間の頭を持って。今いるところから頭蓋骨の洞窟までは歩いて一時間、車ならほんの二、三分の距離だろう。

馮はため息をついた。拳銃にきちんと弾が装塡されているかをわざとらしくチェックし、ベルトをきつく締め直すと、橋に向かって歩きだした。イェーシェーは馮以上に気の進まない様子でそのあとに続いた。

「あの人を助けることはできませんよ、わかっているでしょう」単の背後でイェーシェーの声がした。単《シャン》は向き直った。「誰を助けるって？」

「スンポですよ。何を考えているか、わかりますよ。なんとかあの人を助けなければと思っているのでしょう」

「もし彼が真犯人なら、証拠によって裁かれればいい。もし潔白なのだったら、助けの手を差しのべるべきじゃないのか？」

「あなたは平気なんだ。自分が傷つくのをなんとも思わない人だから。でも、あなたはただ、自分以外の者を傷つけているだけなんですよ。すでに公式に訴追されている者を救うことなどできやしない。そんなことは、あなただってよくわかっているはずなのに」

「いったい何がねらいなんだ？　公安局の連中に耳寄りな話を持ちこむチャンスがないかと思っているのか？　それがきみの人生の目標なのか？」

イェーシェーは憤然として彼を見た。「生き延びようとしているだけです」ぎこちない口調で、彼は言った。「誰だってそうでしょう」

「じゃあ、すべて無駄だったわけだな。教育を受けたことも、寺での修行も、拘留されたことも」

「ぼくは仕事があります。許可をもらって、都会に出るんです。社会主義体制においては万人にそれぞれふさわしい場があるのです」うつろな声で、彼は言った。

「きみのような人間にふさわしい場なら、いつだってあるだろうよ。中国という国は、そんな連中であふれかえっているんだ」単は吐き捨てるように言い、相手のそばを離れた。

馮はもう橋のたもとにいて、恐怖を顔に出さないようにと懸命になっていた。「これはもう——ちょっと無理じゃ——」最後までは言わなかった。その目は、ほつれた支えのロープや、踏み板がなくなっている部分に、そして風に揺れる華奢《きやしや》な橋全体に注がれていた。

橋のたもとには高さ二メートル近くまで岩を積みあげたケルンがあった。「供え物だ」単は言った。「ここを渡る者は、まず供え物をするんだ」斜面から拾いあげた小石をケルンに足すと、彼は橋を渡りはじめた。馮は道路に目を向けて、見ている者がいないことを確かめているようだったが、すばやく小石を拾うとケルンの上に載せた。

踏み板がきしんだ。ロープがうめき声に似た音を立てた。じょうごのような形をした龍の喉を強風が吹き抜けてきた。百メートル下のごつごつした岩の間を、ちょろちょろと水が流れている。一歩ごとに意志の力で足を踏み出さなければならず、手すり代わりのロープを指の関節が白くなるほど握りしめている手を、引きはがすようにして次の手がかりに移動しなければならなかった。

橋の真ん中で単は立ち止まった。驚いたことに、そこからは新しい自動車道路の橋がはっきりと見えた。龍の喉から谷間に向かって地形が開けているところに架けられている、譚大佐の自慢の種だ。服を引きちぎりそうな勢いで風が吹きつけ、橋を揺らしてひやりとさせた。彼はうしろを見た。馮が何か叫んでいるが、風で声が聞こえない。単に先に進めと合図しているようだ。二人同時に乗ったのでは橋が持ちこたえられないというのだろう。イェーシェーは元の場所に立ったまま、渓谷を見つめていた。

反対側に渡ると、急な坂を二十分間登った。単《シャン》が先に立ち、年上で、ずっと体重の重い馮《フエン》軍曹は、なんとかついていこうと必死になっていた。とうとう軍曹が大声を出した。単が振り返ると、軍曹は拳銃を抜いていた。「もし逃げたら、ただじゃおかないぞ」あえぎながら、馮は言った。「みんなが寄ってたかって、おまえをやっつけるぞ」彼は拳銃を単に向けたが、驚いた顔をしてすぐに銃を持つ手を引っこめた。自分のふるまいに自分で脅えたようだった。「おまえの入れ墨を持って帰るんだ」荒い息の合間に彼は言った。「それさえ持ち帰ればいいんだからな。入れ墨だけで」決心がつきかねて、動きがとれなくなっているようだったが、やがて銃で合図した。「こっちに来い」

単はゆっくりと彼のそばに行った。思わず体に力が入る。

馮は単が首にかけていた双眼鏡を取りあげると、斜面を降りはじめた。

南の峰の長い斜面を、単は見わたした。赤い点のように見えていた巡礼の姿は、ほとんど見えなくなっていた。この上の頂上の向こうに、四〇四部隊のいる場所がある。彼は登りつづけた。頂上に達した単は、思いがけない喜びを覚えた。あまりにも意外な感情に、彼は岩に腰をおろして考えこんだ。建設現場に至る別の道を発見したことによる満足感だけではなかった。建設現場は現に眼下にはっきりと見えていたが。息を呑む景色がはてしなく続き、百五十キロ彼方の世界の最高峰チョモランマの白く輝く山頂まで望めるからだけでもなかった。すべてがあまりにも明晰だったからだ。

一瞬、彼は世界の頂点に立ったばかりか、新たな世界に入りこんだかと思った。空はたんに澄みきっているのではなく、レンズのように作用して、すべてのものをこれまでになく大きく、細部まではっきりと見せていた。心のもやもやは風に吹き飛ばされてしまったようだった。彼は後頭部に手をやり、チュージェーが髪を切り取ったところに触れた。チュージェーなら、今の彼はブッダの境地への門に突入しようとしているのだと言うだろう。

そこで彼は気づいた。すべて山のせいなのだ。趙《ジャオ》はほかのどこで殺されても不思議はなかったはずだ。特に空港に向かう道路のどこかで殺されても。その彼が南の爪までおびき出されたのは、誰かがチュンボに山を守ってもらいたいと願ったからだ。誰かが道路建設を阻止したがったのだ。趙を殺す動機を持つ者はおおぜいいる。しかし、山を守りたいという願いをいだいている者は？　あるいはこの先の谷間によそ者が入りこんで植民地のようにしてしまうことを阻止したいと思っている者は？　趙は彼が知っていて、信頼している人物といっしょだったはずだ。彼が知り、信頼している者たちは、道路の建設に関心があるのであって、それを阻止したいとは思っていないだろう。あの殺人事件には、激情にかられてという雰囲気があるのは確かだが、実は犯人は綿密な計画に基づいて犯行におよんでいる。まるで二つの犯罪、二つの動機があり、二人の犯人がいるかのようだ。

彼はわれ知らず手のたこをなでていた。もう柔らかくなりはじめている。まだ、ほんの二、三日なのに。囚人がまとっている固い殻が消えかけていた。それは恐ろしいことだった。なぜなら、元の場所に戻ったときには、以前よりもっと厚い殻が必要になるからだ。彼の視線はふたたび四〇四部隊に向けられた。囚人たちが斜面にいた。そして彼らの下、橋のたもとには、目新しいものが間隔をおいて並んでいた。戦車と兵員輸送車が二台ずつ、その気味の悪い、灰色の姿をさらしている。公安局の〝強面連中《こわもて》〟の車両だ。囚人たちは作業をしていない。彼らは待っていた。強面連中も待っていた。リンポチェは待っていた。スンポは待っていた。そして今や、単も待っていた。それらすべてが山のためだった。

しかし、彼は待っているわけにはいかなかった。彼が待つだけで何もしなければ、譚はスンポを貪り食うだろう。そして強面連中は四〇四部隊を貪り食うだろう。

峰がいきなり龍の喉に向かって落ちこんでいるところまで戻ってみた。よく見ると、完全な垂直の壁というわけではなかった。険しい細い道が、山羊《やぎ》の通う道のようなものが、三十メートル下のがれ場までジグザグに続いていた。一つまちがえば墜落死する危険を冒して、単はゆっくりとその道を伝って、堆積した岩のところまで降りていった。山肌からはがれた岩が、小さな岩棚にたまって、風を防ぐ壁を作っていた。

大きな平たい岩によじ登ってみると、新しい龍の喉の橋は目の前だった。かけっぱなしの戦車のディーゼルエンジンの音や、斜面にいる看守たちの話す声が切れ切れに聞こえるほどの近さだ。

見つかるのを恐れて、あとずさりしようとした彼は、平らな岩の表面にチョークで印がつけられているのに気づいた。チベット文字と仏教の記号だが、彼が見たことのない形だった。メモ帳に書き写し、互いに支え合って屋根のようになっている二枚の平たい大岩の下に入った彼は、その場に立ちつくした。岩の裏に丸い絵が描いてあった。複雑な曼陀羅図だ。何時間もかかって描いたものにちがいない。その前に小さな陶器の容器が並んでいて、バターランプ（ヤクの乳で作ったバターに灯心を入れて灯すチベット式蠟燭）のようだった。それらは全部壊れている。しかし、でたらめに壊されたのではない。きちんと一列に並べられて、決まった位置で壊されている。まるで儀式のようだ。

　彼はチョークで書かれた印をもう一度見た。巡礼がここまで来たのだろうか？　その巡礼は四〇四部隊を見張っていたのだろうか？　赤い衣が見えるかと、彼は頂上に戻ってみたが、巡礼の姿はもう消えていた。ふたたび斜面に沿って南に進み、巡礼のたどった跡をみつけようとした。山羊の道がもう一本あった。しかし人が通った跡も、魔神が通った跡もなかった。

　山腹に突き出している岩の露頭をめざしていき、そこまで行ったら、馮とイェーシェーのところに戻ろうと思った。しかし巨大な岩の塊にたどり着くと、羊の鳴き声が聞こえ、それに惹かれて彼はさらに先に進んだ。岩の背後の、風から守られたところに、水がたまって小さな池ができていた。羊の小さな群れが水のそばに集まり、日向《ひなた》ぼっこをしていた。近づいてくる彼をじっと見ているが、逃げだそうとはしない。単は水辺にしゃがみ、顔を洗った。そして日光で温まった平らな岩に寝そべった。

　風のないところだと、日光が実に暖かかった。彼はしばらく羊たちを眺めていたが、何気《なにげ》なく岩の下に積もった砂利をつかむと、小石を数えはじめた。それは父親に教わった方法だった。石を一カ所に六個ずつ置いていき、最後に六に足りなくなって手に残った石の数が、老子のどの章を読むかを決める文字を形作るのだ。一回目は四個の石が残った。これはそれぞれ真ん中に切れ目のある二本の線となる。同じように三回小石をつかんで数えると、二本の直線の下に二カ所に切れ目のある線が二本、そのさらに下に一カ所切れ目のある線が二本並んだ。道教の儀式では、この形は第八章を意味した。

上善《じょうぜん》は水の若《ごと》し。水は善《よ》く万物を利して而《しか》も争わず。

彼は目を閉じて朗唱した。

衆人《しゅうじん》の悪《にく》む所に処《お》る。故《ゆえ》に道に幾《ちか》し。

こうして父から学んだのだった。石か米粒を——あるいは特別な機会には、祖父が持っていた古くから伝わる黄色い筮竹《ぜいちく》を——使って章を決め、それから目を閉じて朗唱するのだ。心の中に父親の姿が浮かんだ。二人で、二人きりで、北京の秘密の寺院にいた。困難な時代に、何年間にもわたって彼らを守ってくれた寺だ。彼は胸を躍らせた。二年以上の空白ののちに、老子を朗唱する声として、父親の声が心によみがえったのだった。失ったかと恐れていたが、父の思い出はまだそこにあった。心の深い奥底で、このようなときが訪れるのを待っていたのだ。父がいつもポケットに入れていた生姜《しょうが》の香りが感じられた。目を開けば、静かに微笑む父親の顔がそこにあるだろう。紅衛兵の長靴によってねじ曲げられたまま元に戻らなかった顔が。単はじっと横になったまま、その不思議な感覚の正体を見きわめようとした。喜びかもしれないと、彼は思った。

ようやく彼が目を開いたとき、羊は消えていた。立ち去る物音も聞こえなかったし、遠くの斜面にも姿が見えなかった。おだやかな表情で身を起こした彼は、そこで凍りついたようになった。彼の上の岩棚に、小柄な人間が腰をおろしていた。大きすぎる羊皮のコートを着て、赤い毛糸の帽子をかぶっている。単を見て、嬉しくてたまらないという顔で微笑んでいる。

どうして音も立てずにそこまで来られたのだろう？　羊はどうしたのだろう？

「春の日の光は最高だね」男は言った。その声は力強く、平静で、そして甲高かった。男ではない――少年だ。思春期の少年。

単は曖昧《あいまい》に肩をすくめた。「羊がいなくなってしまったみたいだね」

少年は笑った。「いいや。羊のほうじゃ、ぼくがいなくなってしまったと思ってるよ。そのうちぼくをみつけるだろう。羊を飼っているのは、高い場所へ連れていってくれるからなんだ。それだけ。一種の瞑想の方法でね。いつもちがった結果になるのだけれど。今日は羊のおかげであなたに会えた」

「瞑想の方法？」聞きまちがえかと思って、単は尋ねた。

「あの人たちの仲間だね、そうでしょ？」少年はだしぬけに言った。

単《シャン》はどう答えたらいいのかわからなかった。

「漢人。中国人」少年の口調にはなんの悪意も感じられなかった。好奇心だけだった。「はじめて見たよ」

混乱して、単は少年の顔を見つめた。ここは州都から二十五キロ足らずのところだ。人民解放軍の駐屯地から三十キロ。それなのに、この少年は中国人を見たことがないという。

「でも、老子の勉強はしたよ」少年は言った。いきなり流暢《りゅうちょう》な北京語に切り替わっている。そうか、しばらく前からここにいたわけだ。「中国人を見たことがないにしては、言葉が達者じゃないか」同じように北京語に切り替えて、単は言った。

少年は岩棚から足を垂らした。「ここは先生にはことかかない土地だからね」ごく当然のように、少年は言った。「七十一章」ふたたび老子を引き合いに出して、彼は言った。「知ってるよね？」

「知って知らずとするは上なり」単は暗誦した。「知らずして知るとするは病《へい》なり」彼は謎めいた少年をじっくりと見た。僧侶のような話し方だが、あまりに年が若い。

少年はまた嬉しそうに顔を輝かせた。彼は今の一節をくり返した。

「きみの家族は山の中に住んでいるのかい？」

「ぼくの羊は山の中に住んでいる」少年は答えた。

「山には誰が住んでいる？」単は重ねて尋ねた。

「ぼくの羊は山の中に住んでいる」少年はくり返した。彼は小石を手に取った。「どうして来たの？」

「魔神《タムディン》を探しにだと思う」

少年はうなずいた。まるでその答を予期していたようだった。「タムディンが目覚めたら、不純なる者は恐れるがいい」

単は少年の手首にかかっている数珠に気づいた。とても古い、白檀製の数珠だ。

「タムディンを見つけたとして、その顔を見ることができるの？」

単は息を呑む思いで、不思議な少年を見つめた。それほど知恵に満ちた質問はないのではないかと思った。「わからない。きみはどう思う？」

静かな微笑みが、少年の顔に戻った。「ぼくは水の音のことを思っている」彼は言い、小石を小池の中央に投げた。

水面にひろがったさざ波を、単は見つめた。そして目を戻すと、少年は消えていた。戻ったとき、馮《フェン》はケルンにもたれて居眠りをしていた。イェーシェーは橋の近くに、単と別れた場所から二メートルと離れていないところにすわっていた。恨みの表情は消えていた。

「幽霊でも見たのですか？」彼は単に尋ねた。

単は背後の山を振り返った。「わからない」

馮軍曹は最後の峰を越え、平地に向かって下りはじめたが、そこで車のスピードを落として、地図を確かめた。「鉱山があるはずなんだが」彼はぶつぶつと言った。「養魚場のことなんか聞いてない」

目の下には何百アール分もの人造の池が広がっていた。巨大な、きっちりした長方形の池が、高原に並んでいる。単もわけがわからずに、その光景を眺めた。道路の端に、細長い、低い建物が三棟、池に面して一直線に建っていた。

なんの活動も見られなかったが、軍のトラックが一台、建物の前に停まっていた。譚《タン》が工兵を送ったのだ。中央の建物の入口の前に、緑色の軍服を着た男たちが十人ほど集まり、上がり口に腰をおろしている人物の話を聞いていた。

単とイェーシェーが思い切って車から降りても、誰も注目しなかった。だが馮軍曹が姿を見せたとたんに、兵士たちは顔をあげた。そしてすばやく散らばり、三人とはけっして目を合わせようとしなかった。上がり口にすわっていた人物の姿が見えた。クリップボードを持っている。アメリカ人の鉱山の責任者、レベッカ・ファウラーだった。単は突然不審の念を覚えた。なぜ譚は工兵を送ってよこしたりしたのだろう？　国土資源部は鉱山の操業許可を差し止めたというのに。

アメリカ人は挨拶代わりにただ眉をひそめただけだった。「大佐のオフィスから連絡があったわ。あなたがわたしたちと話をしたがっていると」彼女は立ちあがり、クリップボードを両腕で胸に押しつけて、低い声で、ゆっくりと正確な北京語を話した。「でも、あなたのことをうちのチームの連中に、なんと説明したらいいの？　大佐は〝非公式〟という言葉を使っていたけれど」

「いちおう理論上は、これは司法部の調査ということになります」

「でも、あなたは司法部の人じゃないでしょ」

「中国では」単は言った。「政府との交渉は一種の芸術でしてね」

「趙《ジャオ》の事件に関することだと、大佐は言っていたけれど。でも秘密にしておきたいんですって。理論上の調査。理論上の秘密の調査」挑むような目で、彼女は言った。

「僧侶が逮捕された。もう秘密とは言えなくなっています」

「じゃあ、事件は解決なのね」

「まだ証拠をみつけるという問題があって」

「証拠なしに僧侶が逮捕されたの？　つまり、自白したわけ？」

「そういうわけでは」

アメリカ人はうんざりして両手をあげた。「わたしの労働許可を申請したときと同じ。カリフォルニアから申請したの。そうしたら、わたしはここで働いているのではないから、労働許可は与えられないという返事だった。じゃあ、こっちに来て申請すると言ったら、労働許可なしにここに来ることはできないというの」

「こう言うとよかったんだ。この事業のための資金は、あなたがこっちに来て、受領を確認できるのでないかぎり送金されないって」

ファウラーは単に向かって顔をしかめたが、半分笑っているようにも見えた。「わたしはもっとうまくやったわ。三カ月間ファックスを送りつづけたあとで、ラサに行く日本の観光ツアーの切符を買ったの。そこから趙のオフィスまでトラックをヒッチハイクして行って、わたしを逮捕するように言った。理由は、わたしがこの州で唯一の外国資本による事業を、労働許可なしに始めようとしているから」

「それが彼との出会い？」

ファウラーはうなずいた。「二、三分考えていたけれど、そのうち大笑いしたわ。二時間後には許可証ができていた」彼女はドアのほうを指し、三人を建物の中に導いた。大きな仕切りのない部屋で、デスクが二つの大きな四角形を作るように配置されていた。白いシャツを着たチベット人が何人か、デスクについていたが、単たちが入っていくと、そのほとんどが部屋を出ていった。

ファウラーは、その部屋の隣の会議室の戸口で待っていた。しかし単はデスクの一つに近づいた。デスク一面に地図が広げてあった。鮮やかな色の奇妙な地図で、境界線が書かれていない。そんな地図は見たことがなかった。

ファウラーが歩み寄って、地図を新聞紙でおおった。事務員が、会議室に茶の用意ができたと告げた。イェーシェーと馮は、事務員のあとについて会議室に入っていった。

単はデスクの前でさらにねばった。仏教関係の遺物の写真が目に留まった。小さな仏像、マニ車（真言を印刷した紙を封じた筒。これを一回まわすと真言を一回唱えたのと同じ功徳があるとされる）、儀式に使う法螺《ほら》貝《がい》、絹の巻物に描いた小さな仏画タンカ。すべてトロフィーのように人が腕にかかえている。かかえている者の顔は写っていない。「わからなくなった。あなたは地質学者、それとも考古学者？」

「保存に値する古物の目録を、国連が作っているの。人類共通の遺産だから。特定の政党に属するものではなく」

「でも、国連のために働いているのではないでしょう」

「人類全体で共有すべきものがあるとは思わないの？」

「思いますよ」

レベッカ・ファウラーは、判断がつきかねるという顔で単を見つめていたが、茶を取りにいった。単は並んだデスクのまわりを見て歩いた。部屋の端には、ガラスの壁で仕切られたオフィスが二つあり、それぞれ〝監督〟と〝主任技師〟と名札がついていた。ファウラーのオフィスにはファイルが散らばり、奇妙な地図がさらに何枚もあった。二つ目のオフィスの壁には、チベット人の写真が何枚も掲げてあった——子供たちや、寺院の廃墟や、風にたなびく祈りの旗ルンタなどを撮った、気取りのない、しかし優れたできばえの写真だった。一方の壁ぎわの書棚は、英語で書かれたチベットに関する本でいっぱいだった。

ファウラーのオフィスの外には、嬉しそうな男女十人ほどの集合写真がかけてあった。単の知っている顔は、ファウラー、メタルフレームの眼鏡をかけた金髪のアメリカ人、検察官補の李《リー》、そして趙《ジャオ》検察官だった。

「ここの開所式のときの写真よ」単に茶を手わたしながら、ファウラーが説明した。「公式にここの精錬所をオープンしたときのね」

にっこり微笑んでいる美しい中国人女性を単は指さした。「梨花《リー・ホア》よ」ファウラーは言った。

「趙の秘書の」

「趙検察官と検察官補の二人が、ここの計画に関わっているのは、なぜ？」

ファウラーは肩をすくめた。「趙は全体を統括していた。管理委員会の業務は李にまかせていたの」

「電話があるけど」デスクのほうを指して、単は言った。「でも、外には電話線はなかった」

「衛星電話なの」彼女は説明した。「香港のうちの研究所と連絡をとる必要があるので。週に二回はカリフォルニアの本社にも電話するし」

「ラサの国連のオフィスにも？」

「いいえ。これは社内の専用電話よ。うちの会社の特定の部門としか通話はできないの」

「ラドゥンにも連絡できない？」

「カリフォルニアなら六十秒で連絡がつくけれど、ラドゥンだと車で四十五分かけて出かけなければならない。あなたの国は」笑みは浮かべずに、ファウラーは言った。「逆説の宝庫ね」

「アメリカ製のサッカリンをバター茶に入れるみたいに」白い事務用スモックを着たチベット人の女性が、伝統的なミルクティーにピンクの包みの中身を入れるのを見ながら、単は言った。

掲示板があって、安全確保のための手順が中国語と英語で書かれていた。そして打ち合わせの予定が。部屋の奥に赤く塗られたドアがあって、ぴったりと閉まっていた。許可された者以外の入室を禁ずると書かれている。

「アメリカ人のスタッフも、ここで長く働いているのですか、ミス・ファウラー？」単は尋ねた。

「アメリカ人は、わたしとタイラー・キンケイドだけよ。十八カ月になるわ」

「キンケイド？」

「主任技師の。ここの第二責任者みたいなものね」彼女は単を意味ありげな目で見た。キンケイドには洞窟ですでに会っているではないかと言いたいのだろうと、単は解釈した。あの陽気なアメリカ人、『峠のわが家』を演奏して、譚《タン》大佐の出鼻をくじいた男だ。集合写真にも写っている。

「西洋人は二人だけ？　おたくの会社から人が来たりはしない？」

「来ないわ。遠すぎるのよ。あとはラサにオフィスがある、国連のジャンセンだけ。でも、一週間したら、がらりと変わるわ」

「アメリカ人の観光客のこと？」

「そうよ。ここで二時間過ごすことになっているの。今後はここは観光客の団体が必ず立ち寄る場所になるのよ。わたしたちが空っぽのオフィスと空っぽのタンクを見せて、中国の官僚主義について説明するところを想像してみて」

単は餌に食いつかなかった。「国連の古代遺物委員会ですけど、そことはどんなふうに関わっているのですか？」

「ときどき頼まれて車を貸してあげるわ。ロープも」

「ロープ？」

「洞窟の調査をしているのよ。山にも登るし」

「遺物を持ち去るのですか？」

ファウラーは身を固くした。「記録をつけるの」厳しい表情で、彼女は言った。「わたしも現地の委員会のメンバーだと思ってもらっていいわ」

「ここにも委員会が？」

ファウラーは答えなかった。

「でも、そういうことに関わっていたら、政府と対立することになりませんか？　政府の協力なしには操業できないのに。鉱山を運営するには許可がいるでしょう」

「思い出させないでちょうだい」

「それに衛星システムの使用許可も。たいへんな特別待遇でしょう。それなのに、政府と対立するようなことに関わって――」

馮《フェン》軍曹が単《シャン》の横に来て、喉を鳴らして鋭い声を発した。彼なりの警告だ。

「――政府が遺物を破壊することに反対している」単は話しつづけた。英語に切り替えて。

レベッカ・ファウラーの目が光った。「上手ね」彼女も英語で言った。「政府のすることを、わたしたちが止めだてするわけにはいかない。わたしたちはただ、各国政府は文化的遺産に関してはオープンにふるまうべきだと考えているの。特に異文化に関するものについてはね。古代遺物委員会は証拠集めに協力しているのよ」

「つまり、あなたは二つの仕事をしている？」

いらだたしげに馮が二人の間に割って入ったが、どうしたらいいのかわからないようだった。

ファウラーは馮より十五センチ背が高かった。彼女は軍曹の頭越しに話しつづけたが、言葉は北京語に戻した。「あなたはどうなの、刑事さん？　非公式の刑事はいくつの仕事をしているの？」

単は答えなかった。

ファウラーは肩をすくめた。「わたしの仕事は鉱山の監督よ。でも、委員会には外国人のメンバーは一人だけなの。ジャンセンというフィンランド人。彼の依頼で、僻地で仕事をしている外国人が協力して、彼の目と耳になってあげているのよ」

「それがあなたの委員会」

ファウラーはうなずき、気になる様子で馮軍曹を見た。

「なぜ、あの洞窟に行ったのか、その理由はまだ聞いてませんが」

「あそこに洞窟があるなんて、知らなかったわよ。人民解放軍のトラックに気づくまではね」

「誰が最初に気づいたのですか？」

「軍のトラックは目立つわ。うちのチベット人の技師が、山に登っていて見かけたの」

「でも、軍のトラックが来た理由はいくらでも考えられるでしょう」

「そうでもないわ。高地に軍のトラックが来る理由は二つのうちの一つ。軍事作戦でなければ、駐屯地か集積所の建設。でも、今度のは軍事行動ではないし、建設機材を積んでもいなかった。トラックは何も運んでこなかったのよ。ほとんど何も」

「それで、何かを運び出すのだと読んだ。実に鋭いですね」

「確信はなかった。でも現場に行ってみると、二つのことに気づいたわ。例の大佐がいることと、洞窟に兵隊たちが大勢入りこんでいること」

「大佐があそこにいた理由は、ほかにも考えられるのでは？」

「殺人事件のこと？」

「アメリカ人の友人が何人かいましたが」単は言った。「彼らはいつでも結論に飛びついてました」

「結論に飛びつくのと、率直なのとは違うわよ。なぜあっさりとノーと言わないの？ 譚《タン》ならあっさりノーと言うでしょう。趙《ジャオ》もノーと言ったでしょうよ、そうすべきだと思えばね」

彼女は髪を手で梳《す》いた。落ち着かない気分になるとそうするのに、単は気づいていた。「あのとき、譚のオフィスで、あなたは公然と大佐に刃向かっていた。あなたはわたしの知っている中国人とは違うわ」

話の展開が早すぎる。単は茶を飲み干し、お代わりを頼んだ。ファウラーが会議室に行っている間、彼は掲示板を読んでいた。隅のほうに、手書きのチベット語の文書が貼ってあった。それがなんだかわかって、単はぎくりとした。アメリカの独立宣言だった。馮軍曹が掲示板から遠ざかるように誘導して、単は会議室に行った。ファウラーはテーブルについて、単の茶を入れて待っていた。

「それじゃ、あなたが趙検察官の後継者というわけね？」ファウラーが尋ねた。

「いいえ。わたしは大佐のために短期間働いているだけです」

「それじゃあ、趙もきっとがっかりしているわ。彼はコナン・ドイルのファンでね。殺人事件の捜査をするのが大好きだったの」

「なんだかしょっちゅう殺人があったみたいな言い方ですが」

「年に五、六件はあったと思うわよ。大きな町だもの」

「いつも解決していた？」

「もちろん。それが彼の仕事だったのだから。そうでしょ？」皮肉な口調で彼女は言った。

「あなただって、もう殺人犯を逮捕しちゃったじゃない」

「わたしは誰も逮捕していない」

ファウラーは単の顔をじっと見た。「その人が犯人じゃないと思っているみたいね」

「はい」

ファウラーは驚きを隠しきれなかった。「あなたという人がわかってきたわ、ミスター・単《シャン》」

「単で結構」

「あのとき譚があなたを洞窟から追い払ったわけもわかった。あなたは——えーと——予測がつかないのよ。あの人はチベット人がそうだと言っていたけれど。あなたの国の政府は、予測のつかない状況に対処するのが上手でないでしょう」

単は肩をすくめた。「譚大佐は、危機的状況には一度に一件ずつ対処したいのでしょう」

ファウラーはさらに彼を観察した。「それで、彼の言う危機的状況というのは、あなたのこと、それともわたし？」

「もちろん、あなたですよ」

「そうかしらね」彼女は茶を口に含んだ。「趙を殺したのが、逮捕された人ではないとすると、犯人は誰なの？」

「あなたの話に出てきた魔神ですよ。タムディン」

ファウラーはさっと顔をあげた。部下が聞いていないかと、周囲を見まわした。部下たちは部屋の奥の隅にかたまっていた。「タムディンのことで冗談を言うべきじゃないわよ」彼女は声を低めて言った。急に不安そうな声音になった。

「冗談なんか言っていません」

「このあたりのどの村でも、羊飼いの集落でも、魔神が来るという話でもちきりだったの。先月、わたしたちがダイナマイトを使ったからだと苦情が来た。あれで魔神が目をさましたと言って。半日作業がストップしたわ。でも、わたしたちが爆破を始めたのは、ほんの六カ月前からだと説明したわ」

「なんのための爆破です？」

「堤防よ。新しい貯水池を作るので」

わけがわからずに、単は首を振った。「どうして貯水池なんか作るんですか？　どうしてこんなに水がいるんです？　鉱物を採ろうというのでしょう？　でも、鉱山なんかどこにもない」

ファウラーは微笑んだ。「それが、あるのよ」彼女は言った。話題が変わってほっとしているようだ。「このすぐ外に」双眼鏡を手に取ると、単についてこいと合図した。外に出ると、いちばん大きな池の周囲の通路を足早に進んで、単をいちばん大きな堤防の中央に連れていった。そこで立ち止まり、イェーシェーと馮が追いついてくるのを待った。「これは降雨鉱よ」

「雨を集めているのですか？」イェーシェーが尋ねた。

「そうじゃないけど、でも、ある意味ではそうね。わたしたちは一万年前の雨を集めているの」彼女は貯水池全体を指さした。「この平地は盆地の底になっているの。龍の喉以外には外に出ていく口はなくて、そこは太古の土砂崩れでふさがれた。ここは揮発地質なのよ。周囲の山は火山で、斜面を溶岩が流れてきた。溶岩には軽い元素がたくさん含まれている――ホウ素、マグネシウム、リチウム。何百年もの間、雨水が溶岩を溶かしてミネラルを盆地の底に押し流したの。そしてミネラル分の豊富な湖ができた。干魃《かんばつ》が続くと、湖の表面が乾いて固形物が蓄積する。厚さ三十センチ。ときには一メートル半に達することもあるわ。それから雨の多い時期が続いて、盆地の底にまた水がたまって、ミネラル分を溶かす。それがまた乾く。二、三百年ごとに新たな噴火があって、斜面が新しくなる。アメリカのグレイト・ソルトレイクは、そんなふうにしてできたのよ」

「でも、ここの湖は人造だ」

「自然の湖もあるのよ。それも十一もね。わたしたちの足の下に層になっているのよ。わたしたちは地表の土を取り除いて穴を掘っただけ。そこに地下の湖から塩水を汲みあげて乾燥させるのよ」ファウラーは谷底の三つの小さな小屋を指さした。パイプが網の目のようにそれらをつないでいる。「三カ所から汲みあげているの」

「でも、精錬所は？」

「貯水池の中。濃度がちょうどよくなると、ホウ素の結晶が沈殿するのよ。定期的に池の水を抜いて、底にたまった鉱物を集めるわけ。難しいのは最適の濃度を維持することで、へたをすると板状に固まってしまう。あるいはミネラルを含んだ水にしかならなくて、それでは分離するのに費用がかかりすぎて役に立たない」

　彼女は三人を、龍の喉の峡谷をふさいでいる堤防のところに連れていった。

「土砂崩れで谷の出口がふさがれたと言ったでしょう」単が言った。

「それは取り除いたわ。あまりに不安定だったので。粘土を固めてダムを作らなければならないの。これがちょうど完成したところよ。最後の堤防」単は横の貯水池を見た。そこはほかの池よりもはっきりと水位が低く、まだ水を満たしている途中だった。ファウラーは平地の奥を指さし、単に双眼鏡をわたした。「いちばん遠くの池では、産物を取り出しているわ」

　池の近くにきらきら輝く白いものが山になっていた。

「ここには簡単な精錬設備があって、少しだけ純度を高めるの。本格的に操業が始まったら、一トン入りの袋に密封して、世界中に輸出するのよ」話しながら、彼女が別のほうに目を向けているのに、単は気づいた。貯水池の並ぶ真ん中あたりに、労働者たちがかたまっていた。双眼鏡を向けると、そこには二つの別のグループがいるのがわかった。どちらも仕事はしていなかった。

「世界中に？」彼は尋ねた。

「いくらかは中国の工場にも出荷するわ」上の空の様子で彼女は答えた。「ほとんどは香港に送って、そこからヨーロッパとアメリカに積み出す」

　単は二番目のグループの横にあるくすんだ灰色の機械をじっと見た。「操業許可が停止されたのに、譚《タン》はなぜ工兵を送ってよこしたのだろう？」

「許可を停止したのは国土資源部よ」

「命令書に署名したのは誰？」

　レベッカ・ファウラーは口を閉じ、答えるべきかどうか考えているようだった。「胡《フー》局長」

「国土資源部の鉱山局の？」

「そうよ。でも、譚に説明したの。今ここで作業を中断したら、貯水池の鉱物をすっかり失うことになるって。商品になる鉱物が最初に沈殿するように、あらかじめ計算して作業をしてきたのだから。ここで中断したら、異物が混入して使い物にならなくなってしまうのよ。六カ月間の労働が水の泡。わたしたちがサンプルの生産を続けることに、譚は同意してくれたの。操業許可は商業生産に関してだけ適用されるという解釈で」

「でも、そのあとはすべてが止まってしまう？」

「どうしてこういう事態を招いたのかが解明できなければね」

「ということは、胡は認可の停止について、なんの説明もしなかった？」

ファウラーは、それ以上話の相手をしようとしなかった。単《シャン》から二歩遠ざかり、貯水池の先の岸壁を見あげた。単は一瞬彼女を見つめて、何かで気分を害したのだろうかと考えた。趙《ジャオ》検察官のこと？　胡局長？　あるいは彼自身が原因？　そして彼女の視線を追って岸壁に目を向けた。ほとんど垂直の壁が、少なくとも百メートルの高さにそびえていた。突然、岩肌で動くものが目に入った。崖の頂上から二本の白いロープが垂れ下がっている。

ファウラーは振り返って、渓谷の出口のほうを見た。「向こうの谷がすっかり見えるわよ」彼女は言った。

しかし単は振り返らなかった。ロープが動いていた。頂上に二人の人影が見える。二人とも鮮やかな赤のベストを着て、白いヘルメットをかぶっている。

突然イェーシェーが驚きの声をあげた。彼は龍の喉を見おろしていた。「四〇四だ！　見える――」彼はそこでわれに返り、ばつが悪そうに単を見た。単は言われたほうに双眼鏡を向けた。龍の喉から山裾まで視線を走らせるのには、ほんの一瞬しかかからなかった。進みにくい山道を三十キロもたどらなければ行けない場所だが、四〇四部隊の作業現場はつい目と鼻の先に見えた。カラスがまっすぐ飛んでいくなら、ほんの五キロほどの距離なのだ。双眼鏡の焦点を合わせると、譚の橋が、公安局の戦車が、そして収容所のトラックの長い列が見えた。

アメリカ人が自分をにらんでいるのを感じ、彼は双眼鏡をおろした。

「うちの主任技師が教えてくれたわ」責めるような口調で、彼女は言った。「あなたの国の刑務所運営の一つね。奴隷のようにこき使うというのが」

「政府はしばしば強制労働要員を道路建設に従事させます」突然独善的な態度になって、イェーシェーが口をはさんだ。「北京の見解では、それによって社会主義に目覚めさせることができるのです」

「それについては国連に報告しました」

「個人的には」単は言った。「国際間の対話にはおおいに賛成だな」突然背中を、銃口を突きつけるようにぐいと押された。馮《フェン》軍曹がすぐ背後に来ていた。単は向き直った。馮は単に向けて親指を突き出していて、その目は怒りに燃えていた。

ファウラーもその動きに気づいた。彼女が何か言おうとしたとき、突然岸壁から大きな歓声があがった。目を向けると、二つの人影が崖を降りてくるところだった。岸壁に足がつくたびに、蹴っている。

「まったく、あのお馬鹿さん」ファウラーは小声で言った。「キンケイドよ。若い技師に教えているの。ここでの仕事が終わる前に、エベレストに行くつもりなのよ。チベットの登山チームといっしょに登るのが夢でね」

「エベレスト？」イェーシェーが尋ねた。

「失礼」ファウラーは言った。「あなたたちはチョモランマと呼んでいるのよね。母なる山」

「世界の母なる女神です」イェーシェーが訂正した。

二人の人物は、岸壁の下まで降りきると、大喜びで飛び跳ね、抱き合った。少しして、二人は長い堤防をこちらに向かって歩きだした。髪をポニーテイルにした、やせて、きらきら輝く目をしたアメリカ人には、単は洞窟で会っていた。もう一人の若いチベット人は、そのとき車の運転席にいて、その後譚のオフィスにも来た男だった。

「タイラーだ」アメリカ人は自己紹介した。「タイラー・キンケイド。ただキンケイドって呼んでくれればいいよ」馮軍曹に気づいて、その笑顔がくもった。彼は軍曹の拳銃をじっと見た。「こっちは」上の空で親指で背後を指して、彼は言った。「ルントック。うちの技師だよ」

「キンケイドはここの池で奇跡を起こしているのよ」ファウラーが言った。

「自然が奇跡を起こしているんだ」なげやりな口調でキンケイドは言った。彼の話し方には言葉を引きずるようなところがあって、単はアメリカの西部劇の登場人物たちを連想した。

「わたしはちょっと手を貸すだけ」

彼は単の様子を観察していたが、声を低めて言った。「あの洞窟についてもっと知りたい」

「洞窟にいたね。譚といっしょに」

「わたしもです。あなたがなぜあそこにいたのかも知りたい」

責めるような口ぶりだった。

「あそこで何かおかしなことが行なわれているからだよ。聖所なのに」

「どうして、そう言えるんです？」

「あそこは仏教徒が、力のみなぎる場所と言っているところだ。谷のいちばん奥。南に面している場所。そばに泉と、大木がある」

「じゃあ、前にも行ったことがあるのですね？」

キンケイドは周囲の山々をぐるりと手で示した。「あちこちの山に登っているんだ。トラックに気づいたのはルントックだった。でも、トラックがいなくても、あそこは特別な場所だとわかっただろうよ。地形にすべて表われている」

突然クラクションが鳴り響いた。耳を聾する不快な音が長々と続いた。一人の作業員がファウラーの横にやってきた。堤防の上を走ってきたので息をはずませている。「争いになります！」作業員は叫んだ。「装置を破壊されてしまいます！」

「くそったれのＭＦＣが！」タイラーがファウラーに向かって吐き捨てるように言った。

「だから言ったじゃないか！」彼は争いの場に向かって走っていった。すぐあとにルントックが続いている。

チベット人の作業員たちは、谷の中央に一列になっていた。巨大な灰色のブルドーザーが、より小型のトラックやブルドーザーを並べた急ごしらえのバリケードと対峙している。譚の配下の工兵たちが数名、大きなブルドーザーの上にすわっていた。兵士たちは、ブルドーザーのクラクションをまるで機関銃の銃声のように小刻みに鳴らしつづけている。チベット人たちはバリケードの前の地面にあぐらをかいてすわっていた。

キンケイドが両者の間に現われ、チベット人の間に立つと、兵士たちに向かって長広舌を始めた。

単《シャン》はレベッカ・ファウラーに双眼鏡を差し出した。彼女は気が進まない様子で受け取った。

「こんなことになるとは、わたしは夢にも——」彼女は言った。「もしけが人が出たりしたら、一生自分がゆるせないわ」そこで彼女は単の顔を見た。自分がこの相手になんということを言ったのかと驚いているようだった。その目に苦悶の表情が広がった。「ここから出ていかせて」

「誰を？」

「兵隊たちよ。予定に間に合わせるのには、別の方法がみつかったからと譚《タン》に言ってちょうだい」

「悪いけれど、わたしにはそれだけの権限がない」

「あるじゃないですか」イェーシェーが口をはさんだ。「あなたは譚大佐の直接の命令で行動しているのですから。不穏当な事実があれば残らず大佐に報告するはずでしょう」イェーシェーは決断しかねて思い悩んでいるようだったが、突然兵士たちのほうに駆けていった。あの男は採掘場でのトラブルによって自分の任務が妨げられるのを黙って見ている気はないのだ。あの若者には何か胸に秘めた思いがある、単はあらためて自分に言い聞かせた。

兵士たちはブルドーザーのブレードを上下させはじめた。ブルドーザーは腹を空《す》かせた怪物が、早く獲物にくらいつきたいと焦《じ》れているように見えた。キンケイドはさかんに歩きまわりながら、貯水池を、山々を、そして道具小屋を指さして、大げさな身ぶりで話していた。「ミスター・キンケイドは」単は言った。「並はずれて情熱的な方だ」彼はファウラーが戸惑ったような視線を自分に向けるのに気づいた。「鉱山技師にしてはね」

「タイラー・キンケイドは、まさに宝物よ。会社ではどれでも好きな仕事を選ぶことができた。ニューヨーク。ロンドン。カリフォルニア。オーストラリア。彼はチベットを選んだ。情熱的？　わたしたちは国から一万キロ離れたところにいて、はじめての技術を使って、はじめての土地で、はじめて接する人たちを雇って、鉱物を採取しようとしているのよ。情熱的な人ほど当てにしていいのではないかしら」

「どこで仕事をするか自分で選べる。それは彼がとても優秀だから？」

「それと、お父さんが会社のオーナーだから」

タイラー・キンケイドが責任者の兵士に近づき、その肩をつかんで相手をゆさぶるのを、単《シャン》は見つめていた。父親が所有している会社。それなのにキンケイドは、この惑星上に会社が保有するうちで、もっとも遠くの、もっとも近づきがたい場所を任地に選んだのだ。「彼、何か言ってましたね。ＭＦＣとか。なんですか、あれは？」

「彼一流の物言いよ」

「どんな意味？」

「官僚のことだと思うけど」単があきらめそうもないのを見て取って、彼女は肩をすくめた。「ＭＦＣはくそったれアカ野郎《マザー・ファッキング・コミュニスト》よ」そう言うと、おかしそうににんまりして単に背を向け、作業員たちのほうを見た。

　イェーシェーは兵士たちのところに行き、単を指さして何か言いはじめた。ブルドーザーのブレードが止まり、兵士たちは明らかに不安そうに堤防のほうを見た。キンケイドはそのすきに乗じて管理棟に駆けこみ、黒い箱を手にまた全速力で戻ってきた。ファウラーは一瞬双眼鏡で見ていたが、おもしろそうに喉を鳴らすと、単に双眼鏡をわたした。

　キンケイドが持ってきたのはテープレコーダーだった。ブルドーザーの前に置くと、アメリカのロックを鳴らしはじめた。たいへんな音量で、堤防にいる単のところまで聞こえてきた。アメリカ人技師は踊りだした。

　はじめは双方とも呆然としていた。すると、一人の兵士が笑い声を立てた。別の一人がいっしょに踊りはじめた。次にチベット人の一人が。ほかの者たちは声をそろえて笑った。ファウラーはため息をついた。「ありがとう」彼女は言った。イェーシェーが割って入ったのは、単の指示によるものだと思っているようだった。「危機は回避できたけど、問題は未解決」彼女は言い、オフィスのほうへ歩いていった。

単も並んで歩いた。「僧侶のことは考えてみました？」

「僧侶？」

「チベット人が作業を拒否しているのは、何物かが魔神を目覚めさせたと思っているからです」

悲しげに首を振って、ファウラーは谷を見わたした。「どうしても信じられないのよ。わたしはあの人たちをよく知っている。彼らは未開人じゃないわ」

「誤解してますよ。ほとんどの者が、実際に魔神が山の中を歩きまわっているなんて信じちゃいない。彼らが信じているのは、バランスが乱されたということで、バランスが乱れると忌まわしいことが起こるということなんです。魔神はその災厄の顕現にすぎない。人の姿、行為、ときには地震となって現われることもある。バランスを回復するには、しかるべき儀式を、しかるべき僧侶が行なえばいい」

「すべてが象徴的なものだと言うの？　趙《ジャオ》殺害は象徴じゃないでしょ」

「どうかな」

彼女は振り向いて龍の喉を見おろし、単の提案について考えているようだった。「宗教事務局は絶対に儀式をさせないでしょうね。局長はうちの理事も兼ねているから」

「役所の僧侶のことを言っているのじゃない。特別な人物が必要なんだ。本物の力を持つ人物が。古い寺の出身の僧侶がね。しかるべき僧侶なら、彼らに何も恐れなくていいと納得させられる」

「何も恐れなくていいの?」

「おたくの作業員たちは、何も恐れる必要はないと断言できます」

「何も恐れなくていいの?」彼女はくり返し、褐色の髪を手で梳《す》いた。

「わからない」

二人は黙って歩いていった。

「環境に与える影響についての調査項目には、こういうことは含まれていなかったわ」

「必ずしもあなたたちのした作業の結果とは限らない」

「えっ? わたしはてっきりすべてが——」

「いいえ。何かがここで起きたのです。趙の殺害じゃありません。あの事件のことを知っている者は、ほんのわずかなのだから。何か別のことです。何かが目撃されたのです。チベット人を脅えさせるような何かが。それを彼らの考え方に沿って説明してやらなければなりません。いちばんわかりやすい説明は、山を削ったことでしょう。岩の一つ一つ、石ころの一つ一つにも、それぞれふさわしい場があるのです。その岩や石が動かされてしまった」

「でも、殺人事件も関係があるのでしょう」それは質問ではなかった。「魔神が。タムディンが」彼女はほとんどささやき声になっていた。

「それはわからない」単は彼女の様子を観察した。「あなたが殺人事件のことで、そんなに動揺するとは思わなかったな」

「気味が悪くて」作業員たちのほうを振り返って、彼女は言った。ブルドーザーは互いに後退して離れていた。「夜眠れないの」彼女は単に視線を戻した。「おかしなことをしてしまって。会ったばかりの人に自分のことを話したりとか」

「ほかにも何か話しておきたいことがありますか？」建物に近づくと、奥の端に人の動きがあることに単は気づいた。脇の戸口からチベット人が一列になって出てくる。ほとんどが作業員だが、チベット服姿の老女や子供も混じっている。

レベッカ・ファウラーはまったく気に留めていないようだった。「どうしても関係があるように思えてならないの。わたしの問題と、あなたのとが」

「趙検察官が殺されたことと、あなたの操業許可が停止されたことが？」

ファウラーはゆっくりとうなずいた。「ほかにもあるのだけれど、許可を停止された今になって言うと、ただの恨み言に聞こえてしまうわ。趙はわたしたちの監査委員会のメンバーだった。最後にここを訪ねてきたとき、趙は国土資源部の胡《フー》局長と激しく言い争ったの。会議のあと、外に出て、趙は胡を怒鳴りつけていたわ。洞窟のことで。趙は胡に、彼が洞窟でしていることを中止しろと迫っていた。自分のところから人を送りこむからと」

「ということは、その言い争いが起こる前から、あなたは洞窟のことを知っていた？」

「いいえ。だから、何を議論しているのかわからなかった。でも、そのあとでルントックがトラックを見たという話をしたの。あの日現場に行くまでは、互いの関係については何もわからなかったけれど。あのときだって、わたしは譚《タン》にあまりにも腹を立てていて、趙が胡と言い争っていたことを思い出したのは、あとになってからのことだったの」

二人は車の近くまで来ていた。車内ではイェーシェーと馮が待っている。彼女は立ち止まり、切羽《せっぱ》詰まった声になって言った。「どうしたら必要なお坊さんがみつけられる？」

「作業員に尋ねなさい」単《シャン》は言った。操業を続けるために、彼女が胡や、譚さえも出し抜くことがあるだろうか、単は思った。

「できないわ。わたしが口にしたら、公式のことになってしまう。宗教事務局はかんかんになるでしょう。国土資源部もかんかんになる。わたしの代わりに誰かみつけてちょうだい。わたしが自分でするわけにはいかないの」

「じゃあ、山々の頂《いただき》に尋ねることです」

「どういう意味？」

「わかりません。チベットのことわざなんです。祈るという意味だと思いますが」

レベッカ・ファウラーは単の腕をつかみ、必死の表情で彼を見た。「わたしもあなたに協力したい」彼女は言った。「でも、わたしに嘘をつくのではだめ」

彼は無言で、ぎこちなく顔をゆがめて微笑んだ。そして遠くの山々を愛《いと》おしげに眺めた。彼女に嘘をついたりはしない。だが、自分に対する嘘は、それが逃げ出す唯一の望みであるかぎり、信じつづけるだろう。

7

「最新ニュースだ」馮《フェン》軍曹は四〇四部隊のゲートを守っている戦闘服姿のコマンドー隊員に小声で言った。「台湾軍は海岸から侵攻してくる。ヒマラヤ越えではなく」

四〇四部隊は戦闘地域のような様相を呈していた。敷地の端にテントがいくつも張られている。もともと鉄条網が付けられていたフェンスに、剃刀《かみそり》のように鋭いワイヤーが追加され、まがまがしい光を放っていた。ゲートに新しく設置した照明灯以外への電気の供給は絶たれ、日没後の最後の光が谷間から消え去ると、敷地内は闇に包まれた。土嚢を積みあげて機関銃を据えつけてあって、まるで公安局の部隊は敵軍が正面攻撃をかけてくるとでも思っているようだった。ペンキも乾いていない立て札が立っていて、フェンスから五メートル以内は射殺ゾーンとすると書いてあった。許可なくこの範囲内に立ち入った者は警告なしに射殺する可能性があるというのだ。

コマンドー隊員はAK-47自動小銃の銃口をあげた。その顔には生々《なまなま》しい、動物のような表情が浮かんでいて、単《シャン》は身ぶるいした。馮軍曹にゲートの中に思い切り突きとばされて、彼は膝をついた。公安局の衛兵は馮を一瞬見つめていたが、不満そうに眉をひそめ、引きさがった。

「どっちがボスなのか、はっきりさせとかなきゃならんのでな」単に追いつくと、馮は小声で言った。それが謝罪の言葉であることが、単にはわかった。「やつら、でかいつらしやがって。手柄だけひとりじめして、さっさとよそへ移ってしまうんだ」軍曹は立ち止まり、手を腰に当てて公安局の部隊の掩蔽壕を見わたすと、単の小屋を指さした。「三十分だ」彼はそう言い捨てると、照明に煌々《こうこう》と照らされた射殺ゾーンのほうへ戻っていった。

真っ暗な小屋の空気は、蠟《ろう》のにおいが充満していた。ネズミが石の床をひっかいているような音がしている。数珠をまさぐる音だ。誰かが単の名をささやき、蠟燭《ろうそく》に火がともされた。何人かの囚人が起きあがり、数珠を数えるのを中断して、彼をじっと見た。彼らの顔には疲労の色が明らかだった。しかし、何か別の表情を浮かべている者もいた。敢然たる決意だ。それに気づいて単は恐れ、そして興奮した。

単の姿を見るなり、ティンレーは立ちあがった。

「どうしても話をしないと」切羽《せっぱ》詰まった声で単は言った。チュージェーはティンレーのうしろのベッドにいて、生きていないのかと思うほどじっと身動きしなかった。

「もう限界近くまで疲れ切っておられるのだ」

突然チュージェーの手が動き、口と鼻をおおった。そして三回、勢いよく息を吐いた。敬虔な仏教徒が必ず行なう目覚めの儀式だった。一回目に吐く息で罪を吹き払い、二回目で混乱を除き、三回目で真実への道をふさぐ障害を吹き飛ばすのだ。

チュージェーは起きあがり、単に一瞬笑顔を見せた。彼は袈裟を身にまとっていた。規則で禁じられている衣だ。囚人たちのシャツを集めて縫い、なんらかの方法で染めたものだった。無言で彼は立ちあがり、部屋の中央に行くと、床の上で蓮華坐を組んだ。ティンレーも並んで座禅を組んだ。単は二人の間に腰をおろした。

「体が弱っておいでのようだ、僧宝御前《リンポチェ》。お休みになっているのを邪魔するつもりはなかったのですが」

「しなければならないことがたくさんあってな。今日はどの小屋でも一万回お数珠をした。多くの者がもう用意ができている。明日はもっとたくさんしようと思っている」

歯を食いしばって、単はこみあげてくる感情を抑えようとした。「用意ができている？」

チュージェーは黙って微笑んだ。

奇妙な、ひっかくような音が、部屋の沈黙を破った。単は振り返った。若い僧の一人が、空き缶と鉛筆で作ったマニ車を、うやうやしくまわしていた。

「食事はしているのですか？」単は尋ねた。

「厨房は命令で閉鎖された」ティンレーが答えた。「水だけだ。昼間、ゲートのところにバケツが置かれて」

単は上着のポケットから、食べずにおいた昼食の入った紙袋を取り出した。「団子です」

チュージェーはおごそかに紙袋を受け取り、皆でわけるようにとティンレーに手わたした。

「ありがとう。倉庫にいる者たちにも分けてやれるといいのだが」

「倉庫を使っているのですか」単はささやいた。尋ねたのではなく、苦渋に満ちた断定だった。

「北の寺から来た僧たちが三人入れられている。ゲートのそばにすわりこんで、清めの儀式をさせるよう要求したのだ」

「外で兵隊たちを見ました。焦れているようです」

チュージェーは肩をすくめた。「若いからな」

「彼らはストライキをしている囚人を、歳をとるまで見守っていたりしませんよ」

「われわれにどうしろというのだ？　腹を立てたチュンボがいるというのに。それにバランスを取り戻すのには、一日しかかからない」

「譚《タン》大佐は山で清めの儀式を行なうことは絶対に許可しないでしょう。それは彼にとっては敗北であり、不面目なのですから」

「では、その大佐は一生その両方をかかえていくことになるだろうな」チュージェーの言い方には挑むような調子はまったくなかった。ただ、かすかに同情の念が表われているだけだった。

「両方」単は相手の言葉をくりかえした。「つまり、相手はタムディンだと？」

チュージェーはため息をつき、部屋の中を見まわした。ほかにも耳慣れない音がしていた。単は振り向いて、ドアのそばにすわっているカム高原の遊牧民カムパを見た。彼の目は恐ろしい光をたたえていた。

「おれたちをここから出してくれるのかい、魔法使いさんよ」彼は単《シャン》に言った。食事用のカップから取っ手をはずし、石の床で研《と》いでいた。「ほかにも芸があるのか？　強面連中を一人残らず消してしまうとか？」彼は笑い、そして研ぎつづけた。

「ティンレーは矢のマントラの修行をしていてな」カムパを悲しげな目で見つめながら、チュージェーは言った。矢のマントラとは、古代の伝説に登場する呪文で、それを使える者は、遠方まで一瞬にして移動できた。「だいぶ上達した。いずれわれわれを驚かすことだろう。むかし、子供の頃に、老僧が実際に行なうのを見たことがある。一瞬その姿がぼやけたかと思うと、消えてしまった。弓を離れる矢のようにな。一時間後に戻ってきたが、百キロ近く離れたところの寺にしか生えていない花を手にしていたよ」

「じゃあ、ティンレーは矢のようにあなたのそばを離れていくのですか？」単は言った。いらだちが声に表われていた。

「ティンレーはいろいろなことを知っている。語り伝えるべきことも多いのだ」

気持ちを静めようと、単は深呼吸した。チュージェーはまるで自分たちが全員死ぬと決まったかのような話しぶりだった。「タムディンについて教えてください」

チュージェーはうなずいた。「タムディンはまだ気がすんではいないと言う者がいる」彼は悲しげに単の目を見つめた。「また現われたら、容赦はしないだろう。七世のときに」チュージェーが言うのは、ダライ・ラマ七世のことだった。「この国に侵入してきた中国軍が全滅した。行軍する彼らの上に山が崩れ落ちてきたのだ。古文書によれば、彼らに山を叩きつけたのはタムディンだった」

「リンポチェ、聞いてください。タムディンの存在を信じているのですか？」

チュージェーは好奇心をあらわに、単をじっと見た。「魂の器としては、人間の体は実に不完全なものだ。この世界にはそれ以外の器があって不思議はないだろう」

「でも、実際に魔物が山中を歩きまわっていると思うのですか？　どうか教えてください。何か——何か、今度のことをすべてを終わりにする方法はないのですか？」

「それは質問自体がまちがっているな」チュージェーはとてもゆっくりと、祈りのときの声で言った。「わたしが信じているのは、タムディンと呼ばれる精霊が人間にとりつく力を持っているということだ」

「よくわかりません」

「ブッダの境地に至る者がいるとすれば、タムディンの境地に至る者もいるということ」

単は両手で頭をかかえ、圧倒的な疲労感と戦った。「もし何か望みがあるなら、もっとよく理解できるようにしてください」

「それと戦うことを学ばねば」

「何と戦う？」

「その、望みなるものとだ。友よ、あなたはまだ望みに身を焦がしている。そのために、自分は世界を敵に立ち向かえるという誤った考えをいだいてしまうことになる。そのためにもっと大事なことから目をそらされてしまう。そして世界は犠牲者と悪漢と英雄で成り立っていると思いこんでしまうのだ。だが、われわれの世界は、そのような場所ではない。われわれは犠牲者ではない。むしろ、このように信仰を試されることを誇りに思っているのだ。強面連中に虐殺されるのがわれわれの定めなら、われわれは虐殺される。望みをいだこうが、恐怖をいだこうが、何も変わらない」

「リンポチェ、わたしは望みをいだかずにいられるほど強くないのです」

「ときどきあなたのことを考えるのだが」チュージェーは言った。「あなたはあまりに熱心に答を探し求めすぎて、それが心配だ」

単は悲しげにうなずいた。「探し求めずにはいられないのです」

チュージェーはため息をついた。「僧がつかまったのだな」彼は言った。「サキャ寺の隠遁僧だ」

チベット人の間を、収容所の壁を越えて、どのように情報が伝わっていくのかを知る望みは、単はとうに捨てていた。チベット人はテレパシーの秘法を会得しているのかと思われるほどだった。

「その僧が犯人なのかね?」チュージェーは尋ねた。

「僧侶にそのようなことができると思いますか?」

「魂あるものは、必ず過ちを犯す。ブッダご自身が、数多くの誘惑と戦われたのちにようやく転生をはたされたのだ」

「その僧には会いました」単は重々しい声で言った。「顔をよくよく見ました。彼は潔白です」

「ああ」チュージェーはため息をつき、黙りこんだ。「なるほど」ずいぶん経ってから、彼は言った。「その僧を釈放させるためには、あなたは殺人が魔神タムディンによってなされたということを証明しなければならない」

「そうです」しばらくして単《シャン》はようやく答えた。自分の手に視線を落とし、ほとんど聞こえるか聞こえないかの声だった。

二人は黙ってすわっていた。小屋の外のどこかから、人間の声とも思えぬ、長い苦悶のうめき声が聞こえてきた。

翌朝、単が今日の仕事を説明すると、イェーシェーは拒否しようとした。「魔術師のことを尋ねただけで逮捕されるかもしれないのですよ」彼は不満そうに言った。

馮《フェン》が二人を乗せた車を運転して、砂利と草におおわれたなだらかな丘の起伏が続く道を、町に向かって走っていった。柳と背の高いスゲがうねうねと続いているところが川岸だ。龍の喉を滝となって下った川は、その後はよりゆったりと谷間を抜けて流れていた。ブルドーザーで丘が平らにならされたところを通った。何列にも作物が植えられているが、今はもう枯れていて、風にねじ曲げられ、干魃《かんばつ》で乾ききっていて、作物の種類は見てもわからなかった。これもまた、チベットが必要ともせず、求めてもいないものを、外部から持ちこんで植えつけようとして失敗した実例だ。

「きみはなんのために罰を受けたんだ?」単はイェーシェーに尋ねた。「どうして強制労働キャンプに送られることになった?」

　イェーシェーは答えようとしなかった。

「どうしていまだに彼らを恐れているんだ? もう釈放されたのに」

「正気の者なら誰でも恐れますよ」イェーシェーはわざとらしく笑った。

「旅行許可証か? それが気になるのか? わたしに協力したら、許可証をもらえなくなると思うのか? 新しく許可証を発行してもらわなければ、チベットを離れることはできない。四川省できみにふさわしい仕事に就くことも、ぴかぴかのテレビを買うこともできないわけだ」

　そう言われて、イェーシェーは憤慨しているようだった。だが、あえて否定はしなかった。

「魔術を使うと称する連中をけしかけるようなことはすべきではありません。彼らはチベットを前世紀の状態に留めてしまいます。ぼくたちは進歩することができないでしょう」

　単はイェーシェーの顔をじっと見たが、何も言わなかった。イェーシェーは座席の上でもじもじして、窓の外にことさら目を凝らした。女が、だぶだぶの茶色のフェルトの外套にくるまって、ロープにつないだ山羊を引いて、道を歩いていた。

「チベットの歴史が聞きたいですか?」窓の外を見つめたまま、イェーシェーが憮然とした口調で言った。「延々《えんえん》と続いてきた僧侶と魔術師の戦いにほかならないのですよ。仏教の教えは、ぼくたちに完璧な人間になることをめざして修行しろと求めます。でも、完璧な人間なんて、そう簡単になれるものじゃない。そこで魔術師が近道を教えてくれます。彼らは人人の弱さから力を得て、人々はそのために彼らに感謝します。ときには僧侶が優位に立って、理想をうち立てます。次には魔術師が優位に立って、理想の名を掲げて、その理想を破壊するのです」

「結局チベットとはそういう国なのか?」

「それが社会の原動力なのです。中国だって同じです。あなたの国にも魔術師はいる。ただ、なんとか書記とか、なんとか部長とか呼ばれているのがちがうだけで。手にしているのは、主席自身の筆になる呪文の数々をおさめた小さな赤い本。主席こそ魔術師の大王じゃないですか」

イェーシェーは顔をあげた。蒼白になっている。突然馮が聞いていたことに気づいたのだ。

「いや、ぼくはけっして——」あわてて何か言いかけたが、いらだたしげに手を握りしめ、また窓に顔を向けた。

「それで、コルダの弟子だけれど、きみは彼らが恐ろしいのか?」単は尋ねた。誰でも恐れるべきなのかもしれないと、彼は思った。だが、チュージェーは言ったのだ。タムディンのところに行きたかったら、コルダの弟子に話をしろと。

「弟子? 誰が弟子と言ったのです? そんな必要ありませんよ。今でも人々は老魔術師自身のことを話していますよ。生きているんですよ。あれが生きていると言えればですが。何も食べる必要がないんだそうです。息をする必要もないという話もあります。でも、まず彼の隠れ家をみつけなければ」

「隠れ家？」

「彼はどこかに隠れているんですよ。山奥の洞窟かもしれないし、市場《いちば》の中かもしれない。とにかく人目を避けています。絶えず動きまわって。陰から陰へと。煙のようにぱっと消えることができるという説もあります。とにかく、みつけるのはたいへんですよ」

「よし、わかった。軍曹とわたしは、レストランに行く。それから趙《ジャオ》検察官の自宅。それがすんだら、譚大佐のオフィスに行っているから、魔術師がみつかったら、そこへ報告に来てくれ」

「コルダは刑事と話をしたりしませんよ」

「じゃあ、ほんとうのところを話すんだな。わたしは悩みをかかえていて、魔術師の助けがどうしても必要だと言うといい」


単が着くと、レストランでは店を閉めようとした。「趙検察官を知っていたか？」ドアの隙間から、単はチーフ・ウェイターに声をかけた。

「知ってたよ。帰ってくれ」

「ここで五日前の晩、アメリカ人と食事をしただろう」

「うちではしょっちゅう食事をしていたよ」

単はドアに手をかけた。相手はドアを押して閉めようとしたが、そこで馮軍曹の姿が目に入り、しかたなくあきらめた。そして正面の廊下を小走りで奥に向かっていった。

単《シャン》は店に入り、逃げていくウェイターのあとを追った。廊下では見習いウェイターたちが身をすくめていた。厨房ではだれ一人として彼のほうをまともに見ようとしなかった。

脇のドアからダイニングルームに戻ったウェイターを、単はつかまえた。「あの晩、誰かがメッセージを届けにきたか？」単はウェイターに尋ねた。相手はまだぎこちなく彼を避けようとしていて、トレイを手にとったかと思うと、二、三歩行ったところでそれをおろし、今度はカウンターから皿を取りあげたりしていた。

「おい、おまえ！」馮《フェン》軍曹が戸口から叫んだ。

ぎくりとした男の手から皿がすべり落ち、床にあたって砕け散った。彼は皿の破片をみじめな顔で見つめた。「何もおぼえていません。あの晩は忙しかったから」

男は震えだした。

「誰がここに来たんだ？　誰か来たんだろう？　そいつがわたしには何も話すなと言ったんだ」

「何もおぼえていません」ウェイターはくり返し言った。

馮が店内に入ってくると、単はあきらめ顔でてのひらを上に向け、その場を離れた。

「誰が皿の弁償をしてくれるんです？」背後でウェイターの泣き言が聞こえた。店を出て車に戻っていく単の耳に、子供のようにすすり泣いている男の声がいつまでも聞こえていた。

趙検察官は新市街の政府関係者の居住区にある小さな一戸建てに住んでいた。化粧漆喰で飾った四角い建物で、部屋が二つに、独立したキッチンがあった。チベットでは、それは大邸宅に相当した。

単は門のところで立ち止まり、家の外壁に沿った植え込みに、最近踏みつけられた跡があることを記憶に留めた。玄関はわずかに開いていた。ノブについているかもしれない指紋を消さないように、彼は肘でドアを押し開けた。趙検察官がなぜまわり道をして南の爪に行ったのか、その答がここにあるのではないかと単は期待していた。あるいは少なくとも趙という人物の個人的な側面を知ることができて、それによって彼の行動を理解する助けになるのではないかと。

それは平凡な、個性のない部屋だった。部屋の隅、香港の夜景のポスターの下の小さなテーブルに、装飾を施したマージャン牌が置いてあった。二つの大きな安楽椅子が、その部屋の家具のすべてだった。単はぎくりとして立ち止まった。若い男が一方の椅子にだらりとすわり、ぐっすり眠っていた。

突然キッチンで声がした。李愛党《リー・アイタン》が現われた。譚《タン》大佐のオフィスで会ったときと同様に、しゃれた身なりで、こざっぱりしていた。「同志単《シャン》!」快活さをよそおって、彼は大声を出した。「単だね？　初対面のときには、はっきり名乗らなかったんだ。抜け目がないな」椅子の上の男が身じろぎし、単を見て目をしばたたいて伸びをしたが、また目を閉じてしまった。

李の背後では、数人のチベット人女性が壁と床を洗っていた。「捜査が終わっていないのに、家の掃除をしているのか？」単は信じがたい思いで言った。

「ご心配なく。すでに家宅捜索はすんでいる。ここには何もないよ」

「目立つものばかりが証拠とは限らない。紙切れとか、指紋とか」

李は彼をからかうようにうなずいた。「だけど、ここが犯罪現場でないのは明らかだろう。それに、この家は司法部のもので、遊ばせておくわけにはいかないんだ」

「殺人犯が何かを探していたのだったら？　犯行後にここに来て、探し物をしたのだとしたら？」

李は両腕を広げた。「何もなくなったものはない」彼は言った。「それに、犯人の動きはすでに把握している。南の爪から洞窟へ。そして洞窟から自分の寺へ行った」彼は片手をあげて、それ以上の議論を拒み、椅子の上の男に呼びかけた。男はまた身じろぎし、ファイルフォルダーを差し出した。李はそれを受け取り、単にわたした。「趙のスケジュールをまとめておいたよ。彼が所属していた委員会の一覧も作った。スンポがラドゥンの五人組の一人として告発されたときの起訴内容の詳細もここにある」

「趙の秘書から話を聞くべきだと思うけれど」

「実にいい考えだ」李は言い、それから肩をすくめた。「ところが、彼女はいつも趙と合わせて休暇をとることにしていてね。今は香港だ。趙と同じ晩に出発した。実はわたしが空港まで送ったんだよ」

外に出た単は、車の横に立ち、作業員が家の外壁をホースで水をかけて洗っているのを、信じられない思いで眺めた。

「小さい鳥ほど大きな声でさえずるってな」運転席に乗りこみながら、馮《フェン》がおもしろそうに言った。

突然単《シャン》は思い出した。彼がレストランとこの家に来ることを知っていたのはイェーシェー一人だった。

手術着と血だらけのゴム手袋を身につけて、宋《ソン》医師は診療所の廊下に出てきた。口罩《コウチャオ》マスクが首からぶら下がっている。「また、あなたなの？」

「がっかりしたみたいですね」単は言った。

「看護婦が、趙《ジャオ》検察官についてききたいことがあると言って、男の人が二人来ていると言うから、別の人かと思った」

「別の人？」

「検察官補よ。二人で弁論大会でもやったら？」

「えっ？」

「二人で話しなさいよ。あなたたちはあなたたちの仕事をする。そして、わたしの仕事の邪魔はしない」

単は奥歯を噛みしめた。「では、李愛党《リー・アイタン》が遺体について尋ねにきたんですね？」

単の不快げな様子を見て、宋医師はおもしろがっているようだった。「遺体について尋ねに。あなたについて尋ねに。あなたの仲間について尋ねに」彼女は言い、馮とイェーシェーが立っている廊下の先にちらりと目をやった。「あの人はここで預かるものについては受領証を書くように言ったわ。あなたは受領証なんか一度も求めなかった」

「すみません」単は言ったが、自分でもわけがわからなかった。

宋医師は手袋をはずした。「十五分後に、もう一つ手術があるの」彼女は廊下を歩きだした。

「大佐が死体の頭をここに届けさせたでしょう」あとについて歩きながら、単は相手の背中に向かって言った。

「すてきなお心遣いよね、まったく」彼女は苦々しげに言った。「前もって言ってくれていいはずでしょ。それが、何よ。いきなり袋から出てきたんだから。あら、同志検察官、こんにちはって感じ」

譚《タン》から何が届くかは、予測がついたはずなのにと、単は思った。が、そこで気づいた。

「じゃあ、彼とは知り合いだったんですね？」

「小さな町よ。もちろん知り合いだったわ。先週だって、休暇に出かける彼に行ってらっしゃいと言ったのよ。それが突然、大佐から届いた荷物をほどいたら、彼にじっと見つめられたの。まだ何か用事が残っているみたいな顔で」

「で、先生の結論は？」

「何についての？」彼女は戸棚の扉を開け、ほとんど何も載っていない棚に視線を走らせた。

「結構なこと」彼女は今までの手袋をまたはめた。「もっと手袋を送れって、書面で要求したのに。今あるのを消毒して使えですって。馬鹿なやつらね。ゴム手袋を蒸気釜に入れたらどうなるか、考えたことあるのかしら」

「頭部の検視結果です」

「あら、まあ！」彼女は叫び、頭をそらした。「今度は頭部の検視解剖の結果が知りたいですって」ハエのしみだらけの天井に向かって、彼女は言った。

単は黙って医師を見つめていた。

「はいはい、わかりました。頭蓋骨、異常なし。脳、異常なし、聴覚器官、異常なし。視覚器官異常なし。嗅覚器官も異常なし。ただし重大な問題が一点」

単は相手に近づいた。「何かみつかったのですか？」

「散髪に行く必要があったわ」単の視線を浴びながら、彼女は廊下を遠ざかっていった。

「歯形は確認しましたか？」その背中に、単は言った。

「ほら、また。北京にいるつもりになって。趙の歯には治療を受けた跡があったけれど、チベットで受けたのではなかった。その判断をくつがえす材料はないわよ」

「頭部と胴体をつき合わせてみましたか？」

「あなた、首なし死体を正確に何体かかえているの？」

単は何も答えずに相手を見つめた。

宋は歯を食いしばったまま何ごとかつぶやいていたが、やがて手袋をしっかりはめると、棚からマスクをとって単に投げてよこした。

二人は無言で死体保管所へ歩いていった。中に入ると、悪臭は以前にも増してひどくなっていて、気が遠くなりそうだった。単はマスクを顔に強く押し当てて、うしろを振り返って見た。馮《フェン》軍曹とイェーシェーは、部屋に入るのを拒んでいた。廊下をぶらつきながら、ドアについている小さな窓越しに中をのぞいている。

検査台の、布で覆われた死体の上に、汚い段ボール箱が置いてあった。宋医師が箱の中身を出し、死体の上に身をかがめると、単は目をそらした。

「あら不思議。ぴったり合うわ」彼女は単を手招きした。「あなたもやってみたいんじゃない？　わかってるわよ。手足も切り離して、部品合わせごっこをしましょうか」

「切り口はどんな状態なんだろう」

宋は彼にいらだたしげな視線を向けてから、アルコールの瓶を取り出し、首のまわりを拭いた。「一つ、二つ……三つ。傷が三カ所あるわ。前に言ったように、乱暴に斬りつけたんじゃない。正確に、すっぱりと切っている」

「どうしてわかるんです？」

「犯人が力まかせに切断したら、組織がつぶれたでしょう。これはとてもきれいに切断されている。剃刀《かみそり》みたいに鋭利な刃物を使っているわね。肉屋の道具みたいな」

肉屋か。この前会ったとき、彼は宋に、チベットは人間の体を切り刻む訓練を受けた者がいる地球上で唯一の国だと話したのだった。「頭部に傷がないか、見てみました？」

宋は顔をあげた。

「先生が言ってたでしょう」単《シャン》はさらに言った。「首を切られる前に倒されていたと。衣服に血はついていない。殴られて、意識を失っていたのでしょう。それから頭部が切断された」

「完全な検視解剖が必要なことはめったにないものだから」彼女はつぶやいた。そしてキャスター付きの電気スタンドを、検査台の近くに動かした。彼女の口から出た言葉としては、謝罪にもっとも近いものだった。

彼女が頭部を調べている間、馮《フェン》軍曹は廊下を歩きまわっていた。

「あったわ」しばらくして、彼女は言った。「右の耳のうしろ。長い、ぎざぎざの挫傷がある。一部で皮膚が破れているわ」

「棍棒？　警棒のような？」

「いいえ。縁がなめらかではなかったはず。岩の破片とか」

単は検察官が身につけていた名刺を取り出した。「趙《ジャオ》がなぜX線機器について交渉していたのか、理由に心当たりありませんか？」

宋《ソン》は名刺をじっと見た。「アメリカ製の？」名刺を返しながら、彼女は言った。「高すぎて、チベット向きじゃないわね」そしてポケットからメモ帳を取り出して、手早く何ごとか書きこんだ。

「彼はどうしてそんな機器が必要だったのだろう？」

彼女は肩をすくめた。「それは犯罪捜査のためでしょう」急に寒くなったかのように、彼女はブラウスの襟を立てた。

「鉱山のアメリカ人たちは？　彼らがこういう機械を使うことはありえますか？」

宋は首を振った。「彼らもほかの人たちと同じで、ここの診療所に来るほかないの。医療機器の割り当ては慎重な計画に基づいて行なわれているのよ」

「つまり？」単は尋ねた。

「つまり、もっとも生産力のあるプロレタリアートのメンバーから順番に面倒を見るということ」

信じられないという顔で、単は医師を見つめた。彼女は何かの文句を引用しているのだ。まるでタムジンのときのような不気味な口調で。「もっとも生産力のあるプロレタリアートのメンバーですか、先生？」

「北京から通達が来ているのよ。なんなら見せてあげるわ。それによると、成長期を酸素の薄い高地で過ごすために、チベット人は永続的な脳障害をこうむっているそうよ」

単はそれだけで納得しようとはしなかった。「先生は北京大学を出たのでしょう。だったら、医学と政治学の違いはご存じのはずだ」

彼女は一瞬単と目を合わせていたが、それから床に視線を落とした。

「つらいでしょうね」単は相手のために言った。「友人を解剖するというのは」

「友人？　趙とはときどき話をしていた。犯罪捜査に関する話がほとんどだった。それと、政府のやることについて。彼は冗談を言う人だった。チベットでは冗談を耳にすることはあまりないでしょ」

「彼はどんな冗談を言ってましたか？」

宋《ソン》は少し考えた。「こんなのがあったわ。なぜチベット人は中国人より早死にするのか？」反応を期待して、彼女は顔をあげた。唇がゆがんでいて、どうやらにやりと笑っているらしかった。「なぜなら、それが彼らの望みだから」

「捜査というと、殺人事件？」

「死体はわたしのところへ来る。殺人でも、自殺でも、事故でも。わたしはただ報告書に署名するだけ」

「でも、今回は署名を拒否した」

「ときにはあまりに明々白々で無視するわけにはいかないことがあるのよ」

「ほかに理由は？　好奇心をいだくことはないのですか？」

「好奇心はね、同志、とても危険なものよ」

「この二年間で、外傷性の死亡例をどのくらい扱いましたか？」

「わたしの義務は、この死体についてあなたの質問に答えること」顔をしかめて宋は言った。

「それだけよ」

「そのとおり。報告書に書くべきことも、それだけ」

降参というように、宋は両手をあげた。「あなたを黙らせるためなら、なんでもするわ。そうね。山での転落死が三件あったわね。それから、雪崩《なだれ》で四人死んだ。窒息死が一件。自動車事故の死者が四、五名。失血死が一件。わたしは記録係ではないのでね。それと、わたしが扱うのはほとんどが中国人よ。地元の少数民族は」意味ありげな目つきで彼女は言った。

「人民政府の用意した医療施設を必ずしも信用していないので」

「窒息死？」

「宗教事務局の局長が、山で死んだの」

「高山病？」

「酸素不足が死因よ」宋は答えた。

「でも、それだったら自然死でしょう」

「そうとは限らないわ。その人は頭を殴られて気絶したの。そして意識を取り戻す前に、何者かが気管に小石を詰めこんだのよ」

「小石？」単はぎくりとして顔をあげた。

「実に感動的じゃない？」宋は不気味な笑みを浮かべて言った。「王家に属する者を殺すときの伝統的な方法なのよ」

単はゆっくりとうなずいた。「体を傷つけることは許されないから。裁判は開かれた？」

宋はまた肩をすくめた。癖になっているらしい。「さあ、どうかしら。あったと思うけれど。不良分子。ほら、抵抗運動家よ」

「何に対する抵抗？」

「それはわたしの管轄外のこと。わたしは関係者の顔もおぼえていない。要請があれば、行って法廷でわたしが書いた医学報告書を読みあげるだけのこと。いつも同じよ」

「つまり、いつも先生が報告書を読みあげて、いつもチベット人が有罪判決を受けるわけですね」

宋《ソン》は鋭い目で単を見ただけで、何も答えなかった。

「実に献身的に義務をはたしておられて、感銘を受けましたよ」単《シャン》は言った。

「わたしはいつか北京に帰りたいと思っているの、同志。あなたはどうなの?」

単はその質問を無視した。「失血死ですけど、それはきっと自分で自分を五十回も刺したのが原因でしょうね」

「それがちょっと違うのよ」暗い表情の目を光らせて、宋は答えた。「心臓がえぐり出されたの。これについては、わたしなりの説があってね」

「どんな説?」かすかな期待をいだいて、単は尋ねた。

「自殺じゃないわね」部屋を出るとき、彼女は思いきりドアを押し開いたので、馮軍曹はあわてて飛びのかなければならなかった。

二十分後、単は譚《タン》のオフィスにいた。待合室にいるイェーシェーの前を通ったが、彼が興奮した様子でささやきかけるのを無視した。

「単受刑者よ」朗々たる声で譚は言った。「きみの肝っ玉はチョモランマ並みらしいな」

「今度のことと、ほかの事件が関連がないというのは確かなのですか?」

「確かだとも」大佐は低い声で答えた。「ほかの事件はすべて解決済みだ。きみの仕事は穴を一つふさぐことだ。ほかにも穴を開けることではない」

「でも、もし関連があったら——」

「関連などない」

「ラドゥンの五人組。そう呼ばれているのでしょう。きのうご自分で言っていたじゃないですか。あなたの言うとおりだったということを、その五人組が次々に証明している。〝親指暴動〟ときの対応が甘すぎたと、あなたはきのう言った。あのときはなんのことだか理解できなかった。あれは、その五人がまた逮捕されているということだったのですね。今度は殺人罪で」

「少数民族のカルト集団の連中は、われわれの法体系にはなじみにくいのだ。きみはそのことを忘れていたのではないかね」

「五人のうち何人が殺人罪で逮捕されているのですか？」

「それはとりもなおさず、最初に釈放したのがまちがいだったということだ」

「何人です？」

「スンポで四人目だ」

「趙《ジャオ》が彼らを告発していた？」

「もちろん」

「互いの関係は無視できないでしょう。これほどの関連性に、司法部が気づかないはずがない」

「わたしの目には、なんの関連性も見えてこないがね」

「五人ともここラドゥンにいました。そしていっしょに有罪判決を受け、服役した。関連があるでしょう。次に、一人また一人と、計四名が殺人罪で告発された。これも関連性です。最初の三人を告発したのは趙検察官、四人目はその趙を殺害したとされている。関連があります。前の三件について教えていただきたい。もしかすると陰謀を明らかにして事件を解決できるかもしれない」

譚大佐は疑わしげに単を見つめた。「きみには仏教徒の陰謀を暴露する心の用意があるのかね？」

「真実を見つけ出す用意があります」

「プルバという言葉を聞いたことがあるか？」譚は尋ねた。

「仏教の寺院で使う儀式用の短剣でしょう」

「新しい抵抗グループが自分たちにつけた名前でもある。メンバーはほとんどが僧侶だが、暴力に訴えることをなんとも思っていないようだ。ほかのチベット人とは違っている。きわめて危険な連中だ。もちろん陰謀はある。プルバのような仏教徒の過激派が、政府高官を次次に殺そうとしているのだ」

「つまり、被害者はみな政府高官だった？」

譚はタバコに火をつけ、単をじっと見た。「わたしが言いたいのは、思いこみから明白な事実を見落とすことのないようにしろということだ」

「でも、何か別のことがあったらどうします？　ラドゥンの五人組自身が、陰謀の犠牲者だったら？」

譚はいらだたしげに顔をしかめた。「どんな陰謀だ？」

「より大きな犯罪を隠蔽するための。ほかの事件を分析するまでは、これ以上具体的なことは言えません」

「ほかの殺人事件はすべて解決済みだ。記録を混乱させないでもらいたい」

「別のパターンが浮かんできたら？」

「パターン？」煙を吐き出す譚は、まるで龍のようだった。「くだらん」

「二件の殺人事件を調べていても、パターンは見えてきません。ときには三件を比べてもだめなことがある。でも、今は四件あります。以前は見えなかった何かが、今なら見えてくるかもしれない。それが司法部の連中の目には明らかだったら、どうします？　彼らは記録を自由に閲覧できるのだから。二、三カ月の間に、四件の殺人事件。州でもっとも過激な抵抗運動家五人のうち四人が、その犯人とされている。それなのに、事件の関連性を探る捜査は行なわれていない。しかも被害者の中には、州政府のもっとも高い地位にあった人物が少なくとも二名含まれている。二件か三件なら、偶然で片づけられるかもしれない。殺人が四件となると、連続殺人事件という印象を与える。しかし五件重なったら、これを関連づけて捜査しなければ、完全に職務怠慢とみなされますよ」

パターンだ。イェーシェーと馮《フェン》のあとについて、市場《いちば》の喧噪の中に入っていきながら、単《シャン》は自分に言い聞かせた。パターンがあるにちがいない。彼はそれを本能的に察知していた。森の反対側にいる獲物のにおいを狼が嗅ぎつけるようなものだった。しかし、においはどこから来るのか？　なぜこれほどまでに確かだと感じられるのか？

市場は乱雑にこまかく仕切られ、踏み固められた地面に広げた毛布に商品を並べている行商人たちでごった返していた。その光景を前にして、単は目を見張った。この三年間、これほどの活気を目にしたことはなかった。女がヤクの毛糸を差し出している。別の女は壺に入った山羊のバターの値段を叫んでいる。単は手をのばし、バスケットに山盛りにされた卵に手を触れた。北京を離れて以来、卵を口にしていなかった。そのバスケットを何時間でも眺めていられそうな気がした。卵の奇跡。老人が、バターと小麦粉で作った供え物用の人形トルマを丹念に並べて売っている。子供たちがいた。羊と遊んでいる一群の子供たちに、彼の目は吸い寄せられた。近づいていって、子供の一人に手を触れたいという衝動を彼は必死で抑えた。そのような幼さと無邪気さが今もまだ存在することを、直接確かめたかったのだ。

馮軍曹に肩に手を置かれて、われに返り、彼は店の間を抜けて歩いていった。疑問が波のように押し寄せてきた。パターンのにおいがする。それはたんに、スンポのような者が人を殺すはずがないことを自分が知っているからだろうか？　いや、違う。それ以外にも何かある。スンポが犯人でないなら、陰謀があったのだ。だが、誰による陰謀？　告発された者たち？　それとも告発する側の人間？　自分は僧たちが有罪であることを暴いて、その後一生自分を罰しつつ生きていくことになるのか、それとも彼らが潔白であることを証明して、政府に一生罰せられるのだろうか？

馮は串に刺した焼きリンゴを買った。白濁した目の男が、マニ車をまわしながら、大麦から作ったチベットビール、チャンを勧めていた。ヤクのチーズの、固く乾いた汚い塊が、腰までのお下げ髪の少女が一人ぽつんと店番をしている横に積みあげてある。男の子がヨーグルトが詰まったビニール袋を差し出した。老人が動物の毛皮を勧める。チベット人のほとんどがヒースの小枝を、シャツにしばりつけたり、ピンで留めたりして身につけていることに、単は気づいた。片腕のない少女が、カターを作るための絹の端切れを勧めた。あたりの空気には、バター茶と、香と、体を洗っていない人間の、鼻をつくにおいがたちこめていた。

兵士のグループが、伝統的なカムパの流儀でベルトに短剣をさした男の身分証明書を調べていた。細身の強靭そうな体つきの男だが、その態度には落ち着きがなかった。兵士たちが近づいてきたとき、男は短剣ではなく、首からさげたお守りに手をやった。ガウと呼ばれる首からロケットのようにさげる小箱で、中におそらく守護霊への祈りを書いた紙が納めてあるのだろう。兵士たちに解放されると、男はガウに礼を言うかのように軽く手を触れた。とたんに単は思い出した。地元の住民は、爆破でタムディンが腹を立てたと苦情を言っていた。だが、ファウラーはそれはおかしい、自分たちが爆破を始めたのは、ほんの六カ月前だからと言った。つまり、タムディンは六カ月以上前から目撃されていたのだ。タムディンはもっと以前から腹を立てていた。パターンだ。タムディンは前にも人を殺したのだろうか？

市場のいちばん奥まで行って、イェーシェーは立ち止まった。その横の店は、ドア代わりに二本の細い棒から汚いカーペットを垂らしていた。馮軍曹は暗い店内をちらりと見て、眉をひそめた。そのような場所で待ち伏せにあった中国兵は一人や二人ではなかった。市場の中央付近の喫茶店の屋台を彼は指さした。「茶を二杯飲む間待っている。それ以上はだめだ」そしてシャツのポケットに手を入れ、紐のついた呼び子を取り出した。「それ以上過ぎたら、パトロールを呼ぶ」リンゴの一つを歯でくわえて串からはずし、彼は歩み去った。

その建物には窓がなく、出入口も彼らが入っていったところだけだった。内部の照明はバターランプだけで、その頼りない光は、香の煙のためにいっそう弱められていた。暗がりに目が慣れると、何列もの棚と、その上に並ぶ鉢や壺が見えてきた。そこは薬草店だった。やせ細った女が一人、ひっくり返した木箱に渡した幅の広い板の奥にすわっていた。女はうつろな視線を単とイェーシェーに向けた。右手の壁ぎわで、三人の男が土間の床にすわりこんでいた。明らかに恍惚状態だった。イェーシェーの視線を追って、単は左手の、部屋でいちばん暗い隅を見た。荒削りの板のテーブルの上に、汚らしい短い円錐形の帽子があった。下の縁が折り返してある。その向こうに、闇よりもいっそう黒々とした形があって、動物の輪《りん》郭《かく》のようだった。たぶん大きな犬だろう。「魔術師の帽子です」おどおどしたささやき声でイェーシェーは言った。「子供の頃に見たきりでした」

「中国人を連れてくるなんて、言わなかったじゃないか」老婆が叫んだ。その声に、男の一人が勢いよく床から立ちあがり、前に進み出て、棚に立てかけてあった何か重いものを手に取った。

イェーシェーは単の腕に手を置いて、彼を押しとどめた。「大丈夫だ」ぎこちない調子で、イェーシェーは言った。「この人はちがうから」

女は単をにらみつけていたが、いちばん下の棚から粉末の入った壺を取り出した。「セックスの役に立つものが欲しいんだろ？　中国人の望みはそれさ」

単はゆっくりと首を振り、イェーシェーのほうを見た。この人はちがう？　彼は部屋の隅のテーブルに一歩近づいた。テーブルの奥の影は動いたようだった。今見ると、明らかに人間だった。眠っているようだ。あるいは薬が効いているのか。単はさらに一歩近づいた。その男の顔は左半分がつぶれていた。左耳も半分なくなっている。男の前に茶色い鉢があった。内側は銀張りになっている。その鉢の奇妙な形を、単はつくづくと眺めた。鉢ではなかった。人間の頭蓋骨の上半分だった。

突然もう一人の男が飛び出して、単のすぐ横に立った。単には意味不明の方言で、何か威嚇的なことを言っている。そちらに目を向けると、驚いたことに相手は僧侶だった。だがその表情には荒々しい野獣のようなところがあって、単はそのような生々しい表情の僧侶は見たことがなかった。

「その男は」――眠っている男に目を向けたままイェーシェーが言った――「もし写真を撮ったら、すぐさま灼熱地獄の第二層に落とされるぞと言っています」

単《シャン》がどちらを向いても、この先に恐ろしい苦しみが待っていると警告されるようだった。彼は両のてのひらを上向きにして、何も持っていないことをわからせた。「言ってやってくれ」うんざりしたように彼は言った。「地獄のその部分についてはよく知らないって」

「あの男をからかっちゃいけない」イェーシェーは警告した。「彼が言っているのは、カーラストーラです。体を釘付けにされて、真っ赤に熱くしたのこぎりで体を切り刻まれるのです。ここの僧たちは、とても古くからの教団に属しています。生き残っている者はほんのわずかです。彼らにきけば、カーラストーラは実在するのだと言うでしょう。自分はそこに行ってきたのだと」

単は僧の様子をじっと見て、寒気を覚えた。

イェーシェーが彼の腕をつかんで引っぱった。「いけません。彼を怒らせてはいけない。わたしたちが探している人間が、この酔っぱらいのはずがない。ここを出ましょう」

単はその言葉を無視して、女のところに戻った。

「運勢を占ってあげよう」女はめんどりの鳴くような声で言った。

「占いには興味がないんだ」単は言った。テーブルの上に、彼のてのひらぐらいの大きさの真鍮《しんちゅう》の板が置いてあった。周囲に沿って小さく仏像が彫られている。中心部はぴかぴかに磨いてあった。

「あんたたち中国人は占いが好きじゃないか」

「占いでわかるのは事実だけだ。わたしは、その事実が持つ意味のほうに興味がある」言いながら、単はテーブルのすぐ前まで行った。真鍮板に手をのばした。

イェーシェーがすばやく手を出し、単の手が届く前に彼の手首をつかんだ。

「あんたは占ってやらないよ」女はイェーシェーをたしなめるように見て、言った。ほんとうは単が真鍮板にさわっていればよかったのにと思っているようだった。

「なんだ、あれ？」単は尋ねた。イェーシェーは単の前に立ちはだかった。まるで単には守り手が必要だというふうに。

「ものすごい力がこもっているんだ」女が答えた。「魔法だよ。罠だ」

「なんの罠？」

「死」

「そいつで死人をつかまえるのか？　つまり、幽霊を？」

「死と言っても、そういう意味じゃない」女は謎めいた口調で言い、単の手を押しのけた。

「わからないな」

「あんたらにはわからないさ。あんたらは死を人生の終わりだと思って恐れている。でも、そんなことは大事じゃないんだ」

「つまり、魂を荒廃させる力を吸い寄せるのか？」

女は感心したように、ゆっくりとうなずいた。「正しく集中させればね」そして単をしばらく見つめていたが、鉢から白と黒の小石をひとつかみ取り出し、テーブルの上にばらまいた。それをおごそかに一直線に並べ、よくよく観察してからいくつかを取りのけた。彼女は単を悲しげに見た。「これから一カ月間は、一人で地面を掘らないこと。トルマを供えること。黒犬に出会ったら、お辞儀すること」

「コルダに会いたい」

「あんた、いったい何者だい？」女は言った。

単は考えながら答えた。「今は」彼はささやいた。「自分が何者でないかしかわからない」

女はテーブルをまわりこんできて、単の手をとった。まるで部屋の隅まで一人で行かせると道に迷ってしまうと思っているようだった。先ほどの僧がまた行く手をふさごうとしたが、女がひとにらみすると動きを止めた。そして戸口に引きさがり、外のほうを向いて、どっかりと腰をおろした。イェーシェーも戸口の横に腰をおろした。単のほうを向いて、いつでも単を助けに飛び出せる態勢でいようとしているようだった。

単はテーブルの前の木箱にすわり、老人の様子を観察した。

すると相手がいきなり目を開いた。すぐさま焦点が合った様子で、まるで捕食動物が目をさましたときのようだった。

単は一瞬、偶像の顔をのぞきこんでいるような気がした。顔の傷ついた側の目は、超自然のもののような強い光をたたえて単を見つめていた。眼球はなくなっていて、鮮やかな赤のガラス玉が代わりにはめこまれていた。右の、生身の目のほうも、もはや人間の目のようではなかった。そちらも宝石のように輝いていて、目の奥から光を発しているかと思われた。

「チュージェー・リンポチェに、あなたと話すといいと言われて」

片目が一瞬頭の内側を向いて、記憶を探っているように見えた。「チュージェーがまだ茶色の袈裟を着た、見習い僧のラプチュンだった頃から知っている」しばらくしてコルダは言った。その声は岩を砂利がこすっているようだった。「彼の寺は何年も前に取りあげられてしまったはずだ。今はどこで修行しているのだ？」

「四〇四労改《ラオカイ》部隊」

コルダはゆっくりとうなずいた。「やつらが寺を襲うところを見たことがある」コルダの顔の右側がゆがんで、ぞっとするような笑顔になった。「どういうことか、わかるか？」魔術師は言った。「完全に消滅させてしまうのだ。石を一つ一つ運び去るのだ。存在を抹消してしまう。土台は地中に埋める。再開発とやつらは言っている。石材を運んでいって、兵舎を建てるのだ。もし十分な大きさの穴を掘ることができたら、やつらはチベット全体を埋めてしまうだろうよ」コルダは単を見つめた。いや、違う。彼は単の背後の一点を見つめていた。まるで単の頭蓋骨越しにものが見えるようだった。一瞬後、そのまぶたが閉じた。

「死人にさわった」単は言った。

ゆっくりと左のまぶたが開いた。赤い宝玉が彼を見つめた。「ありふれた罪だ。山羊を身受けしなさい」コルダは影のような声で言った。かすれていて、遠くから聞こえるようで、あえぐ息の音がいっしょになっていた。

それは遊牧民の間で一般的な贖罪の方法だった。群れの中の山羊を一頭買い取り、料理されないようにしてやるのだ。「わたしが暮らしているところには山羊はいない」

またかすかな笑みが浮かんで、ほおがゆがんだ。「ヤクを身受けするほうが、もっとずっといいぞ」

「殺した者が、これを身につけていた」

魔術師の顔がこわばった。見えるほうの目が開き、単《シャン》が差し出す円盤に釘付けになった。単の手から取りあげ、目に近づけた。

「ひとたび目覚めたら」なるほどというようにうなずいて、コルダは言った。「じっとしていてはくれない。あのすべてを見たら、もう休むことはないであろう」

「すべてを？　つまり殺人事件を？」

「一九五九年のことよ」単の背後から、女が棘《とげ》のある声で言った。中国が侵入してきた年だ。

「タムディンに会いたい」

「おまえのような者は」コルダは言った。「おまえのような者は、会うことはできない」

「でも、どうしても会わなければならない」

コルダの顔の半分がひきつって、恐ろしげな笑顔になった。「結果に責任を持つのか？」

「結果には自分で責任を持つ」単は言った。言いながら、唇がふるえるのを感じた。

「手を」かすれた声でコルダが言った。「おまえの手を見せろ」

単がてのひらを上にして両手をテーブルに置くと、コルダは身を乗りだして左右両方を長い時間じっと見ていた。そして目をあげて、単と視線を合わせた。そうしながら、彼は単の両手を合わさせ、その間に数珠を置いた。

数珠は氷のように冷たかった。手がしびれそうだった。象牙でできていて、珠の一つ一つが頭蓋骨の形に精巧に刻まれている。

「わしの言うとおりにくり返せ」コルダが言った。その声には新たな響きが加わっていた。骨も凍るような冷酷な命令口調に、単は思わず相手の目を見つめた。「数珠を握って、わしを見ろ。そして、わしについて唱えるんだ。オン！　パドメテクリドフームパット！」彼は叫んだ。

単は言われたとおりにした。

背後でイェーシェーが息を呑んだ。女がカラスの鳴くような声をあげた。笑ったのだろうか？　それとも恐怖の叫びか？

二人はその奇妙なマントラを少なくとも二十回くり返した。そして気がつくとコルダは唱えるのをやめていて、単一人が続けていた。何やら解放感を感じ、次に強烈な冷気が全身を包み、周囲がさらに暗くなったようだった。どんどん早口になっていき、まるで何ものかが彼の声を支配しているようだった。突然、頭の内部から発したような閃光がひらめき、コルダが大声で吠えた。激しい苦痛の叫びだった。

単の全身がふるえた。数珠がその手から落ち、部屋の様子がまたはっきりと見えてきた。ふるえは治まったが、手は依然として氷のように冷たかった。

激しく体を動かしたかのように、コルダは息を弾ませていた。油断なく周囲を見まわし、特に部屋の暗い隅に目を配っていて、まるで何かが飛び出してくるのを予期しているかのようだ。腕をのばし、曲がった指で単の胸を突いた。「まだ生きてるか?」かすれた声で彼は言った。「まだ同じ自分か、中国人?」数珠を取り返し、単のてのひらをもう一度検分した。

単《シャン》は必死で考えた。「どうしたらタムディンをみつけられる?」彼は尋ねた。

「タムディンの道をたどるのだ。もうそんなに遠くはない」ねじれた笑顔を見せて、魔術師は言った。「おまえにそれだけの勇気があればな。タムディンの道は、向こう見ずな者の道だ。ときには向こう見ずな者だけが真実に至ることができるのだ」

「もし——」単の口は乾ききっていた。「もし誰かがタムディンの怒りをかったら? どうしたらいい?」

「守護魔神の怒りをかったら? その者の存在は無に帰すると覚悟することだ」

「いや、そうじゃない。真の信仰をいだくものが、タムディンの名において、タムディンになりすまして、あることをしたんだ。たぶんタムディンの顔を借りたのだと思う」

「徳を有する者のためには、ゆるしを願う呪文がある。娘には効力があるかもしれない」

「タムディンのゆるしを乞うた娘がいるのか?」

コルダは何も答えなかった。

「わたしにも効力があるだろうか?」単にはわかっていた。もし信仰を持たない者がタムディンの衣装を使ったのなら、ゆるしを乞うことはしないだろう。だが、信仰を持たない者がタムディンの衣装を使おうと考えるはずがない。仏教僧をだまそうとするなら別だが。それでも、ゆるしを得たいなどとは思わないにちがいない。単はため息をついた。彼はあっさり無に帰することができたらと思った。

コルダは魔術師の帽子を取りあげ、頭に載せた。それが合図だったかのように、女が半紙と筆と墨を運んできた。コルダは筆を手に取り、紙に書きはじめた。大きなチベット文字をいくつか書いたが、そこで右目を閉じ、紅玉をはめたほうの目の前に紙をかざした。そして悲しげに首をふると、紙をこまかく引き裂き、床に捨てた。「これではおまえには効かない」不満げにつぶやくと、彼はこの世の者とも思えぬ目つきで単を見つめた。「おまえにはもっとずっと強力なものが必要だ」まだ数珠をにぎったままだった魔術師の手がふるえだした。

「何が見える？」気がつくと単は言っていた。自分の声が遠くから聞こえるような気がした。彼は指をもみ合わせた。頭蓋骨の数珠に触れた部分は、まだ氷のように冷たく感じられた。「おまえのような人間にはこれまでにも会ったことがある。磁石のようなやつだ。いや、そうではない。避雷針のような人間だ。気をつけないと、おまえの魂はおまえの肉体よりもずっと早くぼろぼろになってしまうぞ」

今ではコルダの手はぶるぶるふるえていた。その手が動きだした。コルダはそれに抵抗して、抑えようとしているようだったが、無駄だった。その手がさっと前に出て、単のポケットをつかんだ。骨張った二本の指が、中から紙片を取り出した。チュージェーがくれた護符だった。ふるえる指がそれを広げたが、突然熱いものに触れたかのように取り落とした。

老人は護符をじっと見て、うやうやしくうなずいた。「このチュージェーは、おまえをよほど大切に思っているようだな、中国人。このようなものを与えるとは」彼はおごそかに言った。そして喉元からしゃがれた笑い声をもらした。「どうしておまえが死なずにすんだのか、これでわかった」息を弾ませながら、彼は言った。「だが、これでおまえのしたことが変えられるわけではない」自分をつかんでいた強い力から解放されたかのように、深いため息をつくと、手の中の頭蓋骨の数珠をじっと見た。興味津々という表情がその顔に浮かんだ。それがどのようにそこに現われ、それがなぜなのかが、わからないようだった。

「わたしのしたこと？　頭蓋骨の数珠を持って、マントラを唱えたこと？」単は尋ねた。しかしコルダの耳には入っていないようだった。女が単の袖をそっと引いた。「呼び出したの」嚙みしめた歯の間から女は言い、彼を戸口から外に押し出した。「あんたは魔神を呼び出したんだよ」


迷路のような市場《いちば》を抜けて戻っていく彼らの前に、子山羊を満載した二輪車が通りかかった。引いているのは、二人の老女だった。二人がつまずき、二輪車が仰向けになり、積み荷を馮《フエン》軍曹の上にまともにぶちまけた。うるさく鳴き声を立てる動物にからみつかれて、馮は倒れた。通路は大混乱におちいった。商人たちは自分の商品に山羊が近づかないようにと怒号を発した。羊飼いたちが手を貸そうと駆け寄ったが、混乱は増すばかりだった。

羊飼い独特の羊毛のベストと帽子を身につけた男が三人、単《シャン》の横に現われた。男たちは単とイェーシェーを二メートル先の戸口に押しこんだ。一人が彼らに背を向けて立ち、馮の視線をさえぎった。彼は子山羊を追いまわす羊飼いたちをけしかけはじめた。

「おまえたち、スンポをつかまえているだろう」突然男たちの一人が言った。帽子をうしろにずらすと、見慣れた髪型が現われた。その顔には長い傷跡がいくつもあった。

「袈裟を身につけないのは、僧院の決まりに反するのではないか？」単は言った。

男は彼をいらだたしげに見た。「僧籍に就く許可も得られないときには、こまかいことまで気にしていられないのだ」上の空のような調子で男は言った。彼はイェーシェーの様子を観察していた。「どこの寺の者だ？」彼は詰問調で尋ねた。

イェーシェーは相手を押しのけようとした。彼の横にいた男が、それに応じて彼の肩をひねった。そうされて、イェーシェーは息ができなくなったようだった。体を二つに折って、あえいでいる。古来の武術の技が、つぼをとらえたのだった。

「どこの教団の——」単は言いかけたが、そこで男の顔の傷の様子に気づいた。公安局の兵士が持つ警棒で殴られた跡だった。その警棒で思い切り殴られると、皮膚に深い溝状の傷がつくのだ。ときには警棒に紙ヤスリを貼りつけている兵士もいた。

男の仲間がイェーシェーの腕をとった。

「プルバだ！」イェーシェーが警告を発した。

「おまえはチュージェー・リンポチェの庇護下にあるスンマーだという噂がある」顔に傷のある男が言った。スンマーはチベット語で、戦時捕虜を意味した。チュージェーはけっして使わない言葉だった。「譚(クン)大佐の庇護下にあるという噂もある。その両方であることは不可能だ。おまえは危険なゲームをしているぞ」男は黙って単《シャン》の腕を取り、シャツの袖口のボタンをはずすと、袖をまくりあげた。そして入れ墨の周囲を指で押した。スパイを見きわめるために刑務所内で行なわれるテストだった。したばかりの入れ墨だと、まだ皮下出血しているために、押しても色が薄くならないのだ。

男が仲間に向かってうなずくと、イェーシェーの腕をつかんでいた男は力をゆるめた。

「五人のうちのさらにもう一人が処刑されたら、いったい何が起こるか、考えてみたことがあるか？」男の袖口から、別の服がのぞいていた。ちゃんと袈裟を着ているのだ、単は思った。その上に羊飼いの服を着ているのだった。

なぜか単はその男に腹が立った。「殺人は重罪だ」

「チベットで何が重罪とされるかは、おれたちはよく知っている」プルバの僧は言い返した。

「おれの叔父は、おまえらの主席の言葉を書いた紙を便器に捨てて、死刑になった。兄貴は集団墓地で弔いの儀式をして死刑になった」

「それは過去の話だろう」

「だからもういいと言うのか？」

「とんでもない」単は言った。「しかし、わたしときみに、それがどう関わってくるんだ？」

プルバの僧は単をにらみつけた。「やつらはおれのラマを殺した」彼は言った。

「やつらはわたしの父を殺した」単は激しく言い返した。

「しかし、おまえはスンポを殺人罪で告発しようとしているだろう」

「ちがう。捜査をして報告書を提出しようとしているだけだ」

「なぜだ？」

「わたしは労改の囚人だ。強制労働として、この仕事を与えられたんだ」

「なぜやつらが囚人を使うんだ？　そんなわけのわからないことを」

「四〇四部隊に入れられる前には、別の仕事をしていたからだ。北京で捜査官をしていたんだ。それで譚がわたしに目をつけた。なぜ彼が検察局とは別個に捜査をしようとしたのか、それはまだわからない」

相手の口調から敵意が薄らいだ。「以前にも暴動があった。この前のときには、強面連中がこの谷にやってきた。大勢殺された。一切公表されなかったが」

単は悲しげにうなずいた。

「またやつらが押しかけてくるらしいと言われていた。ところが今度は五人の迫害を始めた」

「告発だ。どれも殺人事件があったのを受けてのことだった」相手の男の暴力的な性向には嫌悪感をおぼえたが、一方で単はなんとかプルバと協力できる余地はないかと必死になっていた。「殺人犯は罰するべきだ。これだけは認めてもいいだろう。これは仏教徒を迫害しようという計画ではないんだ」

「確かなのか？」

いや、単はそれを思って暗澹たる気持ちになった。確かとは言えない。「とにかく、どの件も発端は殺人事件だった」

「北京から来た人間にしては、妙な言い方をするものだな。あんたらの考え方は知っているぞ。殺人は犯罪じゃない。政治的現象だというんだ」

若い僧の顔を見返した単は、いつになく心が燃えるのを感じた。「何が目的だ？ 警告しようというのか？ 脅して、わたしが無理やりさせられている仕事を放り出すようにしむけたいのか？」

「償いをしてもらわなければならない。おれたちの仲間をあんたが奪ったらな」

「復讐は仏教徒のすることじゃない」

僧が眉をひそめると、固くなった長い傷跡がねじれ、その顔は不気味な仮面のようになった。「おれの国がどんなふうに破壊されてきたか、考えてみろ。平和的共存だと。力よりも徳義を重んじろだと。徳義にはもうなんの力も残っていないんだ。それでは何も達成できない」彼は単のあごをつかみ、顔をそらせないようにしておいて、ゆっくりと自分の顔をまわして見せた。その顔にどれほどの暴力が加えられたかを、単に残らず見せようとした。「この国では、もう一方の頬を向けたら、そちらも同じようにめちゃめちゃにされるんだ」

単はプルバの僧の手を払いのけ、その鬱屈した目を見つめた。「じゃあ、手を貸してくれ。真相を明らかにする以外に、今度のことを終わらせる方法はないんだ」

「誰が検察官を殺そうと、おれたちにはどうでもいいことだ」

「彼らが容疑者を釈放するのは、もっと望ましい容疑者がみつかったときだけだ」

僧は単をじっと見た。まだ疑わしげな様子だ。「チュージェー・リンポチェといっしょに収容されている中国人の囚人がいて、リンポチェのもとで修行しているそうだ。そいつは中国の石と呼ばれている。とても強いからだ。一度もやつらの言いなりになったことがない。そいつはやつらをうまくはめて、ある年寄りを釈放せざるを得なくしてしまったそうだ」

「ローケシュという老人だった」単は自分のことだと認めて言った。「古い歌を歌ってくれたものだよ」

僧はゆっくりとうなずいた。「おれたちに何をしてほしいんだ？」

「そうだな」単はコルダの小屋のほうへ視線をさまよわせた。「突然タムディンのゆるしを願った者がいるらしいのだけれど、それが誰なのか知りたい。若い女だそうだ。それから、バルティという男をみつけたい。カムパ出身の、趙《ジャオ》検察官の運転手だ。殺人のあった夜以来、誰も彼の姿を見ていないんだ」

「おれたちがほんとうに協力すると思っているのか？」

「真相を明らかにするためなら、協力してくれるだろう」

相手は答えなかった。馮《フェン》軍曹の声が聞こえていた。山羊の鳴き声を上まわる大声で、単とイェーシェーを呼んでいる。

「これを――」プルバの僧が身をひるがえして、単の腕に子山羊を抱かせた。偽装工作だ。

単《シャン》とイェーシェーが出ていったとき、馮は呼び子を口に当てようとしていた。単は振り返った。プルバの僧たちの姿はなかった。

車に戻る間、イェーシェーは無言だった。後部席にすわると、彼はヒースの小枝を見つめた。市場で人々が身につけていたのと同じものだ。「女の子がくれました」やるせない口調で彼は言った。「あの人たちのために身につけてくれと言って。誰のことだと尋ねたら、四〇四部隊の人たちのため、彼らの魂のためだという返事でした。魔術師が、彼らは全員殉教すると言ったのだそうです」

8

町から外へ延びる道路の街灯の柱は銀色に塗られていた。疑いもなく、まもなく北京とアメリカからやってくる大事な客たちのためだ。だが強風が吹きすさんで、作業員がペンキを塗るそばから砂がこびりついて、柱は前以上にみすぼらしい姿になった。彼らの社会のもっとも重要な教訓を実現する能力を有するプロレタリアートを、単《シャン》はうらやましく思った。つまり、労働の目的は成果をあげることではない、決まりどおりに働くことなのだ。

公衆電話のある売店の建物も、ペンキを塗り直してあった。しかし馮《フェン》軍曹は故障していない電話機を一台もみつけることができなかった。彼は電話線をたどっていって、町はずれの汚らしい喫茶店に行き着き、そこの電話を徴用した。

「誰も止めだてはしないよ」頭蓋骨の洞窟を調べたいと単が言うと、譚《タン》大佐は答えた。「死体の頭部が発見された日に、あそこは封鎖した。なぜもっと早く調べなかったんだ？　まさか人間の骨が怖いわけじゃあるまい」

谷からそれて、砂利の散らばる低い丘のすそを登っていくと、イェーシェーはいつも以上に落ち着きをなくしていくようだった。「あんなことはすべきじゃなかった」彼は言った。

「関わりになるべきじゃなかったんです」

単は座席の上でうしろを向いた。龍の爪の巨大な山塊に向かう車の中で、イェーシェーはそわそわと地平線に視線をさまよわせていた。大きな積雲が、コバルト色の空を背景にまぶしい白に輝き、遠くの峰々にかかっていた。

「関わりになるって、何に？」

「あなたがしたことを言っているんです。頭蓋骨のマントラですよ。あなたには魔神を呼び出す権利なんかないのに」

「じゃあ、わたしが魔神を呼び出したと、ほんとうに信じているのか？」

「いいえ。ただ、あの人たちが……」イェーシェーの言葉は立ち消えになった。

「あの人たち？　きみの仲間のことか？」

イェーシェーは眉をひそめた。「異界のものを呼び出すのは危険なことです。むかしの仏教徒にとっては、言葉がもっとも危険な武器だったんです」

「わたしが魔神を呼び出したと信じているのか？」単はくり返し言った。

イェーシェーは一瞬単をにらみつけてから、目をそらした。「そんな単純なことじゃないんです。あなたの言ったことが噂になって広まるでしょう。魔神が呼び出した者にとり憑《つ》いたと言う者も出てくるでしょうし、もう一度その力を発揮するようにと魔神が呼び出されたのだという者もいるでしょう。コルダの言ったとおりです。魔神の名が出ると、そのあとには向こう見ずなふるまいが続くのです」

「魔神はもう眠りからさめていたのだと思ったけれど」

イェーシェーはつらそうに自分の手を見つめた。「ぼくたちの守護魔神は、自己達成的になる傾向があるのです」

単はつくづくと相手を見た。こんなふうに、僧侶のようなことを言っていたかと思うと、次の瞬間には党の小役人みたいになる男を、彼は見たことがなかった。「どういう意味だ?」

「わかりません。いろんなことが起こるでしょう。口実になるんです」

「なんの? 真実を語るための?」

イェーシェーは身をすくめ、窓の外に視線を戻した。

魔術師の言った中に、筋の通ったことが一つだけあった。タムディンの道をたどれということだ。タムディンの姿をした殺人者は、四〇四部隊の作業現場から、頭蓋骨の洞窟に行った。単もその同じ道をたどって、死んだラマたちを祀《まつ》った恐ろしくも神聖な場所に行かなければならない。

洞窟への道の分岐点に、軍用トラックが一台駐《と》められ、退屈そうな様子の兵士が二人、見張りに立っていた。譚の命令で、捜査が行なわれている間は財宝の搬出計画が中断されており、彼らは立ち入る者がないようにとそこに配置されているのだった。突然車が現われたので兵士は緊張し、ライフルをつかんだが、運転席の馮を見ると、ほっとした様子になった。

小さな谷間に車を進めると、あたりは異様に静まりかえっていた。頭上では雲が勢いよく流れていたが、木が一本だけ立っている小さな高台に出ると、小枝をゆらすだけの風も吹いていなかった。奇妙な不安感を覚えながら、単は車を降りた。物音も一切しなかった。色彩も岩と小屋の茶色と灰色だけで、例外はただ新しく立てられた看板の鮮やかな赤の文字だけだった。〝危険〟と書かれていた。〝国土資源部の命令により立ち入りを禁ずる〟と。

イェーシェーは落ち着かない様子で単を見ていたが、洞窟の入口に向かう彼のあとについてきた。懐中電灯を点検している二人から距離を置いて、馮はワゴン車のタイヤを子細に見ていた。急にタイヤを調べる必要が生じたとでも言いたそうな態度だった。

二人は無言で入口のトンネルに入った。一歩ごとにイェーシェーは単から遅れていった。

「よくないです――」大きな空洞の入口に立つ単のそばまで来ると、イェーシェーは言いかけた。懐中電灯の薄暗い、揺れ動く光に照らされて、壁の巨大な像たちは踊っているように見えた。そして二人を怒りに燃えた目でにらみつけているように。

「よくないって、何が？」

「この場所は――」イェーシェーは煩悶していた。しかし、その原因は単にはわからなかった。誰かに単を阻止するように言われたのだろうか？　この仕事から逃げ出そうと決心したのだろうか？

魔神と仏の像が、イェーシェーに話しかけているように思われた。彼は像のほうに顔を傾け、暗い表情を浮かべていた。だが、像を恐れているのでも、単に恨みをいだいているのでもなかった。それは苦痛の表情だった。「ぼくたちはここに入ってはいけません」彼は言った。「ここはもっとも神聖な者たちだけが入れる場所です」

「宗教的な理由で、これ以上仕事を続けるのは拒否したいというのか？」

「いいえ」強い調子のイェーシェーの返答は、かえって弁解しているように聞こえた。彼は洞窟の床に目を落とし、壁の絵を見ることを拒んでいた。「ぼくが言いたいのは、これは宗教的少数集団にのみ意味のあるものだということです」彼は顔をあげたが、単と目を合わせようとはしなかった。「宗教事務局には専門家がいます。文化的遺物の評価に関しては、彼らのほうがずっと高い能力を持っています」

「変だな。修行を積んだ僧侶のほうが、もっとよくわかると思っていたけれど」

イェーシェーは顔をそむけた。

「どうやら怖いらしいな」単はその背中に向かって言った。「チベット人であることを指摘されるのが怖いのだろう」

イェーシェーの喉元から笑い声に似た音がもれたが、単に向き直った彼の目は笑っていなかった。

「きみは誰なんだ？」単は詰め寄った。「自分と同じような十億の国民の中に埋没したいと思っている、国家に忠実な中国人か？　それとも、ここにいては命の危険があると悟ったチベット人か？　一人の命じゃない。おおぜいの命だ。しかし、彼らの命を救えるかもしれないのは、われわれだけなんだぞ。わたしときみの二人だけ」

何かを問いかけようというふうにイェーシェーは顔をあげたが、そこでぴたりと動きを止めた。彼が見つめるほうに、単《シャン》は目を向けた。空洞の反対側に光が見えた。そして興奮して大声で話す声が聞こえた。

二人はすばやく懐中電灯を消し、トンネルに後退した。洞窟は譚《タン》が立入禁止にしたはずだ。ほかに誰も立ち入りを許可されていない。外にはほかに車はなかった。そこにいるのが誰にせよ、つかまったときのことを考えると実に大きな危険を冒していることになる。

「プルバだ」イェーシェーがささやいた。「出ましょう。急いで」

「でも、市場《いちば》で別れてきたばかりじゃないか」

「いいえ。あちこちに仲間がいるのです。とても危険な連中です。北京から通達が来ています。彼らのことは、市民として報告する義務があります」

「彼らのことを報告するためには、わたしがそばにいては具合が悪いのか？」単は尋ねた。

「どういう意味です？」

「市場でプルバと会ったあと、馮《フェン》軍曹と合流したのに、彼には何も報告しなかったじゃないか」

「彼らは無法者です」

「彼らは僧侶だ。きみは彼らのことを報告するつもりなのか？」単はくり返し尋ねた。

「彼らと協力していることがわかったら、共謀罪に問われます」つらそうに、イェーシェーは言った。「労改《ラオカイ》で少なくとも五年の刑です」

闖入者は頭蓋骨の安置してある空洞ではなく、奥の壁の中央の小さなくぼみにいることに、単は気づいた。彼はイェーシェーを押し出すようにして、大きな空洞の壁に沿って進んでいった。突然、相手との距離が十メートルを切ったところで、ストロボの閃光が走った。

カメラのストロボは、彼らの背後の壁画に向けたものだったが、単の顔をまともに照らし、彼は一瞬目が見えなくなった。甲高い悲鳴が響き渡ったが、すぐに治まった。「くそっ」別の誰かがうなるように言った。

またストロボがたかれるのに備えて目を手でおおって、単は懐中電灯のスイッチを入れた。レベッカ・ファウラーが、足で蹴られたかのように胸元を押さえて、呆然と彼らを見つめていた。

「なんだ、きみたちか」カメラを持った男が言った。「てっきり幽霊だと思ったよ」タイラー・キンケイドは、ことさらに短い笑い声を立て、単たちの背後に強力な懐中電灯の光を向けた。「きみたちだけか？」

「外に兵隊がいる」イェーシェーがいきなり言った。警告しているようだった。

「馮《フェン》軍曹が外にいる」単が訂正した。

「つまり中にはわれわれだけか」キンケイドは言い、もう一枚写真を撮った。「真夜中の泥棒同士ってところかな」

「泥棒？」

「おかしいじゃないか——つまり、きみたち、明かりもつけずにこそこそしていて。お上のお許しがあって来ているという感じじゃないぜ」

「そちらこそ。尋ねられたら、どう答えたらいいのでしょうね。この洞窟が、あなたの事業とどういう関係があるのですか、ミス・ファウラー?」

キンケイドの言うことを聞いて、彼女は自信を取り戻したようだった。「言ったでしょ。国連の古代遺物委員会よ。尋ねられたらって、誰に尋ねられるというの?」彼女は首をかしげた。「それに、あなたたちは何しに来たの?」

単はその質問を無視した。「ミスター・キンケイドは?」

「わたしが頼んで来てもらったのよ。写真を撮るのに」

アメリカ人のオフィスにあったチベットの写真を、単は思い出した。

「どこまで見たんです?」

「これよ」畏怖の表情を浮かべて、レベッカ・ファウラーは周囲を指し示した。「それと、記録類をみつけた」

「記録?」

彼女は単を壁のくぼみに案内した。キャンバス地で正面が一部おおわれている。箱の上に板を置いた急ごしらえのテーブルがいくつかあった。一つのテーブルには書類の入った紙箱がいくつも載っている。もう一つには、空のビール瓶と、吸い殻があふれ出した灰皿があった。三番目の、もっとずっときれいなテーブルには、布がかけられ、フロッピーディスクが入った箱と、ノート型コンピューターを持ち運ぶためのケースと、開いた帳簿が載っていた。

単とファウラーが帳簿に目を通している間、キンケイドは写真を撮りつづけた。一カ月前の日付から始まる記録には、祭壇と聖骨箱、灯明台と仏像を持ち出したことが書き記されていた。それぞれの大きさ、重さ、材質が詳細に書かれている。

「なんと書いてあるの？」中国語を学ぶのに、会話だけで文字はおぼえない外国人は珍しくない。

単は一瞬ためらったが、すぐに内容を要約して説明した。

「書物については？」タイラー・キンケイドが尋ねた。「古い写本。ジャンセンの話だと、たいていいい状態で発見されるそうだけど。保存が容易な材質なんだそうで」

帳簿の一ページに、二百点の写本を持ち出したことが記録されていた。「わからない」単は答えた。発見された写本がどうなったのか、単は知っていた。一度四〇四部隊にダンプカーが数百巻の教典を運んできたことがあった。囚人たちは銃を突きつけられて、教典を引きちぎった。それを大釜で煮て、石灰と混ぜて、看守用の新しい便所のための漆喰《しっくい》を作ったのだ。

「最初のページは、どう？」ファウラーが尋ねた。

「最初のページ？」

「誰がこれを書いたの？　責任者は？」

単はページを戻した。「国土資源部と書いてある。胡《フー》局長の命令で」

ファウラーが手を出して、ページを押さえ、キンケイドに写真を撮るように言った。「野蛮人が」彼女は小声で言った。「趙《ジャオ》が止めようとしたのも当然だわ」

もしかして、ファウラーが洞窟に来たのは、遺物のためではなく、自分の仕事の操業許可に関係あることでなのだろうかと、単は思った。

キンケイドはカメラのレンズを交換し、帳簿を撮影しはじめたが、その手を止めて、細部を問いただした。「祭壇を持ち出したと言ったね。どこにそれが書いてある？」

単はその箇所を示した。

キンケイドはそのページの右端の欄に指を当てた。「これは？」

「重さと大きさ」単は説明した。

「百五十キロと書いてあるんだね」アメリカ人はうなずいた。「でも、ほら、こっちにもっと重い物がある。二百キロだって」

「仏像だ」

「まさか」その行のデータを見て、キンケイドは言った。「だって、高さはわずか一メートルだよ」

単はその項目をもう一度読んだ。アメリカ人の言うとおりだった。

イェーシェーが、二人の肩越しにのぞきこんで、説明した。「こういう寺院では」かすれがちの声で、彼は言った。「祭壇に祀《まつ》る仏像は、しばしば純金の塊でできているのです」

キンケイドは口笛を吹いた。「すごい！　何百万もの値打ちじゃないか」

「値段などつけられないわ」ファウラーが言った。彼女の目も興奮に輝いていた。「しかるべき博物館に――」

「それはないと思う」単が口をはさんだ。

「そうね。その仏像、どれくらい珍しいものだったか、見当がつく？　大発見だったのか。今年最大の発見だとか」

「わかりっこないでしょう」単はゆっくりと首をふった。アメリカ人の熱意を、彼はほとんど腹立たしく感じた。いや、熱意ではない。彼らの無知をだ。

「どうして？」ファウラーが尋ねた。

　答える代わりに、単は懐中電灯であたりを照らした。思っていたとおりのものが、別のテーブルの下にあった。ハンマーとのみが積み重ねてある。「二百キロの金の塊は、そのままでは運ぶのがたいへんだ」彼はのみの一本を拾いあげ、その刃にこびりついているきらきら光る金属の破片をアメリカ人に見せた。

　レベッカ・ファウラーはのみをつかみ、じっと見つめた。それから壁に向かってほうり投げた。「野蛮人！」彼女は叫んだ。怒り狂って、彼女はフロッピーディスクを数枚わしづかみにし、ポケットに突っ込んだ。単の目を見つめたまま、止めるなら止めてみろという表情だった。

　キンケイドは賛嘆の念もあらわに、彼女を見ていたが、また写真を撮りはじめた。イェーシェーは帳簿のページをめくっていたが、最後のほうにはさまっていた一枚の紙のところで手を止めた。興奮した様子で顔をあげ、単にその紙をわたした。「発見物の一覧表です」アメリカ人にきかれるのを恐れるかのように、彼は声をひそめて言った。「宗教事務局の」

「何も書きこんでないじゃないか」

「そうです」イェーシェーは言った。「でも、見てください。寺の名と、日付と、発見された物と、それをどこに送ったかを書きこむようになっています。宗教事務局がこういう記録をつけているのなら、どの寺にタムディンの衣装があったかがわかるでしょう」

「もしそうなら、そしていつそれが発見されて、今どこにあるかがわかれば」単《シャン》はうなずいた。単の声も興奮した響きをおびてきた。

「そうですよ」

単は書類を折りたたんでポケットにしまおうとしたが、そこで手を止めて、イェーシェーにわたした。受け取ってシャツのポケットに書類をしまうイェーシェーの顔に、はじめて満足の表情らしいものが浮かんだ。

単はゆっくりと壁のくぼみから出て、ほかの三人を壁画のある空洞に残し、譚《タン》大佐に連れていかれたトンネルに入っていった。懐中電灯の光が最初の頭蓋骨の列の直前に達したところで、彼は立ち止まり、ほかのものたちに心の準備をさせるには、なんと説明したらいいだろうと考えた。しかし何も思いつかないまま、強いて歩みを進めた。

死者でさえ、チベットではほかの世界と異なっている。集団墓地なら、文化大革命後の故国で見たことがあった。しかしそこでは死者は神聖なものとは思えなかった。賢いものとも、完全なものとさえ。彼らはたんに使用済みのものという気がした。

聖域を進んでいくうちに、気がつくと彼はあえいでいた。足を止め、ずらりと並ぶ空洞の

単に押しつけた数珠の珠のように見えた。はてしなく続く頭蓋骨の列は、眼窩《がんか》を見た。そのすべてが彼を見つめているようだった。はてしなく続く頭蓋骨の列は、単がタムディンを呼び出す前に、コルダが彼の手に押しつけた数珠の珠のように見えた。ぎくりとして、それらの頭蓋骨は目撃者なのだと悟った。趙《ジャオ》検察官の頭を持ったタムディンがここに来て、頭蓋骨はそのすべてを見たのだ。頭蓋骨は知っている。

背後で人がおののくのが感じられた。三人がトンネルをみつけたのだ。ファウラーのうめき声がする。キンケイドは大きな声でののしっていた。イェーシェーの口からはすすり泣きのような声がもれていた。単は奥歯をかみしめ、趙の頭が置いてあった棚のところに行った。現場のスケッチをしようとしたが、途中でやめた。手がふるえて無理だった。

「何がみつかると思っているのです？」肩のうしろからイェーシェーが不安そうな声で尋ねた。彼は単に背を向けて立っていて、いつ何時不意打ちをくらうかわからないと思っているようだった。「ここはぼくたちのいるべき場所ではありません」

「殺人犯は趙の頭を持って、ここに来たんだ。趙の頭を置く場所を作るために動かされた頭蓋骨をみつけたい。なぜこの特定の棚に手をつけたのか？　その頭蓋骨を特に選んで動かす理由があったのか？　その頭蓋骨はどこへ動かされたのか？」最後の疑問に対する答はすでにわかっていると、単には確信に近いものがあった。ほかの頭蓋骨が粉砕されている小屋に投げこまれたのだろう。

イェーシェーは聞いていないようだった。「お願いです」懇願するように彼は言った。「もう行きましょう」

近づいてきたアメリカ人二人は、チベットの歴史の話をしていた。「キンケイドの考えでは、ここはグル・リンポチェの洞窟だろうって」ファウラーが言った。彼女もささやき声になっていた。

「グル・リンポチェ?」単は尋ねた。

「古代の隠遁僧のうちで、いちばん有名な人物です」イェーシェーが横から言った。「彼はその生涯をチベットじゅうの洞窟で過ごしました。その一つ一つが大きな力のみなぎる場となったのです。ほとんどが何世紀も前に寺院にされました」

「ミスター・キンケイドがそれほど博識とは知りませんでした」単は言った。

「趙は彼らにやめさせようとしていたわ」ファウラーがいきなり言った。声がかすれていた。顔をあげた彼女の頬を、一粒の涙が伝っていた。

「あれは何?」張りつめたささやき声でイェーシェーが言った。「何か聞こえたような気がする」

何かある、単は感じた。音ではない。動きでもない。何かがいるのではない。言い表わしようのない、何か巨大なものが、ファウラーの悲しみがきっかけとなって生じたようだった。単はメモ帳をおろし、三人とともに黙って立っていた。金色に輝く頭蓋骨のうつろな眼窩に見つめられて、その場にすくんでしまったようだった。ここは山の中心ではない。宇宙の中心だ。そして彼らを包む身も凍るほどの静寂は、実は静寂ではなかった。それは悲鳴をあげる直前の、魂を引きちぎるような無言の状態だった。

チュージェーは正しかった。単は突然悟った。タムディンが実際に壁に描かれた恐ろしい姿の怪物なのかどうかを考えても無意味だ。趙を殺したのが誰であれ、なんであれ、それは魔物だ。そのものが趙の首を切断したからではなく、その醜悪な行為の結果を、これほどに完全な場所に持ちこんだからだ。

彼は次第に新たな何かに気づいた。かすかにものがこすれるような音がしていたかと思うと、それが話し声のようになっていった。その音は頭蓋骨のほうからしてくるようだった。レベッカ・ファウラーは、恐怖の色を目に浮かべて、キンケイドのそばに寄った。二人はじっと身動きせずにそこに立って、耳を澄ましていたが、いきなりキンケイドが向きなおって、イェーシェーにカメラを向けた。彼が武器のようにストロボを光らせると、音は止まった。突然単にもわかった。今のはマントラを唱える声が反響していたのだ。イェーシェーの声が。

緊張が解けた。

「よければ手を貸してもらいたいのですが」平静を取り戻すと、単は言った。

ファウラーは、げっそりした顔をあげた。「なんなりと」

「記録が必要です。できたらミスター・キンケイドに全部の棚の写真をとってもらいたい」頭蓋骨は知っている、単はふたたび自分に言い聞かせた。彼らに語らせることができるかもしれない。

キンケイドはゆっくりうなずいた。「一枚に三段の棚が全部おさまるから、残っているフィルムでちょうど撮りきれると思う」

「それぞれの頭蓋骨に添えられている文字も撮ってください。わたしの捜査が終わったら、写真は国連の委員会にわたせるかもしれません」

ファウラーは単に向かって小さくうなずき、感謝の意を表わした。最初の列を撮影するキンケイドを手伝いにイェーシェーがその場を離れても、彼女はそのままあとに残った。単と彼女は、慎重にトンネルを進んでいった。棚が終わり、さらに魔神の姿が壁に描かれていた。

「あなたは強制されて今度の捜査をしているというのはほんとうなの？　囚人だというのは？」いきなりファウラーが言った。

単はそのまま歩きつづけた。「誰から聞きました？」

「誰からも。ただタイラーが、あなたのことは誰も知らないと言ったの。だから、あなたは外部から送りこまれた役人なのだろうと思った。でも、外部から送りこまれた役人なら――なんと言ったらいいのか、もっと敬意をもって扱われるでしょう」彼女は自分の言葉に顔をしかめた。

そんなふうに彼女が当惑していることに、単は心を打たれた。

「タイラーは何か変だと言うの。あの軍曹があなたを見張っている様子とか。あの人は銃を身につけているけれど、ボディガードとは思えない。ボディガードならあなたの先を、まわりを見るわ。でも、あの軍曹はあなただけを見ている」

単は立ち止まり、懐中電灯の光を相手の顔に向けた。「殺人事件の捜査をしていないときには、わたしは道路工事をしています」彼は率直に言った。「強制労働部隊と呼ばれるところでね」

ファウラーは思わず口に手を当てた。「ひどい」彼女はささやき、指の関節をかんだ。「あの恐ろしい刑務所？」彼女は目をそらし、魔神の像を見た。ふたたび口を開いたとき、その目は輝き、濡れていた。「わけがわからないわ。どうしてあなたが——なぜ——」彼女は首を振った。「ごめんなさい。わたし、馬鹿みたいね」

「党の最高首脳の一人が、一度わたしに言ったことがあります。わが国には二種類の人間しかいないと」単は言った。「主人と奴隷。わたしはそうは思いません。あなたにそう思われたら、悲しいことです」

ファウラーは強いてかすかに微笑んだ。「でも、なぜあなたが犯罪捜査を？」

「道路建設作業員に出世する前は、その方面で活動していたのです。北京で捜査官をしてました」

「でも、あなたは譚に反抗したじゃない。見たわよ。彼はあなたにとっては——」

片手をあげて、単は相手を制した。その先は聞きたくなかった。〝看守のボス〟？　それとも〝奴隷の主人〟？　「だからこそでしょう、ああいう態度がとれるのは——今以上に立場が悪くなる心配はないのだから」この手の、半分は真実という程度の話なら、アメリカ人にも納得がいくだろう。

「例の僧侶が趙《ジャオ》を殺した犯人だと立証しようとしないのは、同じ理由なの？」

「できないんですよ。彼は犯人ではないから」

ファウラーは単《シャン》の顔を探るように見た。もしかすると、単は思った。この女性は、今のような大胆な発言を額面どおりに受け取るには中国を知りすぎているのかもしれない。

「では、いったい何がどうなっているの？　あなたは泥棒みたいにこそこそとここを調べてまわっている。李《リー》も捜査にあたっているはずなのに、ここにはいない。譚《タン》は何をあんなに心配しているの？」

確かに彼女は思っていた以上に中国を理解していた。「わたしはわたしで、あなたのことがわかりませんよ、ミス・ファウラー」単は反撃した。「あなたは責任者だと言った。でも、ミスター・キンケイドのお父さんが会社のオーナーだというのでしょう」

アメリカ人女性はおもしろそうな声をあげた。「話せば長い話でね。簡単に言えば、タイラーのお父さんが会社を経営しているからといって、息子と父親が仲良くしてるってことにはならないのよ」

「親子の仲がうまくいっていない？　じゃあ、彼がチベットにいるのは父親に罰せられているのですか？」

「ドロップアウトって、わかる？　タイラーは家族の希望どおりに大学で鉱山学を学んで、いつかは会社を引き継ぐことになっていたの。ところが卒業したあとで、彼はこういう仕事にはいっさい関わらないと宣言したのよ。会社は環境を破壊している、採掘地の人々から搾取していると言ってね。自分の信託財産の数十万ドルをカリフォルニアの牧場に注ぎこんで、そこで二、三年暮らしたのだけれど、父親の会社が開こうとした新しい鉱山に反対する運動をしていた自然保護団体に、その牧場を寄付しちゃったの。ほとぼりが冷めて親子が口をきくようになるのに二、三年かかった。タイラーが会社で働くことに同意するまでに、さらに二、三年。でも、父親はまだ息子を完全に信用してはいなくて、責任者の地位には就けなかったわけ。とは言っても、今では話はしている。タイラーは真剣に新しい人生を切り開こうと考えているし。彼はすごく腕のいい技師なの。いずれは社長になるでしょう。つまりアメリカ有数の金持ちにね」

「あなたは？　あなただって、そんなに責任の重い地位に就くには、ずいぶん若いと思うけれど」

「若い？」ファウラーはゆっくりと首を振り、ため息をついた。「もう長いこと、自分が若いという感覚は味わっていないわ」彼女はそこで立ち止まり、前方に目を向けた。トンネルの先に別の空洞が開けていた。「わたしはタイラーと正反対だと思ってちょうだい。子供の頃は二セントのお金も持ったことがなかった。せっせと働いて、貯金して、奨学金を獲得した。ここまで来るのに、十年間必死で働いたわ」

「チベットに来たのは自分の選択？」

彼女は肩をすくめ、歩きはじめた。「思っていたのとはちがっていたけれど」

そこの壁画はチベットの絵地図だった。山や宮殿や寺院が描かれている。奥の床に骨の破片が散らばり、十個の頭蓋骨が三角形に並べてあった。そこから五メートル離れたところにも、ブーツの足跡とタバコの吸い殻に囲まれて、頭蓋骨が一列に並べてあった。兵士たちがボウリングを楽しんだのだ。

ファウラーが頭蓋骨を一つ拾いあげ、うやうやしく両てのひらで捧げ持った。そしてほかの頭蓋骨も集めて、もとの棚に戻そうとした。単《シャン》が彼女の腕に触れた。「いけない」彼は言った。「あなたたちがここに来たことを、軍の連中に知られてしまう」

彼女は黙ってうなずき、頭蓋骨を下に置いた。そして悲痛な表情で、今来たトンネルを戻っていった。いちばん大きな空洞で待っていたイェーシェーとキンケイドに合流し、四人は足早に出口に向かった。出口に近づくまで、誰も何も言わなかった。

「十五分待って」単は言った。「それから、入ったのと同じところを通って出ていってください」なぜ秘密の通路を彼らが知っているのか、単は尋ねなかった。「あとで写真を受け取りに――」

ファウラーが大きくあえぎ、単は口を閉じた。入口に人影が立っていた。外の明るい日の光に、スポットライトのように照らされている。

「あいつよ！」ファウラーがしゃがれたささやき声で言った。そのまま彼女とキンケイドは暗がりに後退した。しかし単には説明の要はなかった。入口の男は、国土資源部の胡《フー》にちがいなかった。

単は光の中に進み出た。

「同志捜査官！」背の低い、小太りの男が呼びかけた。「ああ、よかった！　まだここにいてくれるといいと思っていたんだ」大きな顔の上の小さな黒い目は、昆虫のように見えた。

「会ったことはないと思いますが」単はゆっくりと言いながら、周囲を観察した。

「ああ、ないよ。だが、わたしはこうしてきみの手伝いにきたんだ。そしてきみはここで、わたしのために一生懸命働いてくれている」彼は気取った手つきで単に名刺をわたした。プラスチック製の名刺だった。国土資源部ラドゥン州鉱山局長、胡要紅《フー・ヤオホン》。赤くありたい胡。

彼らの車の隣に、赤い車が駐めてあった。突然単は思い出した。同じ車が、趙《ジャオ》の死体がみつかった日に、作業現場の近くにいた。単はその車を子細に観察した。イギリス製のランドローバーだった。ラドゥンで今までに見たうちで、もっとも高価な車だ。

「手伝いに？」単は尋ねた。

「それと、保安上の点検に」

馮《フェン》軍曹と話をしている男がいた。胡《フー》が言っているのは洞窟の入口の警備のことではないと気づいて、単ははらわたが縮む思いを味わった。二人めの男は四〇四部隊にいた陳《チエン》中尉だった。中尉は単を無表情な目で見た。店の主が在庫を確認しているような目つきだ。

胡局長が洞窟のほうへ一歩進むと、単がその前に立った。「実はお尋ねしたいことがあります」

「わたしの洞窟で話そう。見せたいものがあるし——」

「いいえ」単は食いさがった。胡はアメリカ人たちを見ただろうか？　キンケイドが出てきて写真を撮ろうとするのではないかと、彼は半ば本気で心配した。「すみません。できれば、あそこへはもう」彼は胃に手を当て、吐き気をこらえているような顔をした。「どうも気味が悪くて」

「怖いのか？」鉱山局長はおもしろそうに言った。太い金の指輪をしている。地質学者にしては、とてつもなく贅沢《ぜいたく》な格好だ。「じゃあ、車の中で話そうか？　イギリス製の車だ」

「町へ戻らなければならないのです。譚大佐のところへ」

「それはいい！　わたしが車で送ってあげよう。わたしが発見した証拠のことを説明しておかなければならないし」彼が声をかけると、陳が車のキーを投げてよこした。そして胡に、馮とイェーシェーといっしょにあとから来るようにと言われて、うなずいた。

「証拠？」単は尋ねた。

胡は聞いていないようだった。幹線道路に出るまで、二人とも何も言わなかった。胡の運転は乱暴だった。ラフな道路と、車が跳ねるたびに単がダッシュボードにしがみつく様子を楽しんでいるようだ。カーブにさしかかると加速して、後輪が土の上をスリップすると笑い声を立てた。

「文明とは」胡局長はいきなり言った。「変化の過程だよ。概念ではない」

「証拠と言いましたね」わけがわからず、単は言った。

「まさしく。たんに過程でもない。弁証法的発展だ。戦争だよ。わたしの父は新疆に駐在していた。イスラム教徒の居住する地域にね。むかしは彼らは今の仏教徒よりもっとたちが悪かった。爆弾テロや、機関銃による襲撃が相次いで起きた。優秀な政府の職員が大勢犠牲になったよ。文明のダイナミズムだ。新しいもの対古いもの。科学対神話」

「中国人対チベット人ということですか？」

「まさしく。それが進歩にほかならない。新しい農業技術。大学。現代医学。医学の進歩は闘争の歴史だったとは思わないか？　民間信仰や魔法使いとの戦いだ。むかしはここで生まれる赤ん坊の半数が死んでいた。今は生まれてすぐ死ぬ赤ん坊はいない。そのためなら、戦う価値があると思わないか？」

たぶんないでしょう、単は答えたかった。政府が子供を生むのを禁じている状態では。

「つまり、趙《ジャオ》検察官は文明のために殉じたということですか？」

「もちろんだ。彼の家族には国務院から書簡が届くだろう。今度のことには、われわれ全員が学ぶべき教訓が含まれている。問題は、彼らに教訓を学ばせることだ」

「彼ら？」

「この事件は同時に、少数民族の者に、自分たちのやり方がいかに退行的で遅れたものであるかを思い知らせるいいきっかけでもあるんだ」

「それで、証拠を提示して協力しようと」

「それがわたしの義務だからね」胡はポケットに手を入れ、折りたたんだ書類を取り出した。

「頭蓋骨の洞窟に行く途中の道路に配置されていた兵士の供述書だ。殺人のあった晩、洞窟の入口付近の道路を僧侶が歩いているのを目撃している」

「僧侶？　それとも僧侶の服装をした男？」

「すべてそこに書いてある。あのスンポという男の特徴と一致する」

洞窟の入口付近で僧侶が不審な行動をしていたと、兵士は供述していた。中肉中背で、頭を剃《そ》っていた。反抗的な態度で、布袋に入れた荷物を手にしていた。供述書には兵士の署名があった。孟労《モン・ラオ》上等兵。単は供述書をポケットにしまった。

「目撃した時間は？」

胡は肩をすくめた。「遅い時間だ。殺人のあと。事件が起きたのは夜だった、そうだな？」

「どのくらいの距離で見たのですか？　あの晩は新月でした。かなり暗かったはずです」

胡はいらだたしげにため息をついた。「兵士は目がいいんだ、同志。もっと感謝してくれると思っていたがな」

谷底に近づくと、胡はスピードをあげ、すぐうしろを走っている馮とイェーシェーと陳の車を土埃が包むのを見て笑った。「質問があると言っていたな、同志捜査官」

「もっぱら洞窟の警備についてです。どうして夜の間に洞窟に人が入れたのか」単は答えて言った。

「洞窟を発見して、当初は入口に歩哨を立たせた。ところが中に何があるかがわかると、兵士たちが脅えてしまったんだ。それで特に選抜した兵士を道路に配置した。洞窟に続く唯一の道だ。それで十分だと思った」

「でも、誰かが別の道をみつけた」

「あの坊主ども、やつらはリスのように山を登り降りするから」

「洞窟をみつけたのは誰です？」

「われわれだ」胡《フー》は答えた。「わたしは探検隊を指揮している」

「では、アメリカ人が採掘をしている塩湖をみつけたのも、あなたがたなのですか？」

「もちろん。われわれが彼らに許可を与えたんだ」

「でも、今はそれを取り消そうとしている」

いかにも不快そうな顔で、胡は単《シャン》を見た。そして車のスピードを落とした。もうラドゥンの町はずれにさしかかっていた。「そんなことはない。今問題になっているのは、操業許可の内容だ。彼らに定められた運営規則に従うという確約を求めている。運営方針について話し合っているんだ。わたしはアメリカ企業に対しては友好的なのだよ」

「〝運営方針〟というのは、個々の管理者の問題ですか？」

「貯水池の建設方法、採鉱方法、機器の仕様、水や電気の使用量、管理者の行動基準、これらすべてが許認可の対象となるのだ。なぜそんなことを尋ねるんだ？」

「つまり、ある特定の管理者を追い払いたければ、操業許可を停止すればいいのですね？」

胡局長は笑った。「地質学に関するきみの興味は、岩を掘り出すことに限られているのかと思っていたよ」

胡が市庁舎の前に車を駐めている間、単は彼の言葉について考えていた。「わたしが興味を惹《ひ》かれたのは、わたしが囚人にすぎないことを知っているのに、あなたがわざわざ洞窟まで会いにきたことです。局長ともなれば、ただわたしに出頭しろと命令すればこと足りるでしょう」

胡はぎこちない笑みを浮かべて答えた。「陳《チェン》中尉に運転を教えているんだ。譚《タン》大佐から、きみがあそこにいると聞いて――」胡は肩をすくめた。「陳に山道の走り方を教えるいい機会だと思ってね」

「死体が発見されたときに、四〇四の作業現場にいたのも、同じ理由ですか？」

胡はため息をついた。いらだちを抑えようとしているようだった。「われわれとしては、弱点がないか、よく見張っていなければならないのだ」

「地質上の弱点という意味でしょうね」

胡はにやりと笑った。「あの山域は不安定なんだ。人民のための道路を建設するのだから、十分に気を配らなければ」

単は、不安定というのは地質のことかと、もう一度尋ねたくなった。「同志局長、いっしょに大佐と会っていただけますか？」代わりに単は言った。

胡局長のおもしろがっているような表情は消えなかった。彼らの背後に来ていた陳中尉に車のキーをほうり投げると、単について建物に入っていった。

高《コー》夫人は単にうなずいて歓迎の意を表わしてから、譚の暗いオフィスに飛びこんでいった。大佐は腫《は》れぼったい目で、伸びをしていた。単は室内を見まわした。デスクの脇のテーブルの上に、しわだらけの枕があった。

「譚大佐、胡局長に質問したいことがあるのですが」

「そのためにわたしを起こしたのか？」譚はうなるように言った。

「大佐にも立ち会っていただきたくて」

譚はタバコに火をつけ、胡に会釈した。

「胡局長」単は言った。「なぜアメリカ人の操業許可を停止したのか、その理由をお話しいただけますか？」

胡は譚にむかってしかめ面をした。「これは部内の業務に対する介入だ。アメリカ企業の採鉱事業に関する問題点について公に論ずるのは、かえって問題の解決を困難にすると思うが」

譚はゆっくりとうなずいた。「答える必要はない。同志単はときどき熱意が空まわりしてしまうことがあってね」彼は単にとがめるような鋭い視線を送った。

「それでは」単は食いさがった。「これならお答えいただけるでしょうか。趙《ジャオ》検察官が殺害された晩、あなたはどこにいましたか？」

鉱山局長は信じられないという顔で単を見ていたが、やがて大きくにんまりと笑い、その顔を譚に向けると、声を出して笑いはじめた。

「胡局長は」冷ややかな笑みを浮かべて、譚は説明した。「わたしといっしょだった。わたしの家に食事に招待したのだ。チェスをして、うまい中国ビールを少し飲んだ」

胡の笑いはとめどがなくなりそうだった。「失礼するよ」あえぎながら、彼は言い、からかうような調子で単に敬礼すると、戸口から出ていった。

「彼がものにこだわらない男で、きみは運がよかったんだぞ」譚は言った。その目には冗談めかすような表情はなかった。

「うかがいますが、大佐。頭蓋骨の洞窟で行なわれていることは公式の事業なのですか？」

「もちろん。兵士たちがいるのを、きみも見ただろう。大規模な事業だ」

「つまり、北京も知っているのですね？」

譚はタバコの煙を吐き出した。「それについては国土資源部が責任機関だ」

「あそこには文化的遺物が山ほどあります。作業自体は軍が行なっています。どうして胡と国土資源部が関わってくるのです？」

「彼らが発見したからだ。利用方法についても彼らが権限を有している。ただ、あそこは所帯が小さい。州の行政官として、わたしが軍の協力を申し出たのだ。屋外でのいい訓練になるしな」

「金《きん》の利益はどこに？」

「政府だ」

「今度の場合、政府とは誰ですか？」

「関与する機関をすべて知っているわけではない。いくつかの省庁が関わっているはずだ。あらかじめ規定が設けられているのだ」

「大佐のオフィスにはいくらぐらい入るのですか？」

単《シャン》のほのめかしに、譚《タン》は激怒した。「一分《フェン》（百分の一元）も入りやしない。わたしは軍人だ。金《きん》は軍人を軟弱にする」

単は大佐の言葉を信じた。ただ、大佐が言っている理由ではなかった。譚のような人間にとっては、金ではなく政治的地位が権力の源泉なのだ。

「政府の中には墓所から金品を運び出すことをよしとしない者がいると思いますよ」

「どういう意味だ？」

「趙《ジャオ》検察官と胡《フー》局長が、洞窟のことで言い争いをしていたことはご存じですか？　あのアメリカ人の女性が目撃したのですが。今、胡は彼女を国外に追い出そうとしていると、わたしは思います」

かすかな笑みが譚の顔に浮かんだ。「同志、きみは誤解しているよ。胡と趙が何を言い争っていたかは、まったく知らないのだろう」

「趙は胡のしていることをやめさせようとしていた」

「そのとおり。だが、洞窟での作業をやめさせようとしたのではない。金の分配をやめさせようとしたのだ。彼は金をもっと司法部にわたすべきだと主張していた。彼の役所にだ。それは記録に残っている。彼はわたしに不満を訴える手紙を書いて、わたしに仲裁を依頼してきたんだ。高《コー》夫人に言えば、手紙のコピーをくれるよ」

単は椅子にすわりこみ、目を閉じた。胡ではなかったのか。「彼の部下についてはどうです？　その者たちの背景資料がありますか？」

譚は鷹揚《おうよう》にうなずいた。「高夫人が取り寄せてくれる」

「誰にせよ、趙を殺した者は洞窟について何か言ったはずです」

「じゃあ、あの男に尋ねてみればいい」

「あの容疑者は口をききません」

「じゃあ、きみの魔神とやらに尋ねたらいいだろう」譚はいらだたしげに言い、デスクのほうへ行った。

「そうしたいと思います。どこを探したらいいと思います？」

「役には立てんね。わたしは魔神をあやつっているわけではないから」彼はファイルを手に取り、ドアのほうに合図した。

立ちあがった単は、そのとたんにどこにいくべきか悟った。実際に魔神をあやつっている者がいるのだ。


チベットのほかの多くのものと同様に、ここの天候は極端だった。晴れれば、たいてい日照りになった。雨が降るとなれば豪雨になると決まったようなものだ。譚のオフィスを出たときは明るく日が射していたが、町の北側にある宗教事務局のオフィスに着く頃には、天候は一変し、空は単たちに小さな氷の粒を投げつけていた。チベットでは一年間に五十人が大粒の霰《あられ》のために命を落とすと、単はどこかで読んだことがあった。車から降りる前に、彼は一枚の紙を馮《フェン》に手わたした。「翠泉《すいせん》駐屯地の孟労《モン・ラオ》という上等兵だけれど、殺人のあった晩に当番に当たっていたかどうか知りたいんだ。例の洞窟に続く道路の警備についていたかどうか」

馮軍曹は無言で書類を受け取った。単から用事を頼まれて、どう反応していいかわからなかったのだ。

「あんたなら、誰に尋ねればいいかわかっているだろう。わたしがきいたって、誰も答えてはくれない。頼むよ、同志軍曹」

馮は書類をダッシュボードの上にほうり投げ、キャンディの包み紙をむきはじめた。まるで興味がない顔をして、単にいやがらせをしている。

単とイェーシェーは二階の誰もいない部屋に通され、待たせて申し訳ないという挨拶とともに、お定まりの茶が出された。単は部屋の中を歩きまわった。デスクの上のトレイには雑誌が何冊か載っていた。いちばん上は《働く中国》、プロレタリアートの体裁のいい姿を伝える党の機関誌だ。小テーブルには本が一冊だけ置いてあった。『社会主義カーペット工場の英雄的労働者』という題だ。単は雑誌を取りあげた。下のほうにアメリカのニュース雑誌が何冊かあった。いちばん新しいものでも一年前の号だった。

部屋には彼ら二人だけだ。「どうするか決めたのか?」単は尋ねた。「プルバについて」そしてアメリカ人について、と言いそうになった。

イェーシェーは落ち着かない様子で戸口を振り返って見た。やせた肩をすぼめ、顔をゆがめて、泣きだすのかと思われた。「ぼくは密告屋じゃありません。でも、質問されたら答えるほかありません。ぼくに何ができるというのです？　あなたにとっては簡単なことでしょう。でも、ぼくには自由があって、そのことを考えざるを得ません。この先の人生、計画を」

「所長に何をされたのか、ほんとうにわかっているのか？」単は言った。「きみはここを出るべきだ」

「所長が何をしたか？　彼はぼくの力になってくれています。ぼくのたった一人の友人と言っていいかもしれない」

「大佐に新しい助手をつけてくれと頼むよ。きみはここを離れろ」

「鍾《チョン》所長がぼくに何をしたと言うんですか？」イェーシェーはこだわった。

「司法機関というものを、きみは誤解しているんだ。チベット人のきみが、強制労働収容所から釈放されてすぐに、成都で仕事を与えられるというのは、異例というのでは足りない。鍾一人の力では不可能なことなんだ。まず成都の公安部の了承を得なければならない。そのためにはラサの公安部から正式の要請がなされなければならない。きみを新しく雇う人間は、きみを知らないままに受け入れに同意しなければならないわけだが、普通はそんなことをする者はいない。旅行許可証も必要で、そこにはきみの新しい勤務先を記入しなければならないのに、勤務先はない。鍾にはきみに書類をそろえてやることはできないんだ。彼には今言ったようなことを処理するだけの権限はない。彼はきみに嘘をついて、きみに話をさせた。わたしのことを聞き出したんだ。そして、その用がすんだら、そしてわたしがスンポを殺人犯として差し出すことを拒んで、またも中国人民を裏切ったということになったら、きみもわたしと共謀した罪に問われて、刑務所に逆戻りになるだろう。執行部の判断による一年以下の収監には、公安部の将校の署名さえあればいいんだ。かくして鍾は便利な助手を取り戻すことができる」

「でも、約束してくれたんですよ」言いながら、イェーシェーは両手をよじり合わせた。「ぼくには行くところがありません。お金もない。推薦状もない。旅行許可証もない。どこにも行けないんです。ぼくが働ける場所は、ラサの化学工場だけです。そこでは喜んでチベット人を雇ってくれます。書類がなくても。そこで働いている連中を見たことがあります。二、三カ月すると髪の毛が抜けてしまうんです。四十歳までに、ほとんど歯がなくなります」彼は顔をあげた。そこには単の予期していた苦々しい表情ではなく、かすかな感謝の色があった。「かりにあなたの言うとおりだとして、ぼくに何ができます？　それに、あなただってぼくと同じ身の上じゃないですか。ぼくよりもっとひどいけれど」

「わたしには失うものは何もない。無期懲役の労改の囚人なんだから」努めて何気《なにげ》ない口調を保って単は言い、窓辺に寄った。「わたしの場合は意図的なものだ。しかし、きみのはただの災難だ。そうだ、病気になったらどうだ？」

霰が風で窓ガラスに叩きつけられた。電灯が点滅した。四〇四の囚人たちは、このような天気になると脅えた顔になる。トタン屋根を叩く霰の音は、機関銃の音にあまりに似ているのだ。

「きかれたら、プルバの連中とは会っていないと答えます」単の背中にイェーシェーは言った。「でも、ぼくだけの問題じゃありません。もしスンポを助けるのにプルバが協力していることが知られたら、そのことが殺人事件の背後に過激派がいたことの証拠として利用されて、スンポも過激派の一員とみなされてしまいますよ」その声は立ち消えになった。何年も前に東のほうのどこかの町で廃車になったにちがいない古いリムジンの〝紅旗〟が走ってきて、窓の下に停まった。ぼろぼろの傘をさした男が建物から走り出て、車の後部座席に乗っていた人物を迎えた。

二分後、宗教事務局長が勢いよく部屋に入ってきた。単より数歳若く、くたびれた青のスーツを着て、赤いネクタイを締めている。いかにも仕事熱心な官僚という雰囲気だ。髪は軍隊式に短く刈りこんでいる。はめている腕時計の文字盤は七宝細工の中国国旗で、献身的な党のメンバーに与えられる類のものだった。

「同志単！」彼は大きな声で挨拶した。「聞《ウェン》局長だ」それからイェーシェーのほうを向いて、ぎこちない口調で言った。「タシテレ《こんにちは》」

「北京語なら話せます」イェーシェーはいかにも居心地悪そうに言った。

「すばらしい！　これこそ新たな社会主義。先月ラサで講演したんだ。そこで言ったのは、われわれは互いの相違点に目を奪われるのでなく、両者の間の絆にこそ注目すべきだということで」大まじめで彼は言い、単のほうを向いて、ため息をついた。「だからこそ、文化的側面にまで無法者たちが手出しをすると、大きな悲劇を招くのだ。人々の間にくさびを打ちこむようなことになるからね」

単《シャン》は何も答えなかった。

「譚《タン》大佐のオフィスから、捜査のことで電話があった」自信なげに、聞《ウェン》はそこで言葉を切った。「わたしも全面的に協力するようにとのことだったよ。もちろん、言われなくてもそうしたがね」

「ラドゥン州の寺院はすべて、あなたの管轄下にあるのですね」茶が出されたあと、単は質問を始めた。

「寺院はすべてわたしのところで許可を受けなければならない」

「僧侶も全員」

「僧侶も全員」聞《ウェン》局長は答え、イェーシェーに目を向けた。

「それは責任重大ですね」単は言った。

イェーシェーは黙って床を見つめていた。聞の顔をまともに見られないようだった。ゆっくりと、まるで痛みを覚えているかのようなぎこちない手つきで彼はメモ帳を取り出し、二人の会話を記録しはじめた。

「寺は十七。僧侶は三百九十一名だ。そのほかに順番待ちをしている者が大勢」

「寺に関する記録は？」

「いくらかはある。許可の申請書はかなりの長さでね。漏れなく審査する必要があるので」

「わたしが言ったのは、古い寺のことです」

「古い寺？」

単はまばたきもせずに聞《ウェン》を見つめた。「何十年も前にここに住んでいた僧侶を知っているんです。一九四〇年当時、この州には九十一の寺があって、何千人もの僧侶がいた」

聞は手で何かを払いのけるようなしぐさをした。「それはわたしが生まれるずっと前のことだ。解放前の。宗教がプロレタリアートに対する圧制の道具になっていた時代だよ」

イェーシェーはメモ帳にじっと視線を落としていた。彼にそのような態度をとらせているのは、単から鍾《チョン》所長の真意を聞かされたからではなかった。原因は聞だった。そしてイェーシェーの目にあるのは苦痛の色ではないと、単は気づいた。恐怖だった。なぜ宗教事務局の局長を、彼はこれほどまでに恐れるのか？「その頃は」単は言った。「大きな寺では、祭りの儀式として特別な踊りをしていました」

聞《ウェン》はうなずいた。「映画を見たことがあるよ。象徴的な衣装を身につけてね。とても手のこんだ衣装で、それぞれ仏やダキニ天や魔物や道化を表わしている」

「今、そうした衣装はどこにあるか、ご存じですか？」

「おもしろい質問だ」聞は電話を取りあげた。

少しすると、チベット人の若い女性が戸口に現われた。「ああ、タリン君」聞は言った。

「こちらの――こちらの友人たちに、むかしの祭事用の衣装について尋ねられたんだ。今、どこへ行ったら見られるだろう？」それから単に向かって言った。「タリン君はうちの文書係だ」

女性は単にうなずいて挨拶し、壁際の椅子に腰をおろした。「博物館です」彼女は堅苦しい、専門家らしい口調で話しはじめ、単に説明しながらワイヤーフレームの眼鏡をはずした。「北京、成都、ラサの文化博物館」

「でも、遺物は今も発見されているでしょう」単は言った。

「もしかすると」思い詰めたように、イェーシェーが口をはさんだ。「最近の検査で衣装が一点みつかったんじゃないかな」

タリンはその質問に驚いたようだった。彼女は聞《ウエン》の顔を見た。「確かに検査はしているよ。許可の条件を満たしているかどうか」聞は言った。イェーシェーはまだ彼と目を合わせようとしなかった。「条件を守らせられなかったら、許可など無意味だからね」

「そして遺物については目録を作っている？」単が尋ねた。

「寺院に蓄積されていた富を再分配するのだからね。遺物は人民共通の財産だ。寺院はわれわれの信託を受けて保管しているのだ。もちろん、どこに何があるかは確認している」

「そして、ときどき新しいものがみつかる」単は念を押した。

「ときどきね」

「でも、衣装はない」

「わたしがこちらに赴任してからはない」

「どうしてそんなふうに断言できるのかな？」単は尋ねた。「おたくのリストには何千という点数があるだろうに」

しかたがないという顔で、聞《ウェン》は微笑んだ。「敬愛する同志よ、ご理解いただきたいのだがね。あの種の舞踏衣装はかけがえのない宝物なのだよ。もし新たにみつかったら、大発見だ」

単はイェーシェーを見て、メモを続けているか確かめた。ちゃんと聞き取っただろうか？ 敬愛する同志？ 彼は文書係に向かって言った。「タリンさん、今までにみつかった衣装はすべて博物館に収められているという話でしたね」

「ラサの近くの大きな寺院では、またあの踊りを行なう許可を得ています。承認を受けた催しの際に。観光客が来ますし」彼女は単を疑わしげに見た。

「外貨獲得」単は水を向けてみた。

タリンは無表情にうなずいた。

「おたくの役所でラドゥンの寺院にも許可を与えましたか？」

「いいえ。ここの寺院は貧しくて、そのような儀式を行なうことはできません」

「今思ったのは、アメリカ人が来るから、もしかして――」

聞《ウェン》局長の目が光った。彼は文書係を見た。「なぜそれに気づかなかったかな」彼は単のほうに向き直った。「タリン君がアメリカ人観光客に関する手配をしているんだ。文化的興味の対象となる見学地へのガイドも彼女が務める。アメリカ発音の英語を話せるので」

「すばらしいアイディアですわ、同志局長」文書係は言った。「でも、踊りの訓練を受けた者がいません。あの衣装の多くは、外から見て思うものとは違うのです――むしろ特殊な機械に近いもので。機械仕掛けの腕がついています。巧妙な仕掛けで体に固定して。その操作をおぼえるだけでも、僧侶たちは何カ月も訓練を受けるのです。あれを着て儀式を行なうのは、踊りや所作をおぼえるには、何年もの訓練が必要な場合があります」

「しかし、新しく建てた場所のどこかを選んで、短いショウを見せるぐらいなら」聞《ウェン》は自信ありげに言った。「べつにアメリカ人に本物の踊りを見せる必要はないだろう。ただ衣装を着けて、優雅に体を動かしてみせればいい。シンバルと太鼓を叩いて。喜んで写真を撮るよ」

タリンは聞の言葉を肯定も否定もせずに、かすかに微笑んだ。

「新しく建てた場所？」単は尋ねた。

「これはわれわれの誇りとするところなのだが、われわれの監督下でいくつかの寺院が再建されているんだ。補助金を支出してね」

補助金。どういう意味だ、単は思った。古い寺院から略奪して、偽物の寺を建てるということか。貴重な遺物を破壊して、観光客のために仏教ショウを演ずるステージを作るのか？

「そのような再建計画に承認を与えるにあたって、趙《ジャオ》検察官はなんらかの関わりを持っていたのですか？」

局長は湯飲みをテーブルに置いた。「ありがとう、タリン君」文書係は立ちあがり、単とイェーシェーに軽く頭を下げた。聞は彼女が部屋を出るのを待って、はじめて口を開いた。

「失敬。殺人事件の話になると思ったものだから」

「同志局長、わたしはずっと殺人事件の話をしていたのですよ」単《シャン》は言った。

あらためて興味を惹《ひ》かれたかのように、聞《ウェン》は単の顔を見た。「委員会がある。メンバーは趙《ジャオ》と、譚《タン》大佐と、わたし。どんな決定に関しても、それぞれが拒否権を持っている」

「寺院の再建についてだけですか？」

「あらゆる許認可について。再建。新しく弟子をとること。宗教に関する論文の発表。宗教行事に一般民衆を参加させること」

「趙検察官が何かの申請を拒否したことがありますか？」単は尋ねた。

「三人ともあるよ。文化的資産は乱用を招かないように慎重に配分する必要がある。チベット少数民族は中国国民の一部にすぎない。申請があったからといって機械的に認めたりしてはならないのだ」聞は、よくきたえた声で朗々と言った。

「最近のことにしぼっていただきたいのですが。何か趙が支持しなかった案件がありましたか？」

両手を首のうしろで組んで、聞《ウェン》は天井を見あげた。

「この二、三カ月では、一件だけだったな。再建申請を拒否した。サキャ寺の」

サキャはスンポの寺だ。「どんな理由で？」

「同じ谷の下の端に、もう一軒寺があるんだ。そちらのほうが大きい。ガルトクという寺だけれど。そちらからすでに再建申請が出ていた。見学者にとってずっと便利で、はるかに有効な投資だ」

単は立ちあがった。「この仕事について間もないようですね」

「もう半年近くになるが」

「あなたの前任者は殺されたそうで」

聞《ウェン》局長は悲しげにうなずいた。「故郷では彼は殉職したものとみなされているよ」

「あなたは命の危険は感じないのですか？　見たところ護衛もいないようだけれど」

「脅しに屈するわけにはいかないのだよ、同志。わたしにはするべき仕事があるのだから」

聞は暗い声で言った。「少数民族にも自分たちの文化を守る権利がある。しかしバランスを失うと、反動の危険が生ずる。うまく中道をゆく能力ありと北京から信頼されている者は、ほんのわずかなのだ。わたしたちが頑張らなければ、大混乱を招くだろうよ」

9

夜空の種はチベットで育つ。星々はどこよりも密に、空の黒さはどこよりも深く、そして天はどこよりも近い。人は空を見あげ、わけ知れず涙を流した。囚人たちはときどき、倉庫送りになる危険を冒して小屋を抜け出し、地面に横になって黙って夜空を見あげる。前の年には、四〇四の年老いた囚人が、そのように横たわったまま凍死しているのが朝になって発見されるということがあった。死者の目は空をじっと見つめていた。脇の雪の上に、彼は書き残していた――〝あそこに行く〟と。

車が谷を出て、北に向かって長い山道を登りはじめ、どんどん空に近づいていくようになると、単《シャン》は窓ガラスに顔を押しつけた。何カ所かの寺で新入りの僧に課す修行があった。夜、鳥葬を行なう場に行って、地面に横たわるのだ。鳥がつついた人骨の横で、空を見あげて瞑想に耽る。中にはそのまま帰らない者もいた。

「みんながローケシュという囚人のことを話してますね」単の背後の暗がりから、イェーシェーの声がした。「あなたがその人のために何かをしてあげたとか」

「何かをした?」馮《フェン》軍曹が不機嫌な声で口をはさんだ。「おれたちに赤っ恥かかせやがった。

それがこいつのしたことさ」

「ただのおとなしい老人だったんだ。ツェドゥンだ」事務方を受け持つ僧という意味のチベット語を使って、単は言った。「ダライ・ラマの政権下で、徴税吏を務めた男でね。刑期はとうに終わっていたんだ」

馮が鼻を鳴らした。「そうとも。ただおれたちは、いつゲートを開けるかは囚人に決めさせているのでね」

「でもどうしてできたんです、あなたに――」イェーシェーは身を乗りだした。尋ねてみる勇気を奮い起こした以上、途中であきらめるつもりはなかった。

「国務院からの命令書を十年以上前に見たことがあったんだ。毛沢東主席の誕生日を祝って、チベットの前政権に属していた者たち全員の恩赦を認めるという内容だった。その命令書を、鍾《チョン》所長は見落としていた」

「それであなたが、所長に義務をはたせと指示したのですか？」信じられないという口調で、イェーシェーは言った。

「注意を喚起しただけだ」

「何言ってやがる」馮軍曹が文句を言った。「注意を喚起が聞いてあきれる！ ズボンの中に手榴弾を突っ込むみたいにして、注意を喚起したんだよ」車のスピードを落とすと、彼はイェーシェーのほうに顔を近づけた。「単受刑者はおっしゃっていないがな、こいつには誰の注意を喚起することもできなかったんだ。そんなことをしたら、規律違反に問われる。そこでこいつは、政治局の将校に横断幕を作る材料をくれと頼んだんだ。毛主席の誕生日を祝う横断幕を作ると言ってな」

「横断幕?」

「どこからでも見えるような、ばかでかい横断幕だよ。愛国心の発露だと、陳《チェン》中尉はご満悦だった。囚人の家族がやってきた。町の連中もやってきた。看守たちはパレードを始めた。そこでだ、横断幕が掲げられた。自分たちの小屋の屋根にな。毛主席を熱烈に敬愛す、と書いてあった。主席に敬意を表して、国務院はチベットの前政府の官吏全員に恩赦を与えたとも。混乱がないようにと、命令書の発行された年月日まで書き添えてあった。政治局の将校と単は、その週ずいぶん長い時間いっしょに過ごしたよ」

「でも、その老人は釈放された?」

「譚《タン》大佐に上告書が提出されたんだ。あれはたんなる規則違反ではなかった。毛主席からの贈り物を無視したことになるんだ。デモが起きかねなかった。それで大佐は全世界に向かって宣言せざるを得なかった。鍾所長はまちがいを犯したと」

さらに何キロも進み、彼らは星の中に分け入っていくようだった。道路はとても高いところを走っていて、地球とは無縁の場所に来たような気がした。ただ、空の下のほうが黒い影になっていて、そこがまだ山中だと知れた。

「なぜ閻《ウェン》局長を恐れていたんだ?」気がつくと、単はイェーシェーに向かって尋ねていた。まったく無意識のうちに口をついて出た質問だった。

「恐れるものかと思っていたのですが」ずいぶん時間が経ってから、生気のない声が答えた。「でも、彼は僧院長《ケンポ》です。ラドゥン全体を仕切っているのです」

あの若い、仕事熱心な聞局長《ウェン》が僧院長？　だが、そこで単は理解した。「僧侶なら誰でも聞を恐れるだろうな」聞のサイン一つで僧侶が生まれ、聞のサイン一つで僧侶が破滅するのだ。彼のサイン一つで寺院も消滅した。

「ぼくは僧侶ではありません」

「でも、以前はそうだったのだろう」洞窟でイェーシェーが唱えたマントラが、あの世から聞こえてくるようだったのを、単は思い出した。

「どうですかね」イェーシェーの声はためらいがちで、つらそうだった。「人生の一時期にそういう経験もしたというだけです。大昔のことですよ」

きみには大昔などないぞと、単は言いそうになった。大昔などという言葉を使うものではない。それは、われわれと同じように応分の悪夢に耐えたあとではじめて言えることだ。思い出があまりにもろいものになって、おぼえていることを白状しろと政治担当将校が怒鳴るたびに、小枝のようにぽきぽき折れるようになってはじめて言えることだ。「そのあと成都の学校に行ったんだな」代わりに単は言った。「でも送り返されて、再教育を受けさせられた。なぜだ？」

「誤解がありまして」

「というと、不当な判決を受けたのか？」

イェーシェーは声を立てた。笑い声のつもりらしかった。「誰かが教室の毛主席の写真をダライ・ラマの写真と取り替えたのです。自分がやりましたと白状する者がいなかったので、チベット人の学生六人が全員、国に送り返されました」

「きみがやったのではないんだな？」

「その日はぼくは学校に行ってもいなかったのです」やるせない声でイェーシェーは言った。「学校をさぼって、アメリカ映画の切符を買いにいっていたので」

「買えたのか？」少しして、馮が尋ねた。「映画の切符は」

「いいえ」イェーシェーはため息をついた。「売り切れでした」

夜空の静けさが、ふたたび単を圧倒した。ヘッドライトの明かりの中に幽霊が現われ、彼らを見つめたまま空中に浮かんでいるようだった。馮が息を呑んだ。それが山腹を飛び越えたとき、ようやく単の目に翼が見えた。ふくろうだった。

「親父は大工だった」突然言葉が宙にただよった。まるで抑えがたい思いが噴き出したかのようだった。それが馮の声だとわかるのに、単は少し時間がかかった。「仕事場も道具も、全部取りあげられた。親父の持ち物だったから、地主階級と同じだとみなされたんだ。灌漑用の溝を掘る仕事を十年間させられた。でも、夜になると、いろいろなものを作っていたよ」馮の声には今までにないものが加わっていた。彼自身がそれを意識していた。暗い響きだ。

「ボール紙で。枯れ草で。棒きれで。きれいなものを作ったものだった。箱とか、たんすまで」

「ああ、そう」どう答えていいかわからずに、単は言った。そのような大工のことは知らなかったが、そのような英雄なら大勢知っていた。

「どうしてなんだと尋ねたことがある。おれはただの馬鹿なガキだったんだが。でも、親父はじっとおれの顔を見た。真剣な表情で。なんと言ったと思う？」

流星が夜空を横切った。沈黙が続いた。

「親父はこう言った」しばらくして馮《フェン》が言った。「今いるところから常に前進しなければいけないんだって」

単《シャン》は少しの間そのまま星を見つめていた。「とても考えの深い人だったんだな」彼は言った。「お父さんに会ってみたかった」

驚いて、馮が大きく息を吸うのが聞こえた。それから喉元からうがいをするような音を立てた。それが彼の笑い声だった。

また一つ、流れ星が空をよぎった。「年寄りヤクに言わせると、星が一つ流れるたびに、一つの魂がブッダの境地に達するのだそうだ」単はそっと言った。

「年寄りヤク？」イェーシェーが尋ねた。

それではじめて、単は自分が声に出して話していたことに気づいた。「第一世代の囚人たちのことだよ。いちばん古くから生き延びてきた人たち」暗い中で単は微笑んだ。「わたしが四〇四に来た最初の冬、上のほうの峠で除雪作業をさせられたんだ。ひどい寒さだった。

風が強くて、そのために不思議なことが起きていた。ある場所には風で吹き寄せられた雪が十メートルも積もっているかと思うと、そのすぐ横では地面がむき出しになっていたり。岩に雪と氷が張りついて、夢に出てくるばかでかい生き物みたいに見えたりした。ある日、また新しく雪が降ったあとで、道路の除雪をしていたら、それまで何もなかったところに大きな岩が転がっていた。雪崩《なだれ》に運ばれてきたのだと、誰かが言っていた。

雪をかきのけると、風で吹き戻された。それをまたかきのけるんだ。そうしているうちに、ぼくたちのうしろで看守の一人が悲鳴をあげた。岩と目が合ったと言ってね」単はまた微笑んだ。忘れていたが、このエピソードは彼のお気に入りだった。「岩だと思ったのは、実は年をとったヤクだったんだ。体が雪に埋もれるにまかせて、そうやって風を避けていたんだよ。そうしてじっと立っている様子は、まるで山の一部になっていて、周囲の狂った世界を悠然と眺めているようだった。帰りの車中で、囚人の一人が、あのヤクは四〇四の老僧たちのようだと言った。年齢を超越し、何ものにも屈せず、まるで足のある山のように、このうえなく過酷な状況に悠然と耐えているとね。それ以来、これが彼らのあだ名になったんだ」

しばらくすると、奇妙な音が聞こえてきた。人でいっぱいの大講堂のざわめきだ。中央の壇上にはマイクをセットしたテーブルがあり、厳しい表情の人物が三人すわっていた。三人の背後の、壇の下に、バケツとモップを持った老女がいる。ぎくりとして単は顔をあげた。夢だ。いや、ちがう。彼は気づいて慄然とした。記憶がよみがえったのだ。一心に星を見つめたが、五分後には彼は大講堂に戻っていた。脅えた様子の若い男が壇上にあげられていた。

その目は薬物のせいでどんよりしている。男のうしろで、都会風の雰囲気の女が甲高い声で声明文を読みあげていた。男から人民への謝罪文だ。

単は必死で意識をはっきりさせようとした。最後に出席した殺人事件の裁判の記憶に、体がふるえていた。星を数えようとした。体をつねってみた。しかし疲れ切った彼の意識は大講堂へと引き戻されていった。今では場内は静まりかえっていた。被告人は将校の前にひざまずいている。最後の瞬間、公安局の将校が拳銃の弾を頭に撃ちこんだとたんに、その男はスンポになった。老女が壇にあがり、モップで血と脳髄を拭き取りはじめた。

単はうめき声をあげ、瞬時に頭がはっきりした。心臓が大きく鼓動していた。このあとは意識が朦朧《もうろう》とすることは二度となかった。

ずいぶん経ってから、馮軍曹が口を開いた。「あの孟《モン》という兵士だけど、あいつは確かに洞窟の警備についていた。だが、あの晩ではなかった」

「尋ねたのか?」

「調べる必要があると言ったじゃないか。たぶん勤務日程を誰かと交換したのだと思う。勤務記録は変更しないままに、そうやって人間が入れ替わるというのは日常茶飯事なんだ」

「その男に会えるかな? 兵舎にいるんだろう?」

「どうかな」ばつが悪そうに馮は言った。「おれは四〇四部隊に配属されているんだ。翠泉《すいせん》の将校たちは――なんというか、実にタフな連中でね」彼は小声で言い、道路に全神経を集中しなければならないとでもいうように、運転席で身を乗りだした。

「軍曹」後部座席のイェーシェーが、思い詰めたように声を発した。「同志単が、所長はぼくをだましていると言ってます。ぼくをもう一度収容して、コンピューターを使う仕事をさせようとしていると」

馮は答えず、ただ抑えた声でくすくす笑っただけだった。

「そうなんですか？」

「なぜ、おれにきく？　所長とおれとじゃ住んでる星が違うんだぜ。言ってる意味、わかるだろう？　おれが知るわけないじゃないか」

「でも今、そのとおりだというみたいに笑ったじゃないですか」

「おれにわかってるのは、あの鍾《チョン》はとんでもないくそったれ野郎だってことだけだ。やつはくそったれ野郎であることで、人民から給料を受け取っているんだ。自分が何を考えているかなんて、やつは軍曹ふぜいには話をしないよ」

「でも、あなたなら探り出せるでしょう。モーモー・ギャクパになら誰でも話をするから」

馮は車のスピードを落とした。「今なんと言った？」急に不機嫌になって、彼は大声で言った。

「失礼。なんでもないです。ねえ、誰かに尋ねてくれませんか。そうしたら、ぼくのほうでもお礼に何かしてあげられるかもしれない」

「モーモー・ギャクパ？　大団子？」苦々しさが怒りに取って代わったようだった。「前にも聞いたことがある」つらそうな顔でしばらく黙っていたが、やがてずっと静かな声で言った。「陰で言っているのをな。人民解放軍に三十五年間仕えて、そのあげくがこれか。モーモー・ギャクパとはね」

「すみません」イェーシェーは小声で言った。

　しかし馮はもう聞いていなかった。窓ガラスを下げると、袋から彼らの朝食と昼食用だった肉団子を取り出した。「モーモー」団子を一つ手に取ると、生き物を殺そうとするかのように握りつぶした。そして窓の外に投げ捨てた。一個、また一個と、長く引き延ばして叫びながら、ほうり投げた。「モーモー！　くそったれ！　ギャクパ！」しまいにはこみあげる嗚咽で叫び声が途絶えた。最後の一個を投げたあと、彼は窓の外をじっと見つめていた。

「むかしは斧と呼ばれていた。なんでもこの手でまっぷたつにできたからだ。斧だぞ。おい気をつけろ、斧が来たぞ。そんなふうに言われたものだ。譚《タン》大佐なら、その頃のことを知っている。逃げるなら今夜だ。斧が非番だからってな」

　字を読めるくらいに明るくなるのを待って、単は高《コー》夫人が兵舎に届けてくれた布鞄に手をのばした。ファイルが三冊入っている。ラドゥンの五人組のうちの三人が処刑されることになった三件の事件についてのファイルだ。宗教事務局の局長、凌子揚《リン・ツーヤン》が、文化的破壊分子のディルゴ・コンサに殺された事件。国土資源部ラドゥン州鉱山局長の洪徳《ホン・ドー》が、人民の敵ラプジャムパ・ノルブに殺害された事件。そして長城人民公社の責任者だった金三《ジン・サン》が、悪名高いラドゥンの五人組のリーダー、ジャ・ナムカイに殺された事件だった。

　彼は一時間近く事件の記録に読みふけっていた。どのファイルでも、最後の部分のページが破りとられていた。証人の陳述記録だ。

赤みのある曙光を浴びて、山の峰々は宙に浮いているように見えた。まだ影に沈んでいる地面ではなく、空の一部のようだ。地球上で山のそばに暮らしているのは、全部が宗教心の篤《あつ》い人たちなのかと、かつてティンレーにきかれたことがあった。「さあ、どうだろう」単《シャン》は答えた。「でも、はっきりしているのは、山がなければチベット人はチベット人ではなくなってしまうということだね」

長い谷の端の部分に向かって、彼らは斜面を下りはじめた。眼下の、曲がりくねった道路が一キロ半ほど続く先に、何もない細長い草地に囲まれて、石造りの建物がかたまって建っているのが、夜明けの光で見てとれた。それがなんだかわかると、単は首をかしげた。そして、これだけの年月をチベット僧たちとともに過ごしてきたのに、実際に活動が行なわれているチベット仏教の僧院を見るのははじめてだという事実に思いをこらした。それほどまでに、現存する僧院の数は少ないのだった。

しかし彼の頭の中には数知れぬ僧院が建てられていた。冬の、あまりに寒さが厳しくて、トラックが建設現場に囚人たちを運んでいくことができない日には、囚人たちは薄い毛布の下で身を寄せ合って暖をとりつつ、年寄りヤクたちが若い頃に修行した寺を言葉で案内してくれるのに耳を傾けるのだった。囚人たちが寒さに身を縮め、ときには歯が折れてしまうほど激しくふるえるようになると、チュージェーやティンレーやほかの僧が、こうした寺巡りを始めた。夜明けの光が寺院の奥の石の壁の上で戯れている中、旅人が寺院に近づいてくる様子を話し、寺院が見えてくるはるか以前から、巡礼の心の中で鐘の音が鳴り響く様子を描写するのだ。小径にただようジャスミンの香り、空を飛んでいくライチョウや、寺院の陰をおびえた様子もなくゆったりと歩いていくジャコウジカの姿も忘れずに描き出された。そして、目ざとく来訪者が近づいてくるのに気づいて門を開ける修行僧ラプチュンが発する喜びに満ちた声のことも。

　寺院のほとんどはとうのむかしに破壊され、写真が残っているものも数少ないので、往時をしのぶよすがは今もなお生きつづけているひとにぎりの老僧たちの記憶だけだった。しかし話が終わる頃には——そして、一つの寺の様子を語り終えるには何日もかかるのだった——次の世代の心の中に寺院は再建されていた。目に写る姿だけではなかった。老僧たちは彼らのかつての住みかの音やにおいまで語り聞かせた。さらに建物の描写にとどまらず、そこでの人間の営みが再現され、鐘を鳴らす役目の年老いた盲目のラマ僧のやにのたまった目の様子や、供物のバターのためにすべりやすくなった石の床を馬の毛のたわしで磨く新入りの修行僧たちの姿まで描き出された。南部の山岳地帯にかつて建っていた寺院には、巨大なマニ車があって、それがまわる音を聞くと誰もが腹を減らしたカササギの群れの鳴き声を思い出したものだと、単は聞いたことがあった。その寺の庫裏ではある種のヒースの花を麦と混ぜて、いい香りのするツァンパ（麦こがし）を作っていたことも。

　馮《フェン》軍曹が車のスピードを落とした。「熱い茶にありつけるんじゃないかな」建物のほうにうなずいて、彼は言った。「サキャへ行く道順もはっきり教えてもらえるかもしれない。この道ははじめてだから――」

「だめです」いつになく強硬にイェーシェーが反対した。「時間が足りない。このまま行きましょう。サキャなら、ぼくが知っています。この道を三十キロ進んだ谷の端の高い崖のところです」

馮は曖昧《あいまい》にうなり声を発し、そのまま走りつづけた。

一時間近く走ったところで、イェーシェーは馮に指示して未舗装道路に車を進めさせた。その先はシャクナゲとスギの森だった。三、四キロ行くと、低く積んだ石垣のようなものが、道路と直角に走っていて、奥のほうで茂みの中に消えていた。単は手をあげて馮に合図して、車を止めさせた。車から飛び降りて石垣のところまで走っていき、立ち止まった。ここに来たのははじめてなのに、何か見覚えのあるものがあった。どこか近くで、仏教の礼拝に使う小さなシンバル、ツィンガの音がかすかにした。

単は胸のうちに何かがわき起こるのを感じた。かすかな興奮。確かに前にここに来たことがある。年寄りヤクの冬の夜話の中で、ここを、あるいはここととよく似た場所を訪れたのだ。少しずつ膝から力が抜け、彼はしばらく石に両手を置いて、その場にひざまずいていた。それから積みあげられた石の上にたまったゴミを取り除きはじめた。石を一個取りあげてみる。また一個、また一個。どれも人の手で四角く刻まれ、チベット文字が書かれるか、あるいは稚拙にのみで刻みこまれていた。それはマニ壁だった。何世紀にもわたって、信心深い来訪者や巡礼の手で作られていった祈りの石壁だ。石は一つ一つが、ブッダを讃えるために遠方から運ばれてきたものだ。巡礼が去ったあともマニ石は経を唱えつづけると言われていた。森の中、目の届くかぎりのびている石の壁を、彼は見やった。何世代にもわたる祈りの跡が崩壊し、苔むしている。

一度ティンレーが作業の列を離れたために看守に殴打されたことがあったが、離れた理由は坂の上のほうに、これと同じような石が転がっていたからだった。「どうしてそんなもののために棒で殴られる危険を冒すのかな?」苔《こけ》をぬぐって、石にこめられた祈りを解放しているティンレーに単は尋ねた。

「だって、この祈りが世界を変えるかもしれないでしょう」ティンレーは元気よく答えた。単は五つの祈りの石からそっと泥をぬぐい去り、三つを並べ、その上に二つを載せた。新しい壁の始まりだ。

渋い表情の馮を無視して、彼はのろのろと走る車の前を歩いていった。ツィンガのかすかな音がふたたび彼の耳に届いた。すると高い壁が眼前に現われた。ひび割れて隙間が生じ、あちこちに間に合わせにペンキを塗ってある様子が、苦難のときを生き延びてきたことを語っていた。この壁は引き倒され、また作られ、壊され、修理するということを、数知れずくり返してきたのだ。色合いの違う数種類の白や褐色のペンキが塗られているが、壁自身も化粧漆喰を塗った部分もあれば、焼き石膏の部分もあり、さらに石材がむき出しになっているところもあった。

壁の両側には建物の跡があり、不揃いな大きさの石材が転がっている上を蔦《つた》がおおい、へし折られ、焼けこげた材木にはびっしりと苔が生えていた。そこで彼は気がついた。この壁は、かつてははるかに大きな寺院の内陣を仕切っていたものだったのだ。門が半開きになっていて、数人の新入りの僧たちがイグサを束ねて長い棒につけた箒《ほうき》で中庭を掃いているのが見えた。

思いがけない喜びをおぼえながら、単《シャン》はその光景をながめていた。建物自体は四〇四部隊で言葉で説明を受けて知り尽くしていたが、生きて活動している寺院の力強い姿を目の当りにすると、そのような予備知識は吹き飛んでしまった。

中庭の中央には巨大な青銅製の鉢があった。あまりに傷だらけで、でこぼこになっているので、その側面に浮き出ている仏の顔は、生傷を負った戦士のように見えた。二人の僧が丁寧に磨いているその鉢は、単《シャン》がこれまでに見たうちでもっとも大きな香炉だった。僧侶が働いているところからは、いぶされたビャクシンの香りがただよってきた。

門の両側に、中庭を囲む壁の途中のところまで、石の薄板で屋根を葺《ふ》いた低い建物が並んでいた。修道僧たちの住みかだ。壊れた建物から回収した石材や廃材を使って作った小屋は、あやしげな違法建築のような外見だった。聞《ウェン》局長はなんと言っていた？　趙《ジャオ》はスンポの寺に建築許可を与えなかった、政府からの資材の提供を停止したというのだった。

その先の建物群も同様に寄せ集めの材料で作られていたが、少しは威厳があった。左手の、階段を二、三段昇り、分厚い木材で作られた張り出しを持つ建物が、僧たちが集まって学ぶ集会殿、ドゥカンだ。その右手にも同じ造りの建物があるが、その前の長いひさしの下には人の背丈ほどもある大きなマニ車があった。一人の僧がそれをゆっくりとまわしている。一回転させるごとに、車の側面に書かれている経を一回唱えたのと同じ功徳が得られるのだ。マニ車の背後、鮮やかな赤に塗られた二枚の扉の中が、本尊を祀《まつ》る仏殿本堂、ラカンだ。その外壁には輪廻を表わす丸い曼陀羅図と法輪が描かれ、その両側にはインドでの釈迦の最初の説法を象徴する鹿が描かれている。

二つの建物の間には、ラマ僧を祀《まつ》る大きな仏塔があった。方形の基盤の上に石版が積まれ、少しずつ小さくなっていって階段状になっている。その上に樽型の段があって、そのさらに上に円錐形の尖塔が載っていた。以前ティンレーが、新年の祝日ロサルのために、材木の破片で小さな仏塔を作ったことがあった。それを使って単に塔の象徴的意味を教えてくれたが、そこへ陳《チェン》中尉が現われて塔をひったくり、踏みつけて粉々《こなごな》にしてしまったのだった。塔には十三の段があり、ブッダの境地への十三の段階を表わしている。塔の頂点には金属で作った太陽と三日月が置かれる。太陽は知恵を、月は思いやりの心の象徴だ。丸い樽型の段には大きな目が二つ描かれて、常に見つめているブッダの目を表わしていた。

単が中庭に足を踏みいれると、背後で車がゆっくりと止まった。中にいた修行僧たちは三人の来訪者に気づくと動きを止め、深々とお辞儀した。一人の僧の視線をたどって、単はドゥカンの入口に目を向けた。中年のラマ僧が姿を現わした。

「お邪魔して申し訳ありません」近づいてきたラマ僧に単は静かな声で言った。「隠者スンポについて、どなたかとお話ししたいのですが」

ラマ僧はまともに返事をするにもおよばないと思っているようだった。

「あなたの目的は？」

「わたしの目的は、スンポの師匠に会うことです」

僧の表情がこわばった。「彼のグルになんの嫌疑がかかっているというのです？」

イェーシェーが背後から単に近づいた。「この人はケンポではありません」頭を動かさずに、彼はささやいた。「チューティムです」

単は顔をあげた。驚きを表情に出すまいとした。僧院長《ケンポ》は単と会うことを拒否したのだ。代わりに僧院の規律を監督する責任者に応対させた。

単はラマ僧の目を見返した。「スンポはわたしたちのところにいます。でも、彼の舌は別のところに行ってしまった。どうか彼のグルに会わせていただきたい」

ラマ僧は興味深そうに車のまわりに集まっていた修行僧たちを見た。とがめるように彼が片手を振ると、若者たちはその場を離れた。そのとき建物の中から重々しい鐘の音が聞こえてきた。中庭から人がいなくなった。

「シューニヤターについての講話を聞きますか？」彼は単とイェーシェーに言った。顔にはかすかな笑みが浮かんでいたが、その口調はからかっているようだった。シューニヤター、空性《くうしょう》は、修行僧が必ず学ぶ五つの課題の一つで、空《くう》とは、存在しないこととは何かを考察することだ。近くの戸口から建物の中に姿を消すラマ僧を、単は見送った。彼は単の質問の一つ一つに質問で答えた。そして返事を待たずに立ち去ってしまった。

単は人影のなくなった中庭をながめた。馮《フェン》にもイェーシェーにも目を向けないまま、彼は階段を昇って本堂に入った。入るとまた階段があって、その先は大きながらんとした空間だった。バターランプがともされている。線香に火をつけると、彼は本尊の前に蓮華坐を組んですわった。本尊は未来のブッダとして知られる弥勒仏の等身大の青銅像で、部屋全体を圧倒する迫力だった。像の前には決まりどおりに七つの供物鉢が並んでいた。三つは水で満たされ、一つには花が、一つには香が、一つにはバターが、そして最後の一つには香草が入れてある。

彼は数分間黙ってすわっていたが、やがて部屋の隅にあった箒を手にとって掃除を始めた。白髪の僧が現われ、供物の円錐形のバターに火をともした。「そんなことはなさらなくていい」箒のほうにうなずいて、彼は言った。「ここはあなたの寺ではないのだから」

単は一瞬箒を手に立っていた。そして言った。「若いとき、海の近くの山中にある寺の話を聞きました。そこには世界中のすべての知恵が集められていると。ある日、わたしはその寺に行こうと決心しました」

二、三度箒を動かしてから、彼はまた手を止めた。「山を半分登ったところで道に迷ってしまいました。そこで薪《たきぎ》を山ほど背負った男に出会いました。聖人の住む寺を探しているのだ、それは自分自身をみつけるためなのだと、わたしは言いました。すると男は、寺に行く必要はない。知るべきことは自分がここで教えてあげるからと言いました。こうすればいいのだ、と言うと、彼は荷物を地面におろし、まっすぐに立ちました。

でも、家に帰ったらどうしたらいいのでしょう、わたしは尋ねました。簡単なことだ、彼は答えました。家に帰ったら、こうすればいい――そしてまた荷物を背負いました」

老僧は微笑んだ。そしてもう一本の箒を手に取ると、単といっしょに掃きはじめた。

建物から出てくると、単は門のところに行き、塀に沿って歩きだした。半分ほど行ったところに、寺の背後にそびえる斜面に登る山道があった。道の両側の草は、最近通ったらしい重い自動車のタイヤに押しつぶされていた。

十分ほど登ると開けた場所に出た。車は、岩だらけの斜面をそれ以上登れなくなって、そこに駐められたらしい。彼はさらに登っていった。道は険しくなり、急な崖の縁を、風化した岩をまわりこんで続いていた。途中に深い割れ目があり、丸太を二本くくり合わせたものが渡してあった。道が尽きた先は広い草原だった。小さな黄色と青の花におおわれた草地の奥に、崖を背にして小さな石造りの小屋が建っていた。カラスの鳴き声がした。振り返って見ると、知恵と幸運の象徴の黒い鳥は、わずか三十メートルほど先の空中を滑空していた。その下には広大な世界が広がっている。反対側の斜面では滝が水しぶきを立てて針葉樹の森に注ぎこんでいた。その向こうには小さな湖の宝石のように輝く水面が望めた。谷は南方に向かって何キロも続き、そこにはまったく人影がなかった。その先に彼らが夜明けに通った峠が見え、雲が一つ、そこをかすめて通っていた。

足音に単はわれに返った。馮とイェーシェーが近くまで来ていた。単は小屋に近づいていった。

ドアには小さなチベット文字が書かれ、その上に太陽と三日月と炎が描かれていたが、軽く触れただけで大きく開いた。入ってすぐの部屋は、質素だが心をこめて手入れされている山小屋の雰囲気だった。窓の下に置かれた缶に新鮮な花が挿《さ》してある。次の部屋には窓がなかった。暗がりに目が慣れると、藁布団《わらぶとん》、背もたれのない椅子、筆記用具、数本の蠟燭《ろうそく》が見えてきた。蠟燭の一本に灯をともすと、そこが部屋ではなく穴蔵であることがわかった。

外で物音がした。単は蠟燭を消すと、もと来たほうへ戻っていった。草地には誰もいなかった。彼の頭上で驚いたような声がした。見あげると、小柄でずんぐりした男が屋根の上に腹這いになっていた。口に釘をいっぱいくわえている。男は頭をぐいと横に動かした。愚鈍だが、もの問いたげな、リスのような表情だ。男は突然釘を吐き捨てると、屋根の縁に手をかけて体を押し出し、単の足元に落ちてきた。

男は立ちあがらずに、指をのばして単の脚をつついた。現実の存在なのかどうか試してみているようだった。

「おれを逮捕しにきたのか？」男は言いながら、立ちあがった。その口調には奇妙にも期待するような響きがあった。

その平板で色白の顔から見て、チベット人ではなかった。

「スンポのことで来た」

「わかってる。祈っていたんだから」手錠をかけてくれというように、男は手首を合わせて前に出した。「ここはスンポの隠遁所か？」

「おれがジグメだ」男は言った。まるで単《シャン》が自分を知っていて当然というような口ぶりだ。「あの人はちゃんと食べているか？」

単は奇妙な生き物のような相手を観察した。発達障害があるようだった。手と耳が体に比べて不釣り合いに大きい。まぶたが垂れ下がっているところは、悲しげで、眠そうな顔をした熊のようだ。「いや、何も食べていない」

「そうではないかと思っていた。ときどきお茶の代わりにスープを出さなければならないんだ。雨に濡れてはいないか？」

「藁布団がある。屋根の下にいる」

ジグメと名乗った男は、よかろうというようにうなずいた。「あの人、ときどき忘れてしまうんだ」

「忘れるって、何を？」

「自分がまだただの人間だってことをさ」

イェーシェーと馮が単のそばにやってきた。ジグメはぼそぼそと挨拶した。「いつでもいいぞ」妙に元気のいい声で彼は言った。「小屋を閉めなければならなかっただけだ。ネズミのために少し米を残しておいたり。いつもネズミのために食べ物を残していくんだ。スンポ様はネズミが大好きでね。声を出して笑うことはなさらないが、自分の手からネズミが餌を食べるのを見て、目が笑っている。心の底からの笑いだよ。あんたたち、あの人が笑うのを見たことがあるかい？」

誰も答えないと、ジグメは肩をすくめ、小屋の中に入っていった。

「あんたをつかまえにきたんじゃないんだ」単は言った。「尋ねたいことがあるだけで」

ジグメは動きを止めた。「おれをつかまえなきゃいかん」彼は言った。警戒するように単を見ている。「おれがやったんだ」彼は今までとは違う、必死の口調で言った。

「何をやったんだ？」

「あの人が何をやったにしても、それはおれがやったことだ。おれとあの人はそういう間柄なんだ」彼は地面にすわりこみ、膝を腕でかかえた。

「スンポはどれぐらい頻繁に小屋を離れるんだ？」

「毎日さ。崖の縁のところに行って、すわるんだ。毎朝、二時間か三時間」ジグメは前後に体を揺すりはじめた。

「いや、そうじゃなくて、遠くへ、あんたの目の届かないところへは？」

ジグメは戸惑った顔をした。「スンポ様は隠遁中だ。一年近く前に始めたんだ。ここを離れるわけがない」彼は顔をあげた。自分のしたまちがいに気づいたのだ。「自分から出ていったんじゃない」彼は泣きだしそうだった。「だからいいんだ」弁解するように彼は言った。

「おじいさんも言ってる。あの人が戻ったら、またはじめからやればいいんだって」

「だけど、四六時中いっしょにいるわけにはいかないだろう。あんただって眠るんだし。その間にどこかに行って、戻ってくることもできたわけだ」

「おれが気づかないはずがない。おれにはわかっている。いつだってわかっているんだ。それがおれの仕事だ。あの人から目を離さないことが。隠遁中の人はほかのことは眼中になくなるから。まるで――」必死で言葉を探す彼の様子は痛々しいほどだった。「――まるでたき火の中の石炭の塊みたいになるんだ」彼は肩をすくめた。「崖から落ちてしまうかもしれない。ほんとにあったことだ。あの人はおれのものだ。おれはあの人のもの」彼は自分の両手を見つめた。「世の中、何も不足はない」しかし単にはわかっていた。彼は世の中全般のことを言っているのではない。チベットの人知れぬ片隅の、人里離れた小天地の、小さな高原だけを指しているのだ。

「誰も彼に口をきかせることができないのだけれど」単が相手をうながすように言った。

「おじいさんなら。ジェ・リンポチェなら」ささやくような声でジグメは言った。

「リンポチェはここにいるのか？」

「寺に」

「スンポがつかまえられた日。そのときのことを話してくれ」

ジグメはまた体を揺すりだした。「六人か、七人で来た。銃。銃を持っていた。銃がどういうものかは聞いて知っていたんだ」

「軍服は何色だった？」

「灰色」

「全員が？」

「若いの一人以外は全部。そいつは顔に傷があった。名前はメー・ジャー。みんながそいつをメー・ジャーと呼んでいた。セーターを着て、黒い眼鏡をかけていた。院長を連れてこいと言った。院長様が来るまでは何もしようとしなかった」

「財布がみつかったそうだけど」

「嘘だ」

「ここで財布をみつけたのではないのか？」

「ああ。いや、つまり、みつけたことはみつけたよ。おれもその場にいた。そのメー・ジャーってやつが院長様を中に連れていった。懐中電灯を持っていた。メー・ジャーが石をどかすと、その下に財布があったんだ。でも、はじめからそこにあったはずがない」

「何分くらい捜索をしていたんだ？」

「兵隊たちは隅なく探した。おれのかごをひっくり返したり、花瓶を壊したりした」

「財布がみつかったのは、そのメー・ジャーという男が中に入って、どれくらい経ってからだった？」

「そいつが院長様を中に連れていくと、すぐに誰かが大声を出したんだ。すっかり興奮してね。そしたらメー・ジャーが出てきて、スンポ様の手を鎖でつないだ」

「その石を見せてくれ」

それは穴蔵に五メートルほど入ったところにあった。椅子代わりにできそうなほどの大きさの、上が平らな石だ。単《シャン》はイェーシェーに、ジグメを外に連れていくように言った。メモ帳に穴蔵の様子をスケッチし、石に近づいて蠟燭《ろうそく》の灯をかざした。表面をなでていた彼の手が止まった。入口に面した側に何かねばねばしたものが付いていた。小さな四角いものが、彼の指を吸いつけた。彼は馮《フェン》に声をかけ、さらに三本の蠟燭に火をつけさせた。そこから三メートル奥に入ったところに、探していたものがあった。用済みになって、石からはがして投げ捨てたのだ。黒い絶縁テープが丸めてあった。逮捕に来た者たちが容易に見分けられるように、石に目印を付けたのだ。

「ほかにもここに来た者がいたか?」単は尋ねた。「同志メー・ジャーより前に」

「誰も。おれは誰も見ていない。リンポチェは別だけど」

「リンポチェか。寺のどこに行けば会えるかな?」

ジグメは遠くを、崖の縁のほうを見ていた。またカラスがいた。そのカラスは頭のうしろに奇妙な白い斑点があった。ジグメが手を振りはじめた。「人が来る!」彼はカラスに向かって叫んだ。「急げ!」

額に手をかざして、ジグメはカラスをじっと見た。「こっちへ来る」彼は言った。「こっちへ来ると、カラスが言っている」

ジェ・リンポチェは来なかった。彼は待っていた。山道を百メートル下ったところの岩棚で、単は彼と出会った。紙でできているのかと思うほど、はかない存在に見えた。髪の毛はほとんどなく、肌は荒れていて、砂でおおわれているかのようだった。だがその目は、うるおいを帯びて、絶えず動き、強い光を放っていた。そのために、その顔は浸食した岩に宝石を二つはめこんだように見えた。

単《シャン》は合掌し、頭をさげて挨拶した。「リンポチェ、お尋ねしたいことが――」「思いを致すべきものがとてもたくさんある」老人は相手をさえぎって言った。その声は驚くほど力強かった。「この山。犬たち。霧が斜面を下っていく様子。毎朝ちがっているのだ」彼は単に顔を向けた。体を動かしても、衣はほとんど動かなかった。「ときにはそんなふうに感ずることがある。斜面をすべり降りていく霧のように」彼はまた谷を見おろし、寒気を感じているかのように、衣を体に引き寄せた。「ときどきジグメがメロンを持ってきてくれる。われわれはそれを食べ、ジグメはじっと見ている」

単はため息をつき、あたりの景色を眺めた。スンポと話をすることはできないだろう。彼の師匠であるジェだけが、間を取り持ってくれるかもしれない唯一の望みだったのだ。「山の頂上に登ったとき、われわれが何をするか、ご存じかな？」ラマ僧は尋ねた。「修行僧だったとき、わたしもそうしたものだ。紙で小さな馬を作って、それを風に吹き飛ばさせるのだ」そこで言葉を切ったが、単が説明を求めたかのように、さらに話を続けた。「地面に落ちると本物の馬になって、山越えをする旅人たちの役に立ってくれる」

ジェの横で何かが動いた。彼から手をのばせば届くほどのところにカラスが降り立っていた。

「皆が祈っている。わたしの友人や師匠たちが」ジェはまた話しはじめた。「皆が。そこへ爆弾が落ちてくる。逃げる時間はあるのに、彼らはそうしない。わたしは幼い者たちを丘に連れていかなければならない。あとに残った者たちは死んでいく。経を唱えながら、爆発で死んでいく。子供たちを連れ出そうとしているわたしの顔に何かがぶつかる。人の手だ。まだ数珠をにぎっている」

一九五九年だ。単は年号をたどった。あるいは一九六〇年。人民解放軍が僧院に空爆を加えたのだった。

「自分がしたことは正しかったのか?」ジェは話しつづけていた。「いつもこう問いかけたいという誘惑がある。自分のしたことは正しかったのかと。もちろん、これは間違った問いかけだ」

突然単は悟った。老人は単がここに来た理由を正確に理解している。

「リンポチェ」単はゆっくりと言った。「わたしはスンポに誓いを破らせようとしているのではありません。ただ、わたしといっしょに真実をつきとめてもらいたいのです。どこかに殺人犯がいます。また人を殺すかもしれません」

「殺人犯をみつけられるのは、殺された者だけだ」ジェは言った。「亡霊に復讐させなさい。スンポのことは心配していない。だがジグメは、彼は途方にくれている」

老人に会話の主導権を持たせなければいけないことに、単は気づいた。風が強くなった。彼はジェの衣をつかみそうになって、自分を抑えた。そうしないと雲の中へ吹き飛ばされてしまうかと思われたのだ。「ジグメは寺で修行しているのではありませんね」

「そうだ。彼はスンポに仕えるために修行を捨てた。もともと彼は僧侶ではないのだ。寺の孤児というのは、一生を嵐の中で過ごさなくてはならない小鳥のようなものでな」

真相を悟った単の背中を冷たいものが駆け抜けた。中国によるチベット占領中、および文化大革命の時期に、僧や尼僧は、ときには銃剣をつきつけられて、互いに、あるいは兵士相手に独身の誓いを破る行為を強要された。その結果生まれた子供たちは、地域によっては特別な学校にまとめて収容された。彼らがギャングを形成している地域もあった。四〇四部隊にもこうした混血の寺の孤児が何人かいた。僧侶たちについて刑務所に進んで入った者たちだ。

「ではジグメのためにも、スンポをここへ連れ戻すのに手を貸してください」

老人は目を閉じていた。「寺が破壊されたあと」彼はつぶやいた。「わたしは昇る月がもっとよく見えるようになった」


谷の端の寺、夜明けに通り過ぎた建物群のことを、単《シャン》が尋ねたとき、車はすでに峠に向かう長い上り坂にさしかかっていた。イェーシェーは答えなかった。

馮《フェン》が車のスピードを落とし、地図を見た。「ガルトク」わずらわしそうに彼は答えた。「ガルトクというんだそうだ」

単は譚《タン》大佐からわたされたファイルの一つを取り出し、中に目を通すと、馮軍曹のほうに手を突き出した。「止めてくれ。ここで止めろ」

「時間がない」馮は言い返した。

「明日の朝、夜明け前に出発して、またここに戻ってくるほうがいいのか？」

「もう遅いですよ。今ごろは一日の最後の集会の準備をしていて、もうすぐランプに灯をつける時間です」イェーシェーが執拗に言った。「電話で話をきいてみたらいいじゃないですか」

馮が振り向き、単の目を見つめていたが、それ以上一言も発さずに車の向きを変え、谷に下る道を戻りはじめた。

イェーシェーはうめき声をあげ、手で目をおおった。もうこれ以上見るに耐えないというようだった。

建物の前に広がっていたのは草地ではなかった。廃墟だった。寺から一キロほど離れたところから続く、一面に石の転がる空き地だ。石の並び方には規則性がなかった。山になっているところもあれば、近くの山から転げ落ちてきたかのように散らばっているところもあった。だが、石はどれも石工の手で四角く加工されたものだった。

寺の近くでは、いくつかの建物の土台だけが残ったところが庭園に作りかえられていた。赤い袈裟《けさ》をまとった十人ほどの者たちが、持っていた鋤《すき》に寄りかかって、思いがけず現われた自動車を見つめた。車がゆっくりと止まると、庭園のさらに先では新たな建設が始まっていることに単は気づいた。中心の壁が再建され、延長されていた。新しい材木とビニール袋に詰められたセメントが、並木に沿って積みあげられている。

イェーシェーは後部席に横たわり、目を腕でおおっていた。

「きみは寺に詳しい。作法を知っているはずだ」単はいらだたしげに言った。「いっしょに来てくれ」

馮が後部席のドアを開けた。「起きているんだろう、同志」彼はイェーシェーの腕を引っぱった。「なんだ、こいつ、追いつめられた猫みたいに息をはずませているぞ」

単は思い切って一人で中庭に入っていった。サキャで見たのと同じ造りだったが、塗装は新しく、規模がずっと大きかった。一基ではなく五基の仏塔が並んでいて、作りたての銅細工の太陽と月が載っている。より有効な投資というやつだ、単は思い出した。宗教事務局の聞《ウェン》局長が言っていた。サキャの寺の再建が認められなかったのは、谷のさらに下にある寺のほうが、より有効な投資だからだった。

袖に金糸の刺繍を施した袈裟をまとった中年の僧が集会殿の石段に姿を現わした。歓迎の意を表わすように両腕を広げて、階段を小走りに降りてくる。単が見ていると、他の僧たちはその人物を見あげていた。うやうやしく頭を垂れる者もいれば、急いで目をそらす者もいた。高位の僧で、おそらくは僧院長なのだろう。ただ、不思議なことに、彼は単を見て驚いていないようだった。地面を掃いていた若い修行僧が、彼の指示で作業を中断し、集会殿の中に入っていった。それから僧は塀の陰の薬草園を指さした。単は黙って相手のあとについていった。花壇の間に木のベンチが一列に並んでいて、講義を受ける学生のためのもののようだった。薬草園のいちばん奥で、老僧が地面に膝をついて草取りをしていた。

「もうすぐ計画が完了します」自分の前のベンチに単が腰をおろすと同時に、僧は言った。

「計画?」先ほどの修行僧が茶器を載せた盆を持って現われ、二人に茶を注ぐと、そそくさとお辞儀をして立ち去った。

「学寮再建の第一次計画です。聞立《ウェン・リー》さんに、もうすぐ完了だと伝えてください」僧の態度物腰には何か奇妙なところがあった。どう言い表わしたらいいものかと、単は考えた。いわば社交的なのだった。あか抜けしているとさえ言えそうだ。

「えーと、ディルゴ・コンサのことで来たのですが」

僧は平気な顔で話しつづけた。「そう、もうすぐ完了です」まるで二つの話題が関連し合っているかのようだ。「北大会《ペイ・ター》の協力もありますしね。協力し合って再建計画を進めているのです」

「北大会《ペイ・ター》?」

僧は口を閉じ、はじめて見るかのように単の顔を見つめた。「というと、あなたは?」

「犯罪捜査にあたっている者です。譚大佐のもとで。ディルゴ・コンサに関して、再調査を行なっています。彼はここの修行僧でしたよね?」

僧はゆっくりと単を観察し、次に塀ぎわをゆっくりと歩いてくる馮とイェーシェーに目を移した。二人が数人の僧がかたまっている横を通ると、誰かが驚いたような大声を立てた。挨拶しているようだった。別の誰かがまた声をあげたが、単ははじめその声に込められた感情がわからなかった。怒りだった。イェーシェーは馮のうしろを歩いていた。

「最後にディルゴを見たとき」単の背後で優しい声がした。「彼は暴力にとりつかれた者が陥る魂の地獄にいました」単の相手をしていた僧は立ちあがり、合掌して挨拶した。声の主は草取りをしていた老僧だった。庭仕事で衣は汚れ、爪に泥がこびりついている。「わたしたちで中陰《バルドー》の祈りを捧げました。今ごろは幼子に戻っているでしょう。いずれ成長して、また周囲の者に祝福をもたらすようになりますよ」目を輝かせて、ディルゴのことを思い出すのが楽しくてしかたがないようだ。

「院長様」中年の僧がお辞儀をしながら言った。「おゆるしください。房で瞑想にふけっておられるものと思いまして」

院長？　わけがわからずに、単は今、口をきいた僧を見た。

「あなたのお相手をしていたのは、チャンゾーですよ」単の視線に気づいて、院長が言った。「ガルトクへようこそ」

「チャンゾー？」そんな言葉は僧たちの冬の夜話には出てこなかった。

「俗事を扱う責任者でしてな」院長が説明してくれた。

「俗事？」

「渉外担当です」当の僧が口をはさんだ。院長に茶を入れ、腰をおろすようにと身ぶりで勧めた。

「なぜディルゴのことをお尋ねになるのかな？」そう尋ねる院長の表情はまるで子供だった。あけっぴろげの表情に、無邪気な目。

「ある男の喉に小石を詰めて殺したと、殺人罪に問われたのです。殺されたのは、宗教事務局の局長でした」

チャンゾーは眉をひそめた。院長は茶碗をのぞきこんでいる。

「むかし、王家に属する者を殺すのに使われた伝統的な方法でしょう」単は言った。「戦争のときでさえ、王族は戦場ではけっして殺さず、捕虜にしておいて、あとで窒息死させた」

「すみませんが」チャンゾーが言った。「何をおっしゃりたいのか、よくわかりませんな」

彼は当惑しているというよりも、単に対する不満を表わしているようだった。

「わたしが言いたいのは、政府高官がいかにもふさわしい古式ゆかしい方法で殺されたということです」

「そして裁判でも証言されたように」かすかないらだちとともにチャンゾーが言った。「ガルトクは古式ゆかしい寺院です。ディルゴを二度死刑にできるわけもないでしょう」中庭の僧たちの間にざわめきが広がっているのに、単は気づいた。彼らの視線をたどると、庭園の隅の物陰に立つ馮《フェン》とイェーシェーの姿があった。

「かりにわたしが誰かを殺すとしたら、自分や自分の信仰と結びつけられる恐れのない方法を選ぶでしょうね」

突然チャンゾーが立ちあがった。「イェーシェー？」彼は大声で言った。「イェーシェー・レタンじゃないか？」

イェーシェーは一瞬庭の隅に立ちつくしていたが、チャンゾーの真剣な表情に気づいて、前に進み出た。「そうです、リンポチェ。おぼえていてくださったのですか」

チャンゾーは両腕を広げた。階段の上に現われたとき、単《シャン》に見せたのと同じしぐさだ。彼はイェーシェーに近づいて、明るいところへ導いた。イェーシェーは身を固くして立ち、気まずそうに単に視線を送った。

チャンゾーは単とイェーシェーを交互にながめた。わけがわからないという顔つきだ。

「わたしの刑期は少し前に終わりました、リンポチェ。今はこの任務に就いています。一時的なものです」

イェーシェーは懇願するように単を見た。その様子をチャンゾーは興味深そうに観察しているようだった。次に彼は単に注目した。単が口を開くのを待っている。責任者の中国人はなんと言うのか。

「彼は模範的態度で自己改革に励みました」気がつくと、単は話していた。「たぐいまれな――」彼は言葉を探った。「献身的姿勢をもって」

チャンゾーは満足そうにうなずいた。

「成都で仕事が見つかると思います」ためらいがちにイェーシェーが言った。

「ここへは戻らないのかね?」チャンゾーは言った。

「前歴がありますから。ぼくに許可がおりるはずがありません」

「再教育が完了したのだから。聞《ウェン》局長に話してあげよう」その言い方は、何やらイェーシェーに負うところがあるのかと思わせた。

イェーシェーは驚いて目を丸くした。「でも割り当て人数があるでしょう」

チャンゾーは肩をすくめた。「かりにその点が問題になったとしても、建設作業員の人数に制限はない」彼は組んでいたイェーシェーの手をほどかせ、その片手をにぎった。「さあ、建設現場を見てくれないか」彼は言い、イェーシェーを集会殿のほうへ引っぱっていった。

ゆっくりと、見えない力に抵抗しているかのように小刻みの歩みで、イェーシェーは集会殿に近づいた。そのとき、もう一人の僧が階段の上に現われ、イェーシェーを見つめているのに、単は気づいた。僧は両手で印を結び、それをイェーシェーのほうに向けているように見えた。

困惑して、イェーシェーは単の顔を見た。単はうなずき、二人は中庭を横切っていった。

院長は無表情にチャンゾーを見つめていたが、やがてため息をついて単のほうに向き直った。「殺人犯というのは、嘘をつくものでしょう」会話がまったく中断しなかったかのように、彼は言った。「ディルゴはけっして嘘をつかなかった。誓いに反するからです」

「では、彼が殺したのですか？」単は尋ねた。

院長は答えようとしなかった。

「人の命を奪うことは、はるかに重大な規則違反でしょう」単は言った。

院長は茶を飲み干し、衣の袖で口を拭いた。「どちらも二百三十五の戒律で禁じられている」彼は言った。僧侶の地位にあるものの行動規範となる規則のことだ。

「わからないのですが」単は言った。「誓いを破った者は、より下等な生き物として生まれ変わるのでしょう。それなのに、あなたは彼は人間に生まれ変わっただろうと言っていた」

「わたしにもわからないことがある。いったいわたしたちから何を求めておられるのか？」

「率直な答です。あなたはディルゴが宗教事務局の局長を殺したと思っていますか？」

「政府が権限を行使した。ディルゴは抵抗しなかった。あの件は解決済みです」

どうして驚くことがあるだろう、単は思った。ひときわ優遇されているらしい寺の院長が、政治家体質の人物だとわかったといって。「彼が殺したのですか？」

「ブッダの境地に至る道は、各人各様です」

「彼が殺したのですか？」

院長はため息をつき、流れゆく雲を見つめた。「ディルゴがあのようなことをするなど、カイラス山が小鳥一羽の重みでつぶれるより、もっとありそうもないことですよ」

単は重々しくうなずいた。「そういう小鳥が、もう一羽放されました」

院長は新たな悲しみのこもった目で単を見た。

「考えたことがありますか？　どこに罪が潜んでいるかを」単は尋ねた。

「どういう意味かな？」

「彼らにとっては簡単なことです。彼らはそうして権力の座にとどまっているのです。危険は権力と表裏一体のもの。影が光と表裏一体なのと同じです。ときには、なんの脅威もないところに、わざわざ脅威を作り出すことがあるほどなのです。あなたにとっても簡単なことでしょう。ディルゴの身に起きたことは、簡単に正当化できる。あなたはきっと、これもことの成り行きでしかたのないことだということにしたのでしょう。一九五九年に津波のように寺院を襲った兵士たちと同じようなものだと。それが彼の運命だったと、あなたには言える。おまけに、ディルゴは転生して、よりよい生を授かっている。しかし、彼らとあなたの中間にいる者にとっては、少しも簡単なことではないのです」

院長はもう単の目を見ていなかった。

「ディルゴを破門したのですか？」

「彼は破門されてなどいない」

「殺人罪が確定したのに、あなたは彼を破門しなかった。それどころか、彼のために中陰の祈りを捧げてやった」

院長は自分の手を見つめていた。

単《シャン》はメモ帳をめくった。「彼の数珠が殺人現場でみつかった。とても珍しい数珠だ。一つ一つの珠が小さな松ぼっくりの形に削ってあって、材料は珊瑚《さんご》、四天珠は瑠璃《るり》でできている。とても古いものだった。インドから持ちこまれたものにちがいない。資料によれば、ほかに例のない、同じものは一つも存在しないという」

「確かに彼の数珠です」院長は言った。とても静かな声になっていた。「それが彼の犯行だという証拠になった」

「どうしてそれが現場にあったのか、彼はどう説明したのですか？」

「説明できなかったのです」

「数珠をどこかでなくした？」

「いや。ずっと手元にあったと言っていました。それどころか、逮捕されたとき、眠っているところを藁布団から引き立てられたときにも、手に持っていたというのです。奇跡が起きたのかもしれない。どこかへ移動して、また戻ってきたのかもしれない。ディルゴは何かのお告げかもしれないと言っていました」

「なぜ彼は抵抗しなかったのです？」単は言った。「なぜ無実を主張しなかったのです？あなたも、彼が無実だと知っていたなら、なぜ彼をかばわなかったのですか？」

「できることはすべてしてしまいました」

「すべて？」単は布鞄から事件の資料をゆっくりと取り出し、相手との間のベンチの上に置いた。彼は院長の供述調書をすでに読んでいた。院長は暴力行為を強く非難し、寺院を代表して謝罪していた。

院長は資料を見つめていたが、やがてまばたきもせずに目をあげた。「すべてです」

この人たちが罪悪感を覚えることを期待しても無駄だと、単は悟った。ディルゴのドラマの出演者たちは、院長から趙《ジャオ》検察官に至るまで、被疑者本人まで含めて、全員が決められた役を忠実に演じたのだった。

院長は立ちあがり、草取りに戻ろうとした。

「では、これだけ教えてください」単はその背に向かって言った。「殺人現場に仏教の魔神がいたという話を聞いていますか？」

顔をしかめて院長は振り返った。「古い習俗はなかなか変わらないもので」

「ということは、そういう噂を聞いたのですね？」

「公人が亡くなると、必ず魔神や精霊が復讐したのだと言い立てる者がいるのです」

「あの晩も、そういうものを見たという話があるのですか？」

「あれは満月の晩でした。ある羊飼いが、自動車道路の上の丘に馬の頭をした魔神がいるのを見たと言っています。踊っていたようだと。タムディンという名の魔神です。宗教事務局局長を窒息させた小石の中に、頭蓋骨の形をした数珠の珠が混ざっていました。タムディンが身につけている数珠です」単はそのような数珠に手を触れたのだった。魔神の数珠に。

「土地の者たちが祀《ほこら》を建てました。その場所に。自分たちの守護魔神をたたえるためです」

道路のそばの丘で踊っていた。満月のもとで。まるでタムディンは姿を見られたがっていたようじゃないか、単は思った。

「ほかの殺人事件のあとにも、祀《ほこら》が建てられました。鉱山局の局長が殺されたときには、トラックの運転手がタムディンを見たという噂です。今申し上げたように、公の地位にあった人が亡くなると、決まってそんな噂が流れるのです。タムディンは民衆に人気があります。とても荒々しく、仏の道を守るためには容赦をしません。とても古くからいる魔神で、仏教以前のシャーマニズムの時代のチベットにさかのぼる、いわゆる土着神です。仏教に帰依するようになったときに、人々はタムディンをいっしょに連れてきたのです」

中庭の反対側で、突然けたたましい動物の鳴き声がして、話は中断した。開け放された門から犬の大群が入ってきていた。僧たちが餌をやっている。それほどの数の犬が一カ所に集まっているのを、単《シャン》は見たことがなかった。少なくとも三十頭いて、まだどんどん門から入ってくる。

馮《フェン》軍曹が悪態をつき、犬たちから目を離さずに、単の隣のベンチにうずくまった。羊飼いが狼よけに使うような、大型の黒いマスチフ犬が三頭、物陰にたたずんでいて、まるで単と馮が闖入者であることを察知しているようだった。馮の手が拳銃のほうへ動いた。

「いけない!」馮の手の動きに気づいて、一人の僧が叫んだ。駆け寄って、犬の前に立ちはだかった。「わたしたちが保護している犬です」懇願するように僧は言った。「彼らもガルトク寺の一部です。チベットじゅうからわたしたちのところへやって来るのです」

「ただの雑種犬じゃないか」馮がうなるように言った。「おれが育った土地じゃあ、ああいう犬は肉にして食うために育てたもんだ」

僧は恐怖もあらわに言った。「犬はわたしたちの仲間です。おぼえているんです。だからここへ来るのです」

「おぼえている?」単が言った。

「破戒僧です」僧は説明した。「犬は誓いを破った僧侶の生まれ変わりです」

僧が話している最中に、イェーシェーがチャンツェとともに階段の上に姿を現わした。中庭の奥から、誰かが怒りに満ちた声でイェーシェーに向かって叫んだ。チャンツェはなだめるようにイェーシェーの肩に手を置いた。階段に立っていた僧はまだ同じ場所にいて、印を結んだ手をイェーシェーに向けていた。

ようやく単もその印の意味を読みとった。ゆるしを与える形だった。真相を悟った彼の全身を冷たいものが駆け抜けた。振り向いて、はじめて見るかのようにイェーシェーを見つめた。われながら愚かだった。イェーシェーの身の上について、あれほど根ほり葉ほり尋ねながら、いちばん大事なことをきかずにいた。


二時間後、彼らは峠を登りつめたところにいた。遠くの地平線ぎりぎりのところに光っている星が自分たちより下に見えるほどの高さだ。ぼんやりとした頭で、単はこの宙を漂うような感覚が続くといいと思った。このままふわふわと別の世界に飛んでいきたい。政府が民衆を欺かず、監獄には犯罪者だけが入れられ、人が小石で窒息死させられたりしない世界に。

後部席で、堅いものが触れあう澄んだ音がしているのに気づいた。イェーシェーが数珠を繰っていた。

一時間後、ラドゥン渓谷の端の十字路にさしかかると、単が馮の腕をつかんで言った。

「左だ」

「道がわからなくなったのか、同志」馮がぼそぼそと言った。「兵舎は右だ。あと一時間走れば、寝床に横になれる」

「左だ。四〇四部隊の作業現場に行く」

「それじゃ何キロも遠まわりだ」馮が不服そうに言った。

「行くんだ」

十字路を通り抜けたところで馮は車を止めた。「着く頃には、もう真夜中だ。誰もいないぞ」

「そのほうが可能性が高くなる」

「可能性？」

「幽霊に出会う可能性」

馮は身震いした。「幽霊？」

「そいつに誰が犯人かきくんだ」

馮は車内灯をつけ、単の顔を見つめた。冗談だという顔をしていないかと思ったようだった。

単は無表情に相手を見返した。「幽霊が怖いのか、軍曹？」

「ああ、怖いさ」馮は鋭く言い返した。思わず大声になっていた。車のギアを入れると、車を反転させた。

橋まで数百メートルのところで、単は軍曹に言ってヘッドライトを消させた。橋のそばで車を止めると、四〇四の作業現場には人っ子一人いなかった。車を降りるやいなや、馮は拳銃を取り出した。単は何も言わずに山のほうに向かって歩きだした。三十歩ほど行って振り返ると、馮は車の周囲をぐるぐると歩きまわっていた。まるでワゴン車を守って歩哨に立っているようだ。

譚《タン》大佐の橋のたもとで単は立ち止まり、空を見あげた。依然として星の輝きに圧倒される思いだ。うっかり腕をのばしたら、星に手が触れてしまうのではないかという気がした。彼の膝はふるえていた。

趙《ジャオ》の殺害現場に積まれた小さなケルンのところまで歩いていった。山は無風だった。チュンボが徘徊するのは、こんな夜だ。守護魔神が襲いかかるのは、こんな晩だ。気がつくと彼はポケットに手を入れて、タムディンを呼び出す護符に触れていた。コルダの唱えた頭蓋骨のマントラは、どういう言葉だった？　オンパドメテクリドフームパット。

背後で小石が動く音がした。何者かが隣に並んで立ったのに気づいて、単は心臓が口から飛び出しそうになった。しかし、それはイェーシェーだった。

「ちょうど今夜のような晩だった」努めて平静を取り戻そうとしながら、単は言った。「趙検察官は車で橋まで連れてこられた。誰かといっしょだったんだ。誰か、彼と知り合いだった人物が」

「いくら考えてもわからないのですが、どうしてこんな場所で？」イェーシェーが言った。

「この近くには何もないじゃないですか」

「だからだよ。この道路はどこにも通じていない。通りかかった者に目撃される危険がない。脱出も簡単だ」だが、それで全部ではなかった。山はまだ秘密を明かしてくれていなかった。

「では、犯人は趙といっしょに歩いたわけですね」イェーシェーは言った。「星を見に？」

「話をしにだ。人に聞かれないところで。下に残った者もいた」

「運転手ですね」

「今わたしはここに趙といっしょにいる」単は言った。趙を山中におびき寄せた殺人犯の立場に身を置いて話している。「秘密を打ち明けるために、彼をここまで連れてきたんだ。ところが彼は何かに驚いた。岩がずれたか、金属のぶつかる音がしたか。最後の瞬間、彼は自分を襲おうとする者に気づいて、向き直って応戦しようとした。相手の衣装から飾り物をむしり取るだけのことしかできなかったが」単は片手に石を持って立ち、実演して見せた。

「わたしは石をつかみ、彼の後頭部を殴った」単は石を力いっぱい地面に投げ捨てた。「身元を明らかにするようなものをポケットから取り出し、死体をきちんと横たわらせた。それからタムディンがナイフを使った」

「では、犯人は二人？」

「今はそう思っている。魔神の衣装を身につけた者といっしょに、趙がここへ来たとは考えられない。彼は知人といっしょに来た。その知人が魔神をここで待機させておいたんだ」単は一歩後退し、また犯人の役を演じた。「わたしは見ていたくない」単は崖の縁のほうに歩いていった。血しぶきを浴びたくもない。この縁まで来て、ポケットから取り出したものを投げ捨てた」彼は小石を拾い、崖のふちぎりぎりのところまで行った。奈落の上に腕をのばし、石を持つ手を放した。

「なぜ大学を追い出されたか、話してくれたね」しばらくして、まだ谷底のほうを向いたま
ま、彼は言った。「でも、そもそもなぜ大学に行ったのかは話してくれなかった」捜査も、
哲学も、職選びも、人間関係も、みんな同じようなものだと、彼は思った。失敗に終わるの
は、尋ねるべきことを尋ねずにいたときだ。
単《シャン》はイェーシェーが近づいてくるのを感じ、つま先が縁から突き出すまで、さらに前に進
んだ。
「選ばれて大学に行かせてもらうのは名誉なことでした」うつろな声でイェーシェーは答え
た。
そっと押すだけで、ちょっと風が吹くだけで十分だ。イェーシェーが足をすべらせて単の
体にぶつかる。それだけで彼は落ちる。こんな夜には谷底に体がたたきつけられるのではな
いかもしれない。落ちていく先にはただ暗黒が、そしてさらなる暗黒があるだけだ。
「だけど、なぜイェーシェー・レタンが選ばれるんだ？　人里離れた寺の、名もない僧侶だ
ったのに」
今ではイェーシェーは単と並んで立っていた。まるで単と同じだけの危険をみずから冒そ
うと思っているようだ。
「ガルトクの再建が始まったのは、きみがあそこを離れたあとだ」単は言った。「あのチャ
ンツェ、彼はきみを英雄のように扱っていた。きみに恩があるみたいにね。きみが出たあと
で、あの寺が優遇されたというようだった」

「僧になると母に約束しました」星に向かってイェーシェーは言った。「長男だったので。中国人が来る前は、それがチベットの家族の伝統でした。長男は寺院に仕える栄誉に浴する。でも、ぼくはいい僧侶ではありませんでした。自我を抑えなければいけないと院長様に言われました。村での仕事を言いつけられました。村人たちの苦しみを見るようにと。週に二度、病気の子供たちをトラックで寺に運びました」

背後の斜面でヨタカが鳴いた。

「彼はあそこに倒れていました。道端に。助けられると思いました。小石を吐き出させれば、息ができるようになると。でも、もう死んでいました」

「宗教事務局局長の死体を発見したのは、きみだったのか？」

「なんであんなに高いところに一人で行ったのか、どうしてもわかりません」ささやき声でイェーシェーは言った。

「そして、きみの寺のディルゴが死刑になった」事件の記録の一部が切り取られていたのを、単は思い出した。証人の陳述書だ。

「体をひっくり返したら、そこにあったのです。見て、すぐにわかりました」

「ディルゴの数珠のことか？」

イェーシェーは返事をしなかった。

「つまり、きみはディルゴに不利な証言をしたわけだ」

「ありのままを証言したのです。中国人の死体をみつけたこと。死体の下にディルゴの数珠があったこと」

まさにおあつらえ向きの話だ。反社会的なカルト集団のメンバーが、たまたま同じ寺に属していたとはいえ、新たな社会の構成員となっている人物の証言で断罪される。古い秩序がいかに邪悪で、新たな体制がなんと強靭なことかを如実に示すできごとだ。「大学に行かせてもらったのは、そのときの証言に対する褒美《ほうび》だったんだな」

「断われたと思いますか？　僧侶が大学に行かせてもらえるなんて、めったにないことですよ。そもそもチベット人が大学に行く機会が、どれほどあるというのです。それに、褒美だとは言われませんでした。言われたのは、ぼくの行動が、ぼくが大学で学ぶべき人材であることを立証した。指導者たる人材で、もっと早くから大学に送るべきだったということでした」

「それは誰の意見だった？」

「趙《ジャオ》検察官。宗教事務局。公安局。みんなで書類に署名してくれました」

このことは、誰が趙を殺したのかということも、誰がふたたびイェーシェーを利用しようとしているのかということとも関わりがない。そのような褒美を与えるのは、中国の司法当局の常套手段だ。イェーシェーがいつもその道を車で通ることを知っていた人物が、彼を利用したのかもしれない。あるいは彼が関わりをもったのは、まったくの偶然なのかもしれない。問題は、その一件でイェーシェーが利用できる人間であることが明らかになり、今また別の誰かが同じように彼をあやつろうとしていることだ。鍾《チョン》ではない。鍾所長はただの手先で、もう一年自分のところでイェーシェーを働かせたいと思って動いているにすぎない。「先に話をしたのです」イェーシェーが自分から口を開いた。あらためて考えて、とても重要なことを言い落としていたのに気づいたかのようだった。

「先に？」

「ぼくが証言したのは、大学の話を持ち出されるよりずっと前のことでした」

「わかってる」

「よき市民の務めだと言われました」彼はまたささやき声になっていた。「ただ」やるせなさそうに、彼はつけ加えた。「それがどういうことなのか、今ではわからなくなってしまいました――よき市民であるということが」

星を見つめていると、二人の沈黙の中から苦悩が忍び出てくるようだった。

「宗教事務局に行ったとき」イェーシェーが言った。「今でも遺物が発見されて博物館に運ばれていると聞かされて、考えてしまいました。誰かがディルゴのと同じ数珠をもう一つみつけていたら、どうなのだろうと。ぼくが自分で知らずに嘘を言ってしまったのだったら」単《シャン》はイェーシェーの腕に手を置き、彼を崖の縁からそっとさがらせた。「だったら、事実を究明しなければ」

「どうして？」

「ディルゴのために」

二人は丸石の上に腰をおろし、ふたたび沈黙が自分たちを包むにまかせた。「みんなが言っているのは本当だと思いますか？」イェーシェーが言った。

「何が？」

「趙《ジャオ》の亡霊がこのあたりにいて、復讐しようとしているという話」

「さあ、どうかな」単《シャン》は夜の闇に目を向けた。「わたしだったら、魂が体を抜け出たら、うしろを振り返ったりはしないな」

それで話はとぎれた。どのくらいの時間、そうしてすわっていたのか、単には見当がつかなかった。十分だったのかもしれないし、三十分だったかもしれない。流れ星が空を横切った。そのとき、いきなり大きな音がした。今まで耳にしたこともない、苦しげな、長く続く、うめき声のようにも、悲鳴のようにも聞こえる音。下のほうから聞こえてきたその音は、単の背筋を貫くようだった。それは人間の声ではなかった。

突然三発の銃声が轟いた。そして静寂が訪れた。

傑作サスペンス

幻の女
ウイリアム・アイリッシュ／稲葉明雄訳
死刑執行を目前にした男。唯一の証人の女はどこに？　サスペンスの詩人が放つ最高傑作

暗闇へのワルツ
ウイリアム・アイリッシュ／高橋　豊訳
花嫁が乗ったはずの船に彼女の姿はなく、代わりに見知らぬ美女が……魅惑の悪女小説。

眠れぬイヴのために 上下
ジェフリー・ディーヴァー／飛田野裕子訳
裁判で不利な証言をした女へ男の復讐が始まった！　超絶のノンストップ・サスペンス。

静寂の叫び 上下
ジェフリー・ディーヴァー／飛田野裕子訳
ＦＢＩの人質解放交渉の知られざる実態をリアルかつ斬新な手法で描く、著者の最高傑作

監禁
ジェフリー・ディーヴァー／大倉貴子訳
周到な計画で少女を監禁した男の狂気に満ちた目的は？　緊迫感あふれる傑作サスペンス

ロバート・B・パーカー　スペンサー・シリーズ

失投
菊池光訳
大リーグのエースに八百長試合の疑いがかかった。現代の騎士、私立探偵スペンサー登場

ゴッドウルフの行方
菊池光訳
大学内で起きた、中世の貴重な写本の盗難事件の行方は？　話題のヒーローのデビュー作

約束の地
菊池光訳
依頼人夫婦のトラブルを解決しようとするスペンサー。アメリカ探偵作家クラブ賞受賞作

ユダの山羊
菊池光訳
老富豪の妻子を殺したテロリストを捜すべくスペンサーはホークとともにヨーロッパへ！

レイチェル・ウォレスを捜せ
菊池光訳
誘拐されたレズビアン、レイチェルを捜し出すため、スペンサーは大雪のボストンを走る

ロバート・B・パーカー　スペンサー・シリーズ

初秋

菊池　光訳

自閉症の少年を自立させるためにスペンサーは立ち上がる。ミステリの枠を越えた感動作

誘拐

菊池　光訳

家出した少年を捜索中、両親の元に身代金要求状が！　スペンサーの恋人スーザン初登場

残酷な土地

菊池　光訳

不正事件を追うテレビ局の女性記者。彼女の護衛を引き受けたスペンサーの捨て身の闘い

儀式

菊池　光訳

売春組織に関わっていた噂のあるエイプリルが失踪した。スペンサーは歓楽街に潜入する

拡がる環

菊池　光訳

妻の痴態を収録したビデオを送りつけられた議員。スペンサーが政界を覆う黒い霧に挑む

ロバート・B・パーカー　スペンサー・シリーズ

プレイメイツ
菊池　光訳
八百長事件に巻きこまれた大学バスケットボールのスターのため、一肌脱ぐスペンサー。

スターダスト
菊池　光訳
人気女優を悩ます執拗な脅迫事件は、殺人事件へ発展し……スペンサー流ハリウッド物語

晩秋
菊池　光訳
ダンサーとなったポールが、スペンサーに母親探しを依頼してきた。名作『初秋』の続篇

ダブル・デュースの対決
菊池　光訳
少年ギャング団の縄張りで起きた卑劣な殺人に、スペンサーはギャング団と直接対決を！

ペイパー・ドール
菊池　光訳
名家の女主人殺害は単なる通り魔の犯行なのか？　上流階級に潜む悲劇を追うスペンサー

ブリジット・オベール

マーチ博士の四人の息子
堀　茂樹・藤本優子訳

四つ子の中に殺人者がいる!?　アゴタ・クリストフも脱帽したトリッキーな本格ミステリ

フランス推理小説大賞受賞

森の死神
香川由利子訳

少年を殺す〝森の死神〟は実在した。全身麻痺のヒロインにサイコキラーの魔手が迫る！

鉄の薔薇
堀　茂樹訳

ナチの残党が暗躍するヨーロッパを舞台に重層的な謎の世界を描く、オベールの最高傑作

ジャクソンヴィルの闇
香川由利子訳

ゴキブリを先触れに魑魅魍魎が荒れ狂う闇のカーニバル。クーンツ顔負けのホラー快作。

カリブの鎮魂歌
藤本優子訳

美女から依頼された失踪中の父親捜しは、探偵ダグを未解決の連続殺人事件の渦中に……

リンダ・ラ・プラント

凍てついた夜
奥村章子訳
酒に溺れすべてを失った元警部補ロレインの再生を賭けた闘い。胸を打つハードボイルド

渇いた夜上下
奥村章子訳
酒への欲求に苦しみ、自己と闘いつつ事件を追うロレイン。新時代ハードボイルド第二弾

温かな夜
奥村章子訳
社長の殺害事件を追うロレインの前に彼女自身の衝撃的な過去の事実が！　感動の完結篇

第一容疑者
奥村章子訳
猟奇殺人の真相を追う女性警部。『凍てついた夜』の著者が、話題のTVドラマを小説化

顔のない少女―第一容疑者2―
奥村章子訳
身元不明の少女の白骨死体が発見された事件の行方は？　テニスン警部シリーズ第二弾。

ハヤカワ文庫

ポーラ・ゴズリング

負け犬のブルース
秋津知子訳

殺人容疑のかかった人気ジャズ・ピアニストに、姿なき敵の魔手が……緊迫のサスペンス

赤の女
秋津知子訳

名画贋作で有罪となった男が、出所直後に謎の墜死を……ロマンスを絡めて描く意欲作。

英国推理作家協会賞受賞
モンキー・パズル
秋津知子訳

大学町を震え上がらせる殺人事件。サスペンスの女王が新生面を切り開いた本格ミステリ

殺意のバックラッシュ
秋津知子訳

警官だけを次々と殺す犯人の目的とは何か？ストライカー警部補再登場の傑作サスペンス

ブラックウォーター湾の殺人
秋津知子訳

射殺死体が発見されたことで、平和な島は騒然と！　サスペンスの女王が贈る新シリーズ

ハヤカワ文庫

訳者略歴　1950年生，早稲田大学大学院修士課程修了，早稲田大学文学部教授，英米文学翻訳家
訳書『ジンジャー・ノースの影』ダニング，『誰の罪でもなく』ヒル，『逃げるが勝ち』リード（以上早川書房刊）他多数

HM=Hayakawa Mystery
SF=Science Fiction
JA=Japanese Author
NV=Novel
NF=Nonfiction
FT=Fantasy

頭蓋骨《ずがいこつ》のマントラ
〔上〕

〈HM 244-1〉

二〇〇一年三月二十日　印刷
二〇〇一年三月三十一日　発行
（定価はカバーに表示してあります）

著者　エリオット・パティスン
訳者　三《み》川《かわ》基《き》好《よし》
発行者　早川浩
発行所　株式会社　早川書房
郵便番号　一〇一 - 〇〇四六
東京都千代田区神田多町二ノ二
電話　〇三-三二五二-三一一一（大代表）
振替　〇〇一六〇-三-四七七九九
http://www.hayakawa-online.co.jp

印刷・株式会社精興社　製本・株式会社川島製本所
Printed and bound in Japan
ISBN4-15-172351-X C0197